Melhores Contos

Artur Azevedo

Direção de Edla van Steen

 Melhores Contos

Artur Azevedo

Seleção de
Antonio Martins de Araujo

© Global Editora, 2001

1ª Edição, Global Editora, São Paulo 2001
2ª Reimpressão, 2010

Diretor-Editorial
Jefferson L. Alves

Gerente de Produção
Flávio Samuel

Assistente-Editorial
Rosalina Siqueira

Preparação de Texto
Alexandra Costa da Fonseca

Revisão
Iraci Miyuki Kishi
Maria Aparecida Salmeron

Projeto de Capa
Ricardo van Steen – Tempo Design

Editoração Eletrônica
Antonio Silvio Lopes

Dados Internacionais de Catalogação na Publicação (CIP)
(Câmara Brasileira do Livro, SP, Brasil)

Azevedo, Artur, 1855-1908.
    Melhores contos / Artur Azevedo; Edla van Steen (direção); Antonio Martins de Araujo (seleção). – 1. ed. – São Paulo : Global, 2001. (Coleção Melhores Contos).

Bibliografia.
ISBN 978-85-260-0607-2

1. Contos brasileiros. I. Martins, Antonio, 1932. II. Título. III. Série.

95-5414   CDD-869.93

Índices para catálogo sistemático:

1. Contos : Literatura brasileira   869.93

Direitos Reservados

Global Editora e Distribuidora Ltda.

Rua Pirapitingui, 111 – Liberdade
CEP 01508-020 – São Paulo – SP
Tel.: (11) 3277-7999 – Fax: (11) 3277-8141
e-mail: global@globaleditora.com.br
www.globaleditora.com.br

Obra atualizada conforme o
Novo Acordo Ortográfico da Língua Portuguesa

Colabore com a produção científica e cultural.
Proibida a reprodução total ou parcial desta obra sem a autorização dos editores.

Nº de Catálogo: **2104**

Antonio Martins de Araujo nasceu em São Luís do Maranhão, licenciou-se em Letras Neolatinas na primeira turma da Faculdade de Filosofia de seu estado natal e doutorou-se em Literatura Brasileira pela Faculdade de Letras da Universidade Federal do Rio de Janeiro, onde ingressou como professor de Língua Portuguesa em 1980. Na crítica estilística, concluiu, em parceria com Castelar de Carvalho e com auxílio da Fundação Universitária José Bonifácio (Rio de Janeiro), o ensaio *Noel Rosa: língua e estilo* (Bibl. Univ. Estácio de Sá/Thex Edit., 1999); além disso vem assinando uma série de estudos sobre a cultura maranhense de ontem e de hoje, os quais pretende reunir em volume sob o título *O peito do pelicano*. Filólogo e crítico literário, é editor crítico dos *Contos fora da moda*, de Artur Azevedo (Rio de Janeiro, Alhambra, 1982), esgotado; dos seis alentados tomos do *Teatro de Artur Azevedo* (MinC/Funarte, 1985-1988); de uma edição popular de quatro das principais *Comédias* de Artur Azevedo (Rio de Janeiro, Sabiá, 1984); e de um volume com as três primeiras obras humorísticas desse escritor *(Sátiras,* Rio de Janeiro, INL/Presença, 1990). É autor do ensaio *Artur Azevedo: a palavra e o riso* (Rio de Janeiro/São Paulo, EdUFRJ/Perspectiva, 1988), sua tese de doutoramento, em que analisa as expressões de comicidade, ironia, humor e grotesco no teatro e na sátira daquele dramaturgo; é ainda o poeta bissexto de *Chão do tempo* (São Paulo, Masao Ohno/Aliança Cultural Brasil-Japão, 1991), em que reúne poemas antigos e *haikais* escritos quando de sua visita ao Japão em 1989.

AGRADECIMENTOS

Num momento dramático de dificuldades na área da cultura, de parte das instituições oficiais, e uma certa supervalorização da mídia à cultura importada, são louváveis iniciativas como esta da Global Editora, de multiplicar fatias de excelência das melhores obras dos mais representativos escritores brasileiros, de ontem e de hoje, para conhecimento e estudo de nossa mocidade. Felicitamos sua direção e formulamos votos de que a iniciativa permaneça por longo tempo afora.

Deixamos aqui também nossos sinceros agradecimentos ao irrecusável e honroso convite da escritora Edla van Steen para organizar, prefaciar e preparar as curtas biografia e bibliografia que estão no final deste volume. Agradecimentos por ensejar-nos, desta vez, a oportunidade de mostrar a importância e a atualidade da narrativa curta de um dos nossos mais importantes dramaturgos de todos os tempos.

A. M. de A.

A PERENIDADE DO EFÊMERO

Primeiras tentativas de transformação do mundo

Corria o ano de 1870. Nesse ano, em que o Brasil celebrou o tratado de paz com o Paraguai, dando fim a uma guerra fratricida, um garoto maranhense, de apenas quinze anos, surpreendeu uma sociedade inteira – a da capital de seu estado –, com a autoria de uma peça teatral concebida e escrita dentro do mais bem acabado modelo clássico ibérico, *Amor por anexins*. É que, à época, passavam em temporada artística por São Luís duas atrizes argentinas, as irmãs Riosa, adolescentes como ele. Aproveitando-lhes a estada ali, Artur ofereceu-lhes o texto para representarem no teatro que hoje tem seu nome. Tão grande e inesperado sucesso fez a peça, que dali saiu para os palcos do sul do país, e chegou até Lisboa.

Logo depois, aos dezessete anos, estimulado pela repercussão do fato, escreveu, editou e empenhou-se em vender, sob a forma de subscrição, o semanário crítico e literário *O domingo*, que manteve ininterruptamente por cerca de dois anos a fio, e cuja direção somente alienaria após sua mudança de domicílio. Nele, escreveu tudo que lhe parecia exigir um periódico desse naipe: da crítica de arte à crônica de acontecimentos, de sonetos e poemas satíricos a contos humorísticos.

No segundo ano de existência do semanário, justamente no seu nº 27, o rapazola começou a dar corpo a um ambicioso projeto. Iniciou a construção de uma espécie de saga satírica

7

intitulada *Uma sociedade – Leitura para bondes*. Nela, o jovem *conteur* pretendia fotografar, com as cores do humor e da ironia, através de uma série de histórias curtas, os usos e costumes de sua ilha natal.

No mesmo ano, esse semanário estampou uma série satírica em versos, de sua autoria, intitulada *Costumes maranhenses*. Assim, Artur foi flagrando, como poeta-cronista, grandes painéis humanos de nossa São Luís dessa época tão distante: *O baile, O comércio, O mercado*, por exemplo, constituem curiosos murais humorísticos da capital maranhense no final do terceiro quartel do século passado.

Foi nessa São Luís, de casario azulejado e recoberto de telhas vãs portuguesas, que Artur, mal começava a se entender por gente, descobriu sua vocação, e decidiu sobre qual seria sua profissão. Vocação: escritor. Profissão: funcionário público. Como escritor, notabilizar-se-ia como dramaturgo, contista e poeta satírico. Como barnabé, porém, a fim de sustentar a macrofamília, nos seus últimos anos de existência, teria de complementar os vencimentos com os trocados que recolheria dos trabalhos de jornalista.

Então, no afã juvenil de corrigir os desconcertos da humanidade à sua volta, ele viria a assumir um papel ético de zelo em relação a seu próximo, e se comprazeria em fazer compreender que não seria jamais uma daquelas personagens que viria a satirizar. Assim, concordamos com Pollard quanto à crença de que esse é o papel do verdadeiro satirista:

> Ele percebe que, ao criticar, sente prazer no desconforto de outrem, mas, ao mesmo tempo, tacitamente assume sua própria superioridade e se felicita por ele próprio ter se esquivado. Quanto mais próximos nos encontramos das circunstâncias em questão, mais fáceis se tornam essas reações.[1]

---

[1] POLLARD, Arthur. *Satire*. Londres: Methuen, 1976. "He realizes that in criticizing, he is taking pleasure at another's discomfort, but he is also tacitly assuming his own superiority or congratulating himself on his own escape. Such reactions are easier, the nearer we are to the circumstances in question." (p. 74)

Nas páginas daquele semanário e nas de sua obra de estreia, *Carapuças* (1872), já se auspiciava Artur o poeta satírico que seria pelo resto da vida, arqueiro exímio que foi, no século passado e princípio deste, do mais fino e autêntico humor nacional. Ao desferir as setas envenenadas de sua verve moralizadora, ele ia provocando a catarse alheia, dando lugar à sua própria fuga na direção do sonho e da utopia. Em constante busca de caminhos e soluções para os problemas da sociedade, ele também se tornaria um alquimista do elixir da descontração, cujo perfil é, aqui e assim, descrito por Escarpit:

> O humor é o único remédio que descontrai os nervos do mundo, sem que se precise anestesiá-lo, o que lhe dá liberdade de espírito sem enlouquecê-lo, e o que deposita nas mãos dos homens, sem esmagá-los, o peso de seu próprio destino.[2]

Sem que, com isso, esteja acendendo uma vela a Deus e outra ao Diabo, tanto executava o preceito de Platão como o de Horácio. O daquele, no sentido de melhorarmos e sermos úteis à sociedade. O deste, no de nos divertirmos, sem perder a ocasião de educar-nos.

Homem de teatro até às vísceras, Artur, quando repensava o mundo, já o fazia de maneira dramática. Não era dado a filosofias, não era hábito seu distrair-se em divagações metafísicas, além do que, costumava consumir o mínimo espaço e tempo conversando com seu leitor. Jornalisticamente, apreciava ir direto ao ponto. Aqueles requintes não eram o seu forte. Talvez seja mesmo por isso que muitos dos seus contos são ainda hoje, e sê-lo-ão decerto por muito tempo, facilmente transponíveis para o rádio e para a tevê. O que mais o estimulava era o tecer objetivo da trama e o despojado construir da ação.

---

[2] ESCARPIT, Robert. *L'humour*. Paris: PUF, 1960. "L'humour est l'unique remède qui dénoue les nerfs du monde sans l'endormir, lui donne sa liberté d'esprit sans le rendre fou et mettre dans les mains des hommes, sans les écraser, le poids de leur propre destin." (p. 72)

Por outro lado, a descrição do espaço em seus contos reduz-se a ligeiras rubricas, pouco mais desenvolvidas que as das suas comédias. Nessas histórias, quase sempre, à proporção que os personagens vão vivendo sua curta história diante dos próprios mortais (que somos nós), o tempo flui cronologicamente. Com a dosagem exata desses elementos, e a manipulação daqueles adequada à mídia disponível em seu tempo e a seu público leitor, deixava este no ponto exato para a fruição do *ethos* eufórico no desfecho de suas histórias.

Muitas vezes, a atitude desses personagens nos poderá hoje afigurar-se tão desviante, em relação ao nosso próprio comportamento, que a cremos revoltante e absurda. Como seria possível a uma futura sogra, naquele tempo de conservadorismo, oferecer-se, ela própria, à comprovação da virilidade do futuro genro? O ato visava apenas assegurar-lhe a felicidade conjugal da filha, ou dar-lhe vazão à própria libido de esposa mal-amada? Aconteceu mesmo? Não aconteceu? Pode um dia acontecer? Leitores não costumam arrogar-se de psiquiatras, nem de juízes. Também não nos interessa, enquanto analista, aqui discutir a verossimilhança desse ato ficcional. Quase absurdo talvez; mas, infelizmente, coisas da arte, que "imita a vida".

Como veremos mais adiante neste ensaio, e no decorrer dos próprios contos, é principalmente em virtude do conflito entre o Bem e o Mal, entre o Ser e o Parecer da humanidade, que o satirista assume uma atitude irônica diante da vida. Assim é resumida pelo crítico francês G. Palante essa atitude de inconformação diante de tais conflitos: "A atitude irônica implica haver nas coisas uma contradição básica, quer dizer, do ponto de vista de nossa razão, um absurdo fundamental e irremediável."[3]

---

[3] PALANTE, G. "L'ironie: étude psychologique". In: *Revue philosophique de la France et de l'étranger*. Paris, fev. 1906, p. 153, *apud* MUECKE, D. C. *Irony*. Londres: Methuen, 1979: "The ironic attitude implies that there is in things a basic contradiction, that is to say, from the point of view of our reason, a fundamental and irremediable absurdity." (p. 67)

Diante da absurdidade de seu *aqui* e *agora*, o poeta inquietava-se, amargurava-se, reprimia sua insatisfação. A rotina, a monotonia, a imobilidade de muitos dos seus coevos, ali e então, vão, ao lado de outros fatores, fazendo cair por terra seu sonho, adolescente e quixotesco, de concorrer para mudar, com sua verve e sua troça, as mazelas da pequena humanidade que o cercava. Naquela São Luís provinciana, preconceituosa e escravagista daqueles anos, em que passeava suas inquietações, Artur não pôde conter sua revolta contra aquilo que não podia mudar.

Em consequência da panfletagem contra um figurão da terra, através de um pasquim anônimo jogado da "torrinha" do teatro União, Artur é exonerado de seu cargo de amanuense de uma secretaria do Estado. E isso, sumariamente, sem processo de apuração, sem mais nada. Foi a gota-d'água para o corte do cordão umbilical que o prendia à terra-mãe. O rapaz não suportou a injustiça sofrida na pele, e deixou fisicamente a ilha-berço, que sempre amará, para tentar sobreviver dignamente na Corte.

A vocação do riso

Entretecidos pelas mais variadas motivações, a graça e o riso que afloram de seus contos, a nosso juízo, são os principais responsáveis pela perenidade do efêmero mundo que eles refletem, como certos espelhos de um pavilhão circense de surpresas. Cremos estar aí a razão maior que lhes garantirá o sinfronismo de que já desfrutam esses contos.

Ora com sua empáfia e sua autossuficiência minimizadas pelos espelhos convexos da sátira, ora com seus aleijões morais maximizados pelos espelhos côncavos do grotesco, a pequena humanidade que transita nesses arremedos de vida, de que só a linguagem é capaz de desvelar todas as suas nuances, faz-nos rir desses hábitos, muitos dos quais sobrevivem até às pós-modernidades desse final de século.

A propósito dessa parte substancial e seletiva da bagagem narrativa de Artur, e tomada em seu sentido etimológico, aí reside a propriedade do título do presente estudo: *A perenidade do efêmero*. O adjetivo *efêmero* vem-nos do grego *ephemeros*, em que denota o que acontece no espaço de um dia. O substantivo abstrato *perenidade* vem-nos do latim *perenne*, em que denota a qualidade daquilo que é capaz de atravessar os anos. Aí mesmo, esse adjetivo originou o substantivo abstrato *perenidade*, com idêntico sentido. Eis que o aparente paradoxo é construído pelo sentido etimológico dos termos.

Esses contos nos mostram, por exemplo, quão profundo pode ser o mergulho humano nas águas da subserviência despersonalizadora (caso do complexado Cantidiano, do conto maranhense *Sua excelência*). Eles nos podem encher, no entanto, de conivência e simpatia *com* e *por* seus personagens (caso da viúva esperta e pragmática do conto carioca *Uma embaixada*, cuja educação à inglesa "faz a *honra* acontecer").

Se em contos como *A Ritinha* e *Dona Engrácia* se podem depreender as consequências operadas pela erosão do tempo nas criaturas; noutros, como em *O Custodinho* e *Vi-tó-zé-mé*, veremos quão frágeis e falíveis, com o passar do tempo, são as preferências e as ideologias políticas no coração dos homens. Se, por outro lado, nos surpreende o desfecho dessa encantadora e silenciosa Cinderela nacional, que é a Laurinda do conto *A mais feia*, tanto em *Desejo de ser mãe* como em *As aventuras do Borba* a regeneração dos costumes bem que pode passar pelo tálamo de uma alcova nupcial.

Dentro da tradicional linha do humor a que os britânicos chamam de *sky humour*, ou seja, *humor malicioso*, não vêm do discurso explícito; mas, ao cabo e ao termo da leitura de alguns contos, do que ficou por dizer nas entrelinhas, vêm a graça e o riso que nos submetem. Será o caso de contos como esses irreverentes *O sócio* e *Banhos de mar* (ambos contos maranhenses em versos), apropriados para relaxar o ambiente dos saraus das mansões do distante largo dos Amores de nossa são-luisense oitocentista, ou mesmo dos palacetes botafoguenses desse tempo.

Por vezes, a alavanca do riso está no erro de pessoa, como ocorre em *Nuvem por Juno*, *O Tinoco* e *As vizinhas*, todos aqui enfeixados sob nossa rubrica de "Contos Cariocas". Assim, a tirania das aparências – o abismo entre o ser e o parecer –, nos conduz a diversos matizes do chamado humor inglês. Ora nos conduz ao humor delicado (*kindly humour*) de *Teus olhos*, ora ao humor agradável (*pretty humour*) de *Entre a missa e o almoço*, ora ao humor sardônico (*sardonic humour*) de *As pílulas*, ora ao humor impiedoso (*grim humour*) de *O fato do ator Silva*, ora ao humor picante (*falacious humour*) de *A madama*, ora ao humor macabro (*macabre humour*) de *Que espiga!*[4] As vítimas da credulidade amorosa tanto podem pertencer ao sexo dito fraco, como no *Incêndio do Politeama*; como ao dito sexo forte, como nos contos *Coincidência* e *Bem feito!*, todos aqui agrupados na seção "Contos Cariocas". A credulidade gratuita e absoluta, principalmente em casos de amor, não é exclusiva de sexo nem de idade.

Impossível negar que a intuição, a determinação, a inteligência e, fatalmente, os encantos físicos das actantes feminnas, fazem delas as estrelas de muitos desses contos. Seja através das artimanhas da sedução, seja através dos maquiavelismos inventados e improvisados pela decisão de um coração apaixonado e renitente – a mulher tem brilho próprio, e às vezes ofusca até o leitor.

Em *Argos* e *Uma amiga*, na batalha campal em favor de suas metas e objetivos, as rivais, sob o véu do anonimato, encontram forças e razões que a própria razão descarta. Em *A dívida*, são os dois inseparáveis amigos que passam a bater cabeça em consequência da matreirice e do oportunismo de um rabo de saia.

Assim é que as artimanhas da sedução podem concretizar--se nas coisas, nos lugares e nos momentos mais inesperados. Pode ser no forro de um inocente chapéu (*O chapéu*), nas falas de um jogo de prendas (*A berlinda*), ou num simples e providencial *blackout* (*O holofote*).

---

[4] NICHOLSON, Harold. *The english sense of humour and other essays*. Londres: Constable, 1956, p. 4.

De mais a mais, a determinação feminina é capaz de mover montanhas. O desfecho do conto *Não, senhor* é semelhante ao recentemente visto, no horário dito nobre, em uma novela de televisão carioca. A ação do personagem que dá nome ao conto *Sabina*, a qual nada fica a dever às grandes damas de Paul Bourget, é tão consistente que forneceu a Artur argumento para a comédia *O oráculo*. Para atingir seu desiderato, a determinada Antonieta, desse último conto, lança mão de recursos jamais sonhados, em questões de amor, pelo Príncipe, de Nicoló Machiavello, se esse personagem de ficção se ocupasse das coisas do coração.

Afeito ao diálogo com seu público cativo nos apartes de suas comédias, um traço relevante desses contos é o diálogo que o autor entretém com seu leitor. Quer provocando-o, quer simplesmente brincando com as palavras, Artur, às vezes, com ele estabelece uma relação lúdica, que pode desembocar num puro *nonsense*, como o deste passo de *Banhos de mar*: "creia, leitor, ou, se quiser, não creia." Noutros contos, concede licença para um narrador coadjuvante, com dona Henriqueta, uma constante dos *Contos cariocas* selecionados por Humberto de Campos (vd. Bibliografia).

Outras vezes, é a própria metalinguagem o ponto central da história, como acontece em *Puelina* (ausente nesta antologia), em que se discute a prevalência do neologismo senhorita, que pegou, sobre o latinismo que o intitula; bem como na verdadeira charada, só desvendada ao final da história, com que um garoto tartamudo de Santa Teresa, vizinho do narrador, ali provocava-o ao vê-lo, no conto *Vi-tó-zé-mé*.

Mas as principais virtudes desses contos são sua engenharia estruturante, e o ritmo de sua evolução. Em *Que espiga!*, aceleradíssimo; na novela curta, aqui ausente, *A moça mais bonita do Rio de Janeiro*, pela sucessão detalhista dos episódios "vividos", retardado.

Naqueles, as descrições de tempo e de ambiente muitas vezes se reduzem a verdadeiras rubricas de comédia, e o caráter das personagens vai se delineando à proporção que, falando ou agindo, "vivem" o seu papel dentro da narrativa.

Assim, algumas histórias, sem qualquer referência direta ou explícita a lugar ou época, como quase todos os *Contos brasileiros* aqui enfeixados, poderiam ser assumidos por qualquer capital brasileira. Pelo que têm eles de tipicamente humano, na falibilidade de suas personagens, podem "encantar" africanos, australianos, americanos-do-norte e eurasiáticos, como aquele antológico *Plebiscito*, já traduzido para mais de três dezenas de idiomas, entre os quais o persa.

Explicitamente escritos pelo artista da palavra e do riso sem qualquer pretensão de perenidade, mas sim, declaradamente, para serem lidos nas folhas diárias de um jornal qualquer, frequentemente nas viagens de bonde entre o lar e o local de trabalho dos admiradores, esses contos heroicamente vêm resistindo à erosão do tempo. Se atentarmos para a lição de Maria Luiza Ramos, Artur estava coberto de razão ao ter os olhos voltados para seu público, quando, para esse público, escrevia.[5] Desse modo, permanecem frescos como são frescas as frutas em fase de maturação, pendentes dos galhos de sua árvore, à espera de serem colhidas, saboreadas e terem seu ácido e sua frutose lembrados durante muito tempo por seus degustadores.

Artístico testemunho dos usos e costumes de toda uma nação em processo de rápida mudança, não só se impõem estas miniobras-primas pela própria representação literária, mas também pela inequívoca aceitação popular que vêm recolhendo através de tantas décadas.

Ao envolver-nos na compreensão de seus gestos e atitudes, bem como na apreensão de suas razões naquele mundo, as personagens desses contos, verdadeiras "criaturas" saídas das mãos de um homem, continuam aliciando e divertindo gerações e gerações. Por tudo isso, esses contos se acham no

---

[5] "A *catarsis* só se verifica quando se dá a empatia entre público e obra, ou, em outros termos, quando a produção encontra consumidor." RAMOS, Maria Luiza. *Fenomenologia da obra literária*. Rio de Janeiro/São Paulo: Forense, 1960, p. 106.

justo ponto de serem redescobertos, e finalmente visitados pela crítica universitária. Exato, dessa crítica, à luz dos acontecimentos e das circunstâncias em que foram fecundados (insistimos nisso), e adequadamente instrumentalizada para examinar esse objeto que se oferece à análise, a fim de que melhor se iluminem, se admirem e se perenizem.

A questão da língua

Certo setor da crítica ligeira nacional tem apresentado restrições à expressão linguística do teatro e da narrativa de Artur Azevedo. Como se lhe fizesse isso qualquer mossa, ou lhe servisse de labéu e de pecha à obra, tacham-na de *popular* (grifamos) ou, o que é pior, com certa conotação pejorativa, apodam-na de *popularesca* (grifo nosso).

Jamais a invocação desse fato poderia constituir-se fator impeditivo para a formulação de um juízo de valor, altamente positivo, sobre suas histórias curtas e sobre suas comédias. Muito pelo contrário, é justamente aí que reside a importância dessa bagagem literária sobre os usos e costumes do bom povo brasileiro, tão apreciada não só pelos coevos do escritor, como também por seus leitores atuais, e certamente pelos futuros. Naquela época, de profundas alterações socioculturais de uma nação – esta, a nossa – recém-saída do período negro da escravidão (nação esta, até nossos dias, abandonada à iniquidade do analfabetismo), não seria fácil a um requintado escritor, cujos textos fossem de difícil alcance, fazer-se entender e admirar, na segunda metade do século passado, por esse mesmo povo de tão parcas letras e, então, nenhuma universidade. Tendo como regra a organização de suas obras com o material com que colaborava nos jornais e nos periódicos brasileiros, é igualmente notória a vocação e o instinto de brasilidade que imprimiu à sua literatura. Como poucos escritores de seu tempo, ele possuía a consciência linguística moderna de que ao povo cabe a competência de moldar e mudar os rumos da língua de sua nação.

Para ilustrar isso, damos aqui apenas dois exemplos dessa consciência linguística do literato maranhense. Primeiro exemplo: ao incorporar-se em nossa língua o empréstimo francês *bicicleta*, ele se afinou com a preferência popular do timbre aberto da vogal tônica, que "pegou", em detrimento do timbre fechado, que seria de regra, no sufixo – *eta*, tipo *maneta*, *maleta* e outros que tais. Outro exemplo: afinado com o gosto popular, propugnou por se substituir a francesice *mademoiselle* pelo pronome *senhorita*, ao gosto espanhol, rejeitando o latinismo *puelina*, criado e defendido pelo filólogo Artur Leivas. Exaustivos exemplos do que acabamos de dizer podem-se achar em uma obra nossa, em que aprofundamos a relação existente entre a palavra e o riso na obra desse maranhense meio fluminense.[6]

A consciência da força do povo na construção de seu idioma está em sua adesão, sem preconceitos ridículos, aos tupinismos e africanismos correntios de nossa fala, bem como está nas inúmeras gírias que criou, e que depois se incorporariam definitivamente ao idioma, como a gíria *tribofe*, nome com que intitulou sua revista de ano de 1891 sobrevivente hoje na variante tribufu. De pai português e mãe maranhense, Artur estava consciente de nossa soberania no manejo do idioma comum, que utilizava, sem contudo trair a tradição morfossintática lusitana apreendida em sua terra natal.

A invocação de portador de um "estilo popularesco", que lhe formularam alguns críticos mais desavisados, a par da confusão que fizeram estes com o registro utilizado pelas suas personagens e o estilo do próprio escritor, revela um completo desconhecimento, por parte desses comentadores, tanto do conceito de soberania nacional como do dinamismo que faz dos idiomas, sistemas em constante modificação. A propósito, escutemos o que diz um professor de Literatura Portuguesa, atual e atualizado em Linguística e Ciência da Literatura, a respeito do estilo de nossa vernaculidade, a brasileira:

---

[6] ARAUJO, Antonio Martins de. *Artur Azevedo: a palavra e o riso*. Rio de Janeiro/São Paulo: EdUFRJ/Perspectiva, 1988.

A uma peculiaridade fonética/fonológica bem conhecida, o Português do Brasil acrescenta uma capacidade de inovação lexical e uma desenvoltura estilística que têm exatamente a marca de uma cultura ainda jovem, desinibida quanto à sua relação com a Língua, enquadrada por um cenário multiforme e não constrangida por uma tradição histórica ancestral, como é a portuguesa.[7] Em face disso, forçosamente se tem de reconhecer que Artur conscientemente trilhava a picada na direção de nossa modernidade, e era fiel aos falares e aos sotaques de nossas grandes regiões geográficas, aos brasileirismos de toda ordem, enfim escrevia e produzia arte literária – da boa –, no contexto e ao alcance de seu meio sociocultural, contexto em que nasceu e viveu seus 53 anos incompletos.

Essa empatia perseguida por Artur nos seus textos literários, junto a seus leitores de jornal e junto a suas plateias, além de exercer a função didático-pedagógica, é, outrossim, imprescindível à recepção e à apreensão de suas críticas às condutas desviantes que desejou satirizar. E não se venha hoje sub-repticiamente falar da facilidade e da descomplicação de sua produção artístico-literária à cultura mediana desse público, justamente para condená-lo como simplista e superficial. Ajuizado desse ponto de vista, leiamos o que dele diz um leitor privilegiado e contemporâneo seu:

> Escrevendo a prosa como falava, sem rebuscamento de frase,, sem a preocupação do vocábulo obsoleto, naturalmente, correntemente, dando ao pensamento, como Sarcey, a forma clara e precisa que o pusesse ao alcance de todos, sem sacrifício da elegância, ele conseguia ser lido, entendido e apreciado por todos, e atraía pela simplicidade do seu processo e pela graça cheia de frescura e limpidez de seu dizer.[8]

---

[7] REIS, Carlos. "O discurso da língua portuguesa: unidade, poder e expansão". In: *Discursos – estudos de língua e cultura portuguesa – 1*. Lisboa: Universidade Aberta, maio 1992, p. 24.

[8] REDONDO, Garcia. *Conferências* [na Sociedade de Cultura Artística da cidade de São Paulo]. São Paulo: Cardoso Filho, 1914.

Nessa mesma linha de raciocínio, igualmente lúcida e precisa, transita esta outra opinião de um crítico brasileiro de nossos dias a respeito da bagagem literária de nosso contista:

Digna de nota especial é a contribuição de Artur Azevedo ao nosso conto do começo do século, tão importante quanto a sua produção teatral diversa e vasta. Duma linguagem simples e correntia, numa forma despretensiosa a que não falta, entretanto, aquela graça imanente que faz de alguns de seus versos humorísticos verdadeiras obras-primas, o que mais distingue a arte de Artur Azevedo, nos contos [...], é, de par com o seu dom de narrador, a exceção que constitui o seu estilo desataviado, num tempo de prosa atormentada e sobrecarregada de ouropéis.[9]

Do que vem a ser essa graça imanente que aflora de sua literatura, vamos ocupar-nos adiante neste estudo, no tópico referente ao riso.

Muitos outros contos seus, além de *O plebiscito*, por certo estariam também percorrendo as ruas do mundo, se não lhes servissem de estorvo o pouco-caso que devotamos à memória de nossa cultura oitocentista e a relativa penetração das literaturas de língua portuguesa no resto do mundo.

Por outro lado, não se deve esquecer também a importante função política exercida, ao tempo, por sua contundente literatura de teor satírico. Em suas revistas de ano, pode-se encontrar um balanço das fraquezas e das grandezas de nossos ancestrais. Aqui mesmo nesta antologia, podem-se encontrar dois contos que pontuam sua posição de florianista inflexível, ao expor, embora indiretamente, sua repulsa à violenta reação custodista aos novos tempos republicanos, nos contos *Vi-to-zé- -mé* e *Custodinho*.

Outrossim, como duas pessoas, ao mesmo tempo, não podem ocupar um mesmo espaço neste mundo de Deus, conforme a época e o lugar, outros estudiosos da narrativa elegeram, e por certo elegerão, outros contos de sua vasta bagagem. A esta altura, pois, urgem algumas considerações sobre os cri-

---

[9] LIMA, Herman. "Evolução do conto". In: *A literatura no Brasil*. Vol. VI, 2. ed., dir. de Afrânio Coutinho. Rio de Janeiro: Sul Americana, 1968.

térios da escolha destes *Melhores Contos de Artur Azevedo*, e as normas adotadas na presente edição. Vamos a elas.

Partimos da classificação tópica com que a editora Garnier procedeu à seleção e publicação póstuma (em livro) dos melhores *Contos em verso* do autor, distribuindo-os em sete *Contos maranhenses*, quinze *Contos cariocas* e dezesseis *Contos brasileiros*.

Em virtude dos critérios que adotamos, sem dúvida diversos dos adotados pela Garnier, esta antologia, em ordem quantitativa decrescente, se abrirá com os cariocas (por serem aqui mais numerosos), prosseguirá com os maranhenses, e se concluirá com os brasileiros, em minoria.

Entre os últimos, figura uma narrativa picaresca, *As aventuras do Borba*, escrito na boa tradição das de um Gusmán de Alfarache e de um Le Sage. Apesar de excluído pelo escritor a partir da segunda edição dos *Contos possíveis*, reincluímo-lo aqui, não só pela sua indiscutível originalidade como também pelo seu valor testemunhal. Tanto esse conto como os que integram os *Contos brasileiros*, foram por nós aí reunidos sob essa rubrica, ou porque tenham seu desfecho deflagrado fora da cidade do Rio de Janeiro, ou por terem sua localização explicitada pelo próprio autor.

Atualizou-se a ortografia de acordo com as normas vigentes, e desfizeram-se as abreviaturas. Com vista, porém, ao fato de se destinar esta antologia principalmente a estudantes de estabelecimentos de nível médio, preferimos atualizar as variantes abonadoras das preferências do escritor e dos usos linguísticos brasileiros naquele instante da evolução do idioma nacional. Assim é que substituímos as originais do autor, pelas variantes hoje correntias.

Eis alguns exemplos dessas atualizações: trocamos os originais *dous* por *dois*, *biscato* por *biscaite*, *quinquilherias* por *quinquilharias*, *outeiro* por *oiteiro*, *pandelós* por *pão de lós*, *surprender* por *surpreender*, *protogonista* por *protagonista*, *trasbordar* por *transbordar*, *couce* por *coice*, *estoirar* por *estourar*, *doirado* por *dourado*, e assim sucessivamente, todas as vezes que a variante nova desbancou, por arcaica, a original.

Manteve-se, no entanto, o apóstrofo indicativo de elisão, crase e sinalefa, característicos do falar do autor (*d'alma*) e das personagens, como *minh'alma, d'olhos, d'amanhã, tu'alma* etc. Conservador ainda, revela-se o autor na regência de alguns verbos, como *deparar*. Usa-o lusitanamente com o sentido de *apresentar*, tendo como sujeito a coisa ou pessoa apresentada, e como objeto indireto a pessoa a quem se destina a apresentação. Ainda não se impusera seu uso atual, com objeto indireto regido pela preposição *com*, e com o sentido de *encontrar*. Por outro lado, ao nos depararmos com expressões adverbiais antiquadas, como *à puridade*, do conto *Dona Engrácia*, vem--nos aos ouvidos certa música da língua antiga ancestral, no que o autor está apenas "puxando aos seus". E como *quem puxa aos seus não degenera...*

No Rio oitocentista, cabe o mundo inteiro!

Em sua grande maioria já centenários, ou quase, estes *Melhores Contos Artur Azevedo* são um exemplo vivo de como muitas modas estão sempre voltando, de como o novo é, muita vez, o velho vestido de outro modo, e o efêmero vai, apesar de tudo, permanecendo, como permanecem, mudadas, as coisas da vida.

Quanto *charme* nessa cidade do Rio de Janeiro, ainda pequenina (de apenas 250.000 almas), em que um condutor de bonde conhecia as pessoas que trafegavam em seu veículo! Quão longe vão os tempos em que, por falta de luz elétrica, se saía das repartições às três horas da tarde, jantava-se às cinco e costumava--se fazer a sesta após a janta. Ingênuo Rio de Janeiro, em que as casas de cartomantes, na rua da Assembleia, ofereciam-se anônimas, como ninhos discretos, a amores inconfessos. Rio de Janeiro, de usos e costumes, por vezes tão diversos dos que hoje conhecemos! Hoje, a fim de dizermos que tudo vai mal, abaixamos o polegar para o chão. Ontem, para assinalar o fracasso de uma missão, estalava-se a unha (do polegar) nos dentes.

Rio do jogo de voltarete, Rio das *cocottes*, Rio dos teatros Politeama e Fênix Dramática, hoje desaparecidos. Rio do qual, para se pegar o trem que levava a Petrópolis, se tinha de ir de barca até Mauá. Rio em que se costumava dizer, no feminino, a *réclame*, assim, à francesa. Rio em que se dizia, com artigo, a *Cascadura*, e sem artigo, *em França*. Rio em que, enfaticamente, cada um "parava na casa de sua residência", e em que se primava em dizer anexins e frases de conceito. Rio dos *tylburis* e dos *coupés*, e dos bondes elétricos, que, aqui, fizeram sua estreia só em 1892. Rio em que se preferia falar em francês a falar em inglês, como *internetilmente* hoje se faz. Rio das operetas, das mágicas e das revistas de ano. E quantas!... Esse, o Rio dos *Melhores Contos de Artur Azevedo*.

E o que dizer das fascinantes personagens desses contos? Tanto nestes, como em suas peças teatrais, Artur Azevedo nos mostrou como permanece a mesma a alma do homem e da mulher – com suas grandezas e misérias –, esses seres vários e mutantes. É dessa ambiguidade do ser humano que Artur tirava partido para construir seu humorismo. O cômico, em todos os tempos, surge frequentemente da frustrada tentativa humana de se insistir em fazer conviver, em um mesmo momento, essas faces tão díspares de nossa psique.

Luigi Pirandello, estudando as causas profundas da comicidade, ensinou que o humorismo radica justamente nessa ambivalência da alma humana. Leiamo-lo:

> Sólo puede ser amargamente cómica en su anormalidad, la situación de un hombre que actúe siempre fuera de tono – como si fuese a un tiempo violín y contrabajo –; de un hombre en quien, si una razón le obliga a decir sí, en seguida otra u otras surjan para forzarlo a decir no.[10]

Aí, a semente que vai gerar a comicidade de muitos desfechos, como o da história do Araújo, em *A cozinheira*; do senhor Rodrigues, no famoso *Plebiscito*; de dona Candinha, no *Black*; de Angélica, no *Questão de honra*; da esposa de Romualdo, dona Vicentina, e de sua boa-fé, em *O incêndio do*

---

[10] PIRANDELLO, Luigi. *El humorismo*. Buenos Aires: El Libro, 1946. Trad. do orig. italiano por Enzo Alcisi, p. 198.

Politeama. Como observa Pirandello, descobrimos que a graça que emana desses contos resulta, pois, de ver-nos viver; de olharmo-nos de fora; de apreciarmos o ridículo por que passamos, quando tentamos, num dado momento, conciliar os contrários de nossa alma.
Noutras ocasiões, o humorismo emerge da imprecisão dos índices e da ambiguidade dos signos. Ora é a ausência de um quadro na parede, diversamente interpretada por duas personagens do conto *O velho Lima*. Ora é a linguagem dos gestos, como os de Maurício para a distante Adélia, do conto de atmosfera *A praia de Santa Luzia*. Ora a do reflexo condicionado, como no caso do cachorrinho *Black*, no conto que leva esse nome. Ora a ambiguidade do próprio signo linguístico, como na história do Tertuliano, em *O viúvo*, aqui ausente, e na do velho Lima, já citado no início deste parágrafo.
Este último conto, escrito alguns dias antes da Proclamação da República, é magnífico exemplo da função profética da literatura. Outrossim, as calas do cômico e do trágico, de tantos outros contos, foram caminhos percorridos pelo escritor para ir moralizando os costumes, e daí, fazendo cristalizar-se, tácita ou explicitamente, a função ética de sua arte. Seu escopo primeiro, todavia, era contar, e quase sempre o fez com simplicidade e eficácia. Seja nos casos em que nos põe contra a parede, seja naqueles em que nos faz rir dos mais fracos do que nós.
Vez por outra, a moral da história é a própria ausência dela. Em *A viúva Clark*, como vimos atrás, o pragmatismo da personagem que dá nome ao conto leva de roldão personagens introvertidos e despreparados para as lides do amor. Em *A água de Janos*, uma demonstração de como o homem é sempre um ser no umbral de uma porta, que nem sempre se abre. *A vida*, aqui também, *é sonho*.
Outras vezes, Artur mudava de tom, e nos levava a cerrar o sobrecenho, para deitar um olhar de simpatia sobre algumas personagens de sua vasta galeria de tipos, a fim de nos mover à compaixão do penar dessas "pessoinhas", ou nos conquistar a conivência com seus atos. A Marcelina, do conto que tem seu nome, retrato vivo de um Dorian Gray – feminino e brasileiro

–, faz-nos lembrar o conceito de maneira irônica da literatura formulado por Northrop Frie, "em que as personagens exibem uma força de ação inferior à que se presume seja normal no leitor ou na audiência".[11] Mas o comportamento de Geraldo, em relação a Laura, de *O contrabando*, nos remete a esta outra visão da ironia, que se funda na aparência dos seres: "O duplo sentido da Aparência, sempre um meio-termo entre o Ser e o Não-ser, inspira-nos uma sadia desconfiança que é [...] o ABC da ironia."[12]

Esse jogo de esconde-esconde, essa desconfiança entre o Ser e o Parecer, alimenta o interesse do leitor atual em relação ao barro de que são urdidas essas personagens. Os leitores chegarão ao riso com a comicidade, a sátira, o grotesco, a ironia e o *humour* que perpassam por quase toda essa nossa antologia. Nela, há frases que valem por um conceito antigo: "os maridos são por via de regra menos desconfiados que os bullterriers" (*Black*). No contexto, outras são dignas do mais fino humorista inglês: "Araújo levava grande parte da vida a mudar de roupa" (*A cozinheira*).

Caros leitores e leitoras, está na hora de pormos um ponto final nesta nossa conversa. Calemo-nos por aqui em benefício de vossa fruição da arte da palavra e do riso. De vós próprios, *brasileiras e brasileiros*, que com a leitura destes contos passareis a engrossar a fileira de admiradores declarados de Artur Nabantino Gonçalves Azevedo. Somente as conhecendo, no contexto, e "lidando com elas", concluireis por vós mesmos quão permanente soa, através dos tempos, o riso que aflora das efêmeras figuras eternas, cheias de verdade e vida, destes *Melhores Contos de Artur Azevedo*.

Antonio Martins de Araujo

---

[11] FRIE, Northrop. *Anatomia da crítica*. São Paulo: Cultrix, 1957. Trad. de Péricles Eugênio da Silva Ramos, p. 361.

[12] "L'ambiguité de l'Apparence, toujour moyenne entre l'Être et non-Être, nous inspire une salutaire méfiance qui est [..] l'ABC de l'ironie." JANKÉLÉVITCH, Vladimir. *L'Ironie*. Paris: Flammarion, s/d, p. 56.

CONTOS

CONTOS CARIOCAS

NUVEM POR JUNO (1871)

O amor que se propala é apenas uma miserável história; o amor que se esconde foi sempre um admirável poema.
(Monólogo interior da personagem que narra a própria história.)

O meu coração é anômalo.

Vós outros, namorados sem ventura, sois indiscretos e palradores; precisados de grandes lances e cenas extraordinárias; a vossa leviandade espetaculosa dá logo a perceber as vossas mágoas secretas!

A mim, desgraçado como sou, bastam-me as nuvens e os sonhos... Vós sois atrevidos e taralhões; eu posso dizer como Querubim: *Je n'ose pas oser.*

Para vós, o amor é uma vulgaridade; para mim é ele quem preside a república das quimeras; é um deus que habita o espaço, pairando entre o céu e a terra.

Vós amais em prosa; eu amo em verso.

O amor que se propala é apenas uma miserável história; o amor que se esconde foi sempre um admirável poema.

A vós outros, namorados indiscretos, não aconteceria decerto o que me sucedeu, devido à minha escrupulosa reserva:

Foi numa festa de arraial que eu a vi, pálida e cismadora.

É impossível encontrar nos livros mulher que mereça a honra de lhe ser comparada.

Indescritível beleza!

Imaginai uns olhos e uns cabelos negros, que a natureza esmerada colocou em cabeça tão formosa, que faria inveja a qualquer das heroínas ideais dos grandes poemas.

Imaginai um rosto formoso, meigo, simpático, e poupai-me o difícil trabalho da descrição.

Eu passava, e defronte dela não sei que força estranha me obrigava a estacionar, como se uma curiosidade qualquer me empolgasse os sentidos.

O povo arredava-me, acotovelava-me, zombava do meu êxtase ridículo, e eu não dava acordo de mim.

Parecia-me que nós, ela e eu, éramos os únicos romeiros daquela festa; o mundo, possuímo-lo sós: ninguém mais existia.

Quando ela se retirou, o imenso arraial, onde um fogo de artifício prendia a atenção do povo, parecia-me inóspito, deserto; faltava ali aquela mágica beleza, que me despertara o coração.

Retirei-me também e maquinalmente me dirigi para casa.

Acendi um charuto, e dentre as espirais de fumo, que se revolviam no ambiente perfumado da alcova, a imagem dela surgia risonha e sedutora.

Depois de alguns dias, passados entre a esperança e o temor, o desespero e a saudade, tive, afinal, a ventura de encontrá-la num baile.

Aproximei-me tímido e receoso.

– Uma valsa, minha senhora – balbuciei.

Foram essas as minhas únicas palavras.

Satisfatoriamente despachado, dei-lhe o braço, e, pouco depois, atirávamo-nos, valsando, àquela multidão de doidos, ao som dos instrumentos de uma malta impertinente de degenerados filhos de Euterpe, a cujo atroador conjunto davam, sem o menor vislumbre de ironia, o pretensioso nome de – orquestra.

Bem ou mal-executada, a valsa, a valsa dos alemães, a escandalosa, a delirante, a doida – aproximou-nos. Durante alguns minutos eu tive o precioso direito de comprimi-la contra o meu peito, de acariciá-la com o olhar, de adorá-la até, a simples distância de um beijo.

Tudo me parecia um sonho: harmoniosos e celestes soavam aos meus ouvidos os sopros descompassados dos músicos.

Duas vezes ergui do chão o lenço, que duas vezes lhe caíra aos pés; duas vezes tentei roubar-lhe um cravo que trazia... Onde? Já me não lembro.

Entretanto, não nos conhecíamos; ignorávamos ambos os nossos nomes...

– Tens andado triste, disse-me um rapaz, amigo de infância, que, havia pouco, chegara de Pernambuco, trazendo uma carta de bacharel e uma esposa.

– Eu? Ora essa! Sim... creio... Ó Sousa (suponhamos que o meu amigo se chamava Sousa), há de desculpar-me, sim? Ainda não cumpri o meu dever de amizade, visitando-te; mas...

– Não falo agora de visitas, interrompeu ele, desviando a conversa do caminho que eu pretendia dar-lhe; falo desses modos sombrios e reservados com que hoje me apareces. Tu não eras assim, homem de Deus! Porventura perseguem-te os credores?

– Não.

– Perdeste dinheiro ao jogo?

– Também não.

– Recebeste alguma notícia má?

– Não... não...

– Ah! já sei: estás apaixonado!

Calei-me.

Quem cala consente.

O meu amigo deu-me o braço e começamos juntos a passear pelas salas.

– Quero saber, continuou ele, qual foi a fada que teve o poder de quebrar essa indiferença.

– Está cá uma mulher bonita, meu amigo. Não é a primeira vez que a vejo, e conto que não será a última. Amo-a com toda a força de um primeiro amor. E este segredo dormia-me nos lábios, como se fora um crime despertá-lo.

– Esse platonismo caducou; declara-te, meu galã. Se ela está no baile, pede-lhe uma quadrilha; durante a dança terás tempo de sobra para dizer-lhe o que sentes. Vem depois orientar-me de tudo. Espero-te na banca do voltarete.

Deixei o meu conselheiro para obedecer às suas disposições. Mas com que custo!
Finda a quadrilha, conduzi a questão ao respectivo terreno. Nada mais difícil neste mundo que semelhante "condução".

31

Reconheci muito espírito no meu formoso par, o que naturalmente arrefeceu o ardor do meu propósito.

O namorado, se tem que lutar com o espírito da mulher amada, envergonha-se, e, querendo expandir-se, preludia apenas.

Depois de alguns minutos, durante os quais, em passeio, lhe falei de mil trivialidades, aventurei timidamente:

– V. Ex.a. acredita nas paixões súbitas, minha senhora?

– A que vem essa pergunta, cavalheiro?

Encaminhei-me ao coração do assunto:

– Estou apaixonado, minha senhora, muito apaixonado. Supunha o meu coração morto para o amor; começava a descrer dos meus próprios sentimentos, da minha própria mocidade, quando um encontro... talvez fatal, feliz talvez...

– Mas a que vem essa confidência?

– Esta confidência é necessária, é urgente. Impor silêncio ao coração é exigir dele um sacrifício hediondo. A mulher que encontrei é V. Exª; eu...

– O senhor?...

– Amo-a, e...

– Já vejo, disse ela, franzindo os sobrolhos e retirando o braço com o gesto da mais altiva soberania; já vejo que não está em seu juízo; quando se curar, ou for curado, espero que me venha dar uma satisfação!

E deixou-me estupefato.

Trêmulo, arquejante, demudado, aproximei-me da banca do voltarete.

A vergonha casara-se com o despeito, para me atormentarem ambos naquele momento infeliz.

O bacharel jogava. Sem atenção para com os parceiros, bati-lhe levemente no ombro, e obriguei-o a confiar a outro as cartas, para vir em meu auxílio, ouvindo-me os amorosos queixumes.

Contei-lhe sem rebuço o que sucedera.

Ao finalizar, uma lágrima leviana rolou-me nas faces, vexando-nos – a mim, que a derramei, e ao meu amigo, que a surpreendeu.

– É um amor desgraçado, não achas? perguntei.

– Francamente, respondeu ele, não deixa de ser bem empregado o adjetivo. Mas é preciso que me mostres a tua idolatrada; quero vê-la, para persuadir-me de que realmente... vale uma lágrima.

No momento em que o meu amigo assim se exprimia, ela passava, de braço dado a uma senhora idosa.
– Ei-la! exclamei num ímpeto.
– Quem? esta?
E apontou para a matrona.
– Esta não; a outra...
– Aquela?!
– Aquela, sim...
– Oh!...
O bacharel ficou vermelho, branco, encarnado, multicor! Era o estandarte do desespero!
– Desgraçado!, continuou convulsivo, enterrando-me nas carnes do braço direito uma unha de Otelo, essa mulher é...

Já deveis ter percebido que a minha idolatrada deusa era a esposa querida do meu amigo de infância.
Ele que vos diga se ela valia ou não valia uma lágrima.

O FATO DO ATOR SILVA

O Pizarro nem sequer se despedira dele!
Perdoou-lhe: um noivo é sempre apressado...
(O narrador filosofa sobre as inquietações de sua criatura.)

No dia seguinte ao da primeira representação da comédia *O noivo de Margarida*, um jornal fluminense dizia:
"Causou reparo que o ator Silva, fazendo o papel do protagonista, que vinha buscar Margarida para conduzi-la ao altar, se apresentasse vestido de sobrecasaca e calças cor de azeitona.
"É indesculpável essa falta no Sr. Silva, artista conscencioso, que até hoje tem sido muito bem recebido pelas nossas plateias.
"Nem na Sacra Família do Tinguá há quem se case de calças cor de azeitona."
Ao ator Silva molestou o reparo do jornalista, e o caso não era para menos, tanto mais que o culpado tinha sido o Gaioso, como se vai ver...

Um dia, estava o Gaioso na repartição, copiando extenso e enfadonho ofício, quando viu assomar perto da sua mesa de amanuense o vulto simpático do amigo Pizarro.
– Olé! tu por cá! Que bons ventos te trouxeram?
– Venho fazer-te um pedido, um pedido muito urgente, urgentíssimo!
– Se não for dinheiro nem coisa que o valha...
– É coisa que o vale. Vou casar-me. Sabias? Não sabias? Pois fica sabendo. Vou casar-me e venho convidar-te para padrinho do meu casamento.
– Oh! quanta honra!
– Posso contar contigo?

– Certamente; a um pedido desses não se diz que não. Apenas espero que me previnas a tempo de preparar-me para a cerimônia...
– A cerimônia é hoje.
– Hoje?!
– Hoje, às cinco horas da tarde. Este casamento efetua-se em condições muito singulares. O padrinho, que tu vás substituir, sabendo que o consórcio era contra a vontade do pai da moça, que é seu amigo, fingiu-se doente à última hora! Não imaginas o que tem havido, nem disponho de tempo agora para contar-te tudo. Basta dizer-te que o casamento tem de ser hoje por força! É hoje ou não será nunca!
– Mas, por amor de Deus! estou desprevenido! Como queres tu que do meio-dia até as cinco horas eu arranje casaca e o mais que me falta?
– Então tu não tens casaca?
– Nunca tive!
– Pois tece os pauzinhos como quiseres...
– Mas como?
– Isso é lá contigo.
– E o carro? Só essa despesa!...
– Não te dê cuidado o carro: irás no meu e voltarás no da madrinha, que é uma viúva idosa.
– Mas estás doido, Pizarro! Olha que não tenho um níquel, e em cinco horas...
– Em cinco horas conquista-se um império! Arranja-te! A amizade é o sacrifício. Os amigos conhecem-se nas ocasiões. À hora aprazada espero-te com a minha futura e os convidados à rua do Resende nº 83. Adeus!...

Pouco depois – ó grande ciência dos expedientes! – estava o Gaioso munido de um chapéu de pasta, uma camisa bordada, um par de sapatos, um par de luvas e um par de meias.
Com o que lhe restava do dinheiro, que lhe deu o Monte de Socorro pelo seu relógio, era impossível arranjar um terno de casaca, mesmo alugado.

Foi então que o Gaioso se lembrou do ator Silva, a quem prestara, numa ocasião difícil, um desses favores que não se pagam nem se esquecem.

Foi para casa, fez a barba, calçou as meias e os sapatos, vestiu a camisa, desarmou o chapéu de pasta, cobriu-se, meteu-se no fato velho, tomou um tílburi e foi bater à porta do artista. Eram três horas da tarde.

Não o encontrou. Procurou-o na rua do Ouvidor. Nada! Voltou à residência dele. Davam quatro horas.

Desta vez foi mais feliz; o ator Silva estava na sala, ensaiando gestos e posições defronte de um grande espelho velho.

– Empresta-me o teu fato preto! bradou o Gaioso num ímpeto e sem preâmbulos. Preciso já, já e já da tua casaca, das tuas calças e do teu colete!

– Vais a algum enterro? Quem morreu?

– O Pizarro.

– Morreu o Pizarro?!

– Morreu, não! Casa-se! Casa-se hoje, sou padrinho do casamento, e fui à última hora flauteado pelo alfaiate.

– É o diabo...

– Anda com isso! Nós temos o mesmo corpo. Só tu podes salvar a situação!

– Não posso, filho!

– Não podes? Por quê?

– Preciso do meu fato para figurar logo no *Noivo de Margarida*, que sobe à cena em primeira representação. O noivo sou eu: o papel é obrigado a casaca.

– O espetáculo principia às oito e meia; às oito horas, ou antes disso, terás o teu fato!

– Vê lá!

– Juro!

– É que receio...

– Ora!

– Entro logo na segunda cena!

– Não haverá novidade!

– Bom. Anda comigo. Vamos buscar o fato.

– Pois não o tens em casa?
– Não; está no teatro, no meu camarim.
Passava já das cinco horas quando o Gaioso saiu do teatro – perfeitamente enluvado e encasacado – e tomou de novo o tílburi que o levou à rua do Resende nº 83.
O Pizarro esperava-o impaciente; entretanto, só às seis horas se pôs em marcha o cortejo nupcial para a matriz de S. João Batista, em Botafogo. O padrinho não contava que o casamento fosse tão longe. Naquele tempo não tínhamos ainda o casamento civil.
Finda a cerimônia, que pouco se demorou, foi o Gaioso à sacristia assinar o respectivo assentamento.
Quando saiu, já não encontrou na igreja nem noivos nem convidados!
O Pizarro nem sequer se despedira dele! Perdoou-lhe: um noivo é sempre apressado...

Perdoou-lhe, mas ficou desesperado, porque eram sete e meia, e o outro noivo, o noivo de Margarida, lá estava à espera da sua casaca!
Não, não era um ator, era um público inteiro que reclamava aquela roupa!
O Gaioso percorreu a pé, de casaca e chapéu de pasta, ridículo, um grande trecho da rua dos Voluntários da Pátria, na esperança de ver um tílburi adventício desembocar de qualquer das ruas adjacentes...
Nada!...
Tomou um bonde que passou depois de dez minutos de desespero.
Só no largo da Lapa encontrou um tílburi.
Chegou ao camarim do ator Silva justamente na ocasião em que o noivo de Margarida entrava em cena de sobrecasaca e calças cor de azeitona.

A RITINHA

A idade transforma-nos tal qual a morte.
(Fala da mãe do Flores.)

Naquela noite o Flores entrou em casa oprimido por um sentimento penoso, que não podia definir.

Tinham-lhe dito que estava no Rio de Janeiro a Ritinha, aquela interessante menina que há trinta anos, lá na província, fora o seu primeiro amor e a sua primeira mágoa.

Andou morto por vê-la, não que lhe restasse no coração nem no espírito outra coisa senão a saudade que todos nós sentimos da infância e da adolescência –, queria vê-la por mera curiosidade.

Satisfizera o seu desejo naquela noite, quando menos o esperava, num teatro. Ela ocupava quase um camarote inteiro com a sua corpulência descomunal.

Mostrou-lha um comprovinciano e amigo:
– Não querias ver a Ritinha? Olha! Ali a tens!
– Onde?
– Naquele camarote.
– Quê! aquela velha gorda?...
– É a Ritinha!
– Virgem Nossa Senhora! – E aquele homem de óculos azuis, que está de pé, no fundo do camarote? É o marido?
– Qual marido! É o genro, casado com a filha, aquela outra senhora muito magra que está ao lado dela. O marido é o velhote que está quase escondido por trás do enorme corpanzil da tua ex-namorada.

O Flores, estupefato, contemplou e analisou longamente aquela mulher, que fora o seu primeiro amor e a sua primeira mágoa.

Não podia haver dúvida: era ela. O olhar tinha ainda alguma coisa do olhar de outrora. Com aqueles destroços ele foi reconstituindo mentalmente, peça por peça, a estátua antiga. Tinha a visão exata do passado.

Representava-se uma comédia. Ritinha ria-se de tudo, de todas as frases, de todos os gestos, de todas as jogralices dos atores, com uma complacência de espectadora mal-educada e por isso mesmo pouco exigente.

Aquelas banhas flácidas, agitadas pelo riso, tremiam convulsivamente dentro da seda do vestido, manchado pelo suor dos sovacos.

O genro, que se conservava sério e imperturbável, lançava-lhe uns olhos repreensivos e inquietos através dos óculos azuis. Ela não dava por isso.

– Que diabo vieram eles fazer ao Rio de Janeiro? perguntou o Flores.

– Nada... apenas passear... estão de passagem para a Europa.

E aí está por que o Flores entrou em casa oprimido por um sentimento que não sabia definir.

Quando ele se espichou na cama estreita de solteirão, e abriu o livro que o esperava todas as noites sobre o velador, não conseguiu ler uma página. Todo o seu passado lhe afluía à memória.

Ele e Ritinha foram companheiros de infância. Eram vizinhos –, brincaram juntos e juntos cresceram. Tinham a mesma idade.

Depois dos dezessete anos, aquela afeição tomou, nele, nela não, um caráter mais grave: transformou-se em amor.

Mas Ritinha era já uma senhora e Flores ainda um fedelho.

Como o desenvolvimento fisiológico da mulher é mais precoce que o do homem, raro é o moço que ao desabrochar da vida não teve amores malogrados.

Foi o que sucedeu ao nosso Flores. Ritinha não esperou que ele crescesse e aparecesse: tendo-se-lhe apresentado um magnífico partido, fez-se noiva aos dezoito anos.

O desespero do rapaz foi violento e sincero. Ele era ainda um criançola, mas tinha a idade de Romeu, a idade em que já se ama.

Um pensamento horroroso lhe atravessou o cérebro: assassinar Ritinha e em seguida suicidar-se.

Premeditou e preparou a cena: comprou um revólver, carregou-o com seis balas, e marcou para o dia seguinte a perpetração do atentado.

Deitou-se, e naturalmente passou toda a noite em claro. Ergueu-se pela manhã, vestiu-se, apalpou a algibeira e não encontrou a arma.

– Oh!

Procurou-a no chão, atrás do baú, por baixo da cômoda: nada!

– Para que precisas tu de um revólver, meu filho? perguntou a mãe do rapaz, entrando no quarto.

– Está com a senhora?

– Está.

– Mas como soube...?

– As mães adivinham.

Flores não disse mais nada: caiu nos braços da boa senhora, e chorou copiosamente.

Ela, que conhecia os amores do filho, deixou-o chorar à vontade; depois, enxugou-lhe os olhos com os seus beijos sagrados, e perguntou-lhe:

– Que ias tu fazer, meu filho? Matar-te?

– Sim, mas primeiro matá-la-ia também!

– E não te lembraste de mim?... não te lembraste de tua mãe?...

– Perdoe.

E nova torrente de lágrimas lhe inundou a face.

– Ouve, meu filho: na tua idade feliz,[1] um amor cura-se com outro. O que neste momento se te afigura uma desgraça irremediável, mais tarde se converterá numa recordação risonha e aprazível. Se todos os moços da tua idade se matassem por causa disso, e matassem também as suas ingratas, há muito tempo que o mundo teria acabado. Raros são os que se casam com a sua primeira namorada. O que te sucedeu não é a exceção, é a regra. O mal de muitos consolo é.

---

[1] [Virgulamos.]

— Eu quisera que Ritinha não pertencesse a nenhum outro homem!

— Matá-la? Para quê? Ela desaparecerá sem morrer... nunca mais terá dezoito anos... A idade transforma-nos tal qual a morte. Não imaginas como tua mãe foi bela!

O velho Flores, pai do rapaz, informado por sua mulher do que se passara, e receoso de que o filho, impulsivo por natureza, praticasse algum desatino, resolveu mandá-lo para o Rio de Janeiro, onde ele chegou meses antes do casamento de Ritinha.

Naquela noite o Flores, quase quinquagenário, chefe de repartição, lembrava-se das palavras maternas e reconhecia quanta verdade continham.

Ainda naquele momento sua mãe, que há tantos anos estava morta, parecia falar-lhe, parecia dizer-lhe:

— Não te dizia eu?

— E que impressão receberia Ritinha se me visse? pensou ele. Também eu sou uma ruína...

O Flores apagou a vela, adormeceu e sonhou com ambas as Ritinhas, a do passado e a do presente.

Dali por diante, todas as vezes que encontrava esta última, dizia consigo:

— Olhem se eu a tivesse matado!

QUE ESPIGA!

– *Aqui tem sua filha, senhor!* bradou Paulino, *entregando tudo ao sogro. O resto está lá no quarto; mande-o buscar quando quiser.*
(Fala do actante Paulino referindo-se
à recém-desposada Clarimunda.)

Vê-la; amá-la; declarar-se; ser autorizado a pedi-la ao pai; pedi--la; tratar dos papéis; mandar correr os banhos; casar-se, ... foi tudo obra de quinze dias.

Paulino era um bonito rapaz.
Só tinha um defeito: ser muito curto da vista.
Ser muito curto da vista e não usar óculos; gabava-se de ver mosquitos na lua.
O que faz crer que, além de ser curto da vista, era de vistas curtas.

Clarimunda era uma rapariga esperta como um alho.
O pai era espanhol: louvava muito a esperteza da pequena, e dizia constantemente:
– Minha filha é um azougue!
Mas, como espanhol que era, dava ao *z* o som do *c* cedilhado.
O que não era lisonjeiro para Clarimunda.

O maior desejo do espanhol era obter um marido para a filha.
Queria ver-se livre dela.
E ela,[1] dele.
Paulino foi o mel que lhes caiu na sopa.
Por isso o requerimento foi logo deferido.
Marcou-se o dia do casamento.

---

[1] [Virgulamos.]

Esse dia chegou.
Paulino nadava em júbilo.
Clarimunda nadava em ondas de prazer.
O pai nadava num mar de rosas.
Nadavam todos.
Nadavam muito.
Eram os capitães Boytons do contentamento.
Chegou a hora solene.
Clarimunda entrou para a alcova nupcial.
Paulino acompanhou-a.
O pai... Foram morar todos na mesma casa... o pai retirou--se para o seu quarto, esfregando as mãos.
Um bom fisionomista notar-lhe-ia no rosto certa apreensão.
Teria ele receio de que o genro achasse alguma coisa?
Ou por outra, que não achasse?
Vejamos.

Na alcova:
– Despe-te, meu anjo, disse Paulino tirando a casaca.
Clarimunda obedeceu prontamente. Tirou o vestido. Tirou o corpinho. Tirou... os seios... que eram de borracha. Tirou a anquinha. Ficou em camisa. Mais: Tirou a cabeleira: era calva. Tirou o *pince-nez*. Tirou um olho de vidro: era zarolha. Tirou os dentes: era desdentada![2]

Paulino ficou abismado diante daquela nova edição.
Abismado, e disposto... a não tirar coisa alguma.
Pela primeira vez, em presença de Clarimunda, deitou óculos, – uns óculos reservados, no fundo da algibeira, para as grandes situações.
E uma ideia súbita iluminou-lhe o cérebro... Vestiu a casaca e pôs o chapéu.

---

[2] Como no 1º § do conto, compactamos (aqui em dois blocos) as orações dispersas na edição-base.

Agarrou no vestido, nas saias, no corpinho, nos seios de borracha, na anquinha, na cabeleira, no *pince-nez*, no olho de vidro, na dentadura...
Agarrou em tudo isso e foi bater à porta do sogro.

O espanhol já o esperava:

– Aqui tem sua filha, senhor! bradou Paulino, entregando tudo ao sogro. O resto está lá no quarto; mande-o buscar quando quiser.

E saiu arrebatadamente.

O pai ficou só, com a *filha* na mão.

– Está bem, murmurou ele: o homem não viu tudo...

E coçando a cabeça:

– Caramba! aquela pequena era um azougue!

E o diabo do *z* com som de *c* cedilhado.

ENTRE A MISSA E O ALMOÇO

*Não foi só para os desonestos que se inventou
o divórcio.* (Fala de Teodureto Viegas
para a faladeira Isaltina.)

Como a capela estivesse distante uns cem passos apenas do palacete da viscondessa, algumas senhoras tinham por hábito, depois da missa das dez e antes do almoço, reunir-se durante uma hora, no ensombrado terraço daquele palacete, a fim de comentarem as novidades da semana. Escusado é dizer que não se falava ali de outra coisa que não fosse a vida alheia.

Num desses domingos, a figura mais indiscreta e maldizente do grupo, dona Isaltina, viúva de um senador inútil, trouxera uma grande novidade.

– Sabem?... a Alice Viegas separou-se anteontem do marido!
– Que está dizendo? isso pode lá ser! exclamou a viscondessa.
– É impossível! acrescentou outra senhora.
E todas, cinco ou seis, repetiam em coro:
– É impossível!
– Pois sim, mas é o que lhes digo: separaram-se! A Alice está em casa da mãe, na Gávea, e vai tratar quanto antes do divórcio!
– Quem lhe deu essa notícia?
– Pessoa fidedigna: o médico da casa, que assistiu, sem querer, ao final da cena do rompimento, e depois foi chamado à Gávea para ver a Alice, que estava excessivamente nervosa.
– O doutor Getúlio?
– Esse mesmo. Como sabem, é meu compadre. Foi jantar comigo ontem, e disse-me tudo sem que eu lho perguntasse.
– É uma coisa difícil de acreditar! volveu a viscondessa. O Teodureto Viegas vivia com a mulher como dois pombinhos...

45

— Ah, minha boa amiga! as aparências enganam, explicou dona Isaltina: eles ultimamente não se podiam ver um ao outro!

— Parece que isso é verdade, obtemperou dona Elisiária, figura obrigada da missa das dez; a minha engomadeira, que serviu em casa deles não há muito tempo, disse-me que andavam sempre como o cão e o gato.

— E você calada, Elisiária! exclamou a dona da casa em tom repreensivo.

— Esqueci-me de lhes dizer.

Uma senhora do grupo, que tudo ouvia sem dizer nada, tomou a defesa de Alice Viegas:

— Em todo o caso, não creio que a razão esteja com o marido. Conheço perfeitamente Alice... fomos companheiras de colégio: é uma senhora que está acima de qualquer suspeita.

— Quem sabe lá? redarguiu outra. Tem se visto tanta coisa extraordinária!

— Sim... tem se visto muita coisa, disse a viscondessa, mastigando as palavras; mas não há dúvida que até hoje ninguém se lembrou de dizer mal da Alice.

— Ninguém, apoiou dona Isaltina. Não gosto dela, nem ela gosta de mim, mas devo ser justa.

— Não gosta dela por quê? perguntou a amiga de colégio. Alice é tão boa!

— Não duvido, mas de tempos a esta parte começou a tratar-me por cima do ombro, fingindo que não me vê ou me cumprimentando por favor, como se fosse alguma coisa mais do que eu.

— Talvez alguma intriga...

— O doutor Getúlio, meu compadre, preveniu-me de que ela não era minha amiga, mas não quis dizer-me por quê. Entretanto, sou tão superior a essas pequenices, que a defendo mesmo sem conhecer os motivos da separação. A culpa deve ser do marido.

— Não sei, objetou a viscondessa. Conheço de perto o Teodureto Viegas, que é contraparente do visconde. É um moço distintíssimo, correto, e nada consta que o desabone.

— A Alice tem um grande defeito, disse dona Elisiária; a esse respeito minha engomadeira contou-me coisas muito interessantes...

– Que defeito? perguntaram cinco vozes.
– É muito ciumenta.
– Muito, confirmou a amiga do colégio, e esse deve ser o motivo real da separação. O doutor Teodureto andava num cortado!
Dona Isaltina, que era o espírito de contradição em pessoa, folgou de ter essa ocasião de divergir, e observou num tom de profunda convicção:
– Minha cara, não há ciúmes de esposa que não tenham razão de ser. Isso de ciúmes infundados é uma história inventada pelos senhores homens. A Alice era ciumenta, porque naturalmente o marido lhe dava motivos para isso.
– Deus me livre de defender os homens, disse a viscondessa: mas hão de convir: há casos em que a injustiça de certas senhoras...
– É um engano! atalhou dona Isaltina. As vítimas são sempre elas!
– Isso é muito absoluto!
– Será, mas é assim mesmo; nesse ponto sou intransigente, e defendo contra os homens até as minhas próprias inimigas!
E acrescentou com fanfarrice:
– Se o doutor Teodureto Viegas aparecesse aqui neste momento, eu interpelá-lo-ia, e as senhoras veriam se tenho ou não razão!
Notável coincidência: palavras não eram ditas, e o doutor Teodureto Viegas, como se esperasse a deixa, assomou no portão do jardim e tocou a campainha.
– É ele! exclamaram ao mesmo tempo todas as senhoras do grupo.
Um criado foi imediatamente abrir o portão ao recém--chegado, que entrou e subiu para o terraço, onde apertou a mão à viscondessa e cumprimentou as demais senhoras com muita distinção de maneiras.
Vinha procurar o visconde, com quem desejava conversar sobre um assunto íntimo.
– Meu marido está lendo os jornais no seu gabinete, disse a viscondessa.
E voltando-se para o criado:

47

— José, vá dizer ao senhor visconde que está cá embaixo o doutor Teodureto Viegas, que lhe deseja falar.
— Muito obrigado, viscondessa.
A dona da casa, que era perversa, e queria saber até onde iria a coragem tola de dona Isaltina, ofereceu uma cadeira à visita, dizendo-lhe:
— O doutor não morre cedo: falávamos da sua pessoa...
Houve um grande silêncio.
— Naturalmente o assunto da conversa era o lamentável incidente que se acaba de dar na minha casa, e do qual foi testemunha, em parte, o doutor Getúlio, compadre da excelentíssima...
E apontou para dona Isaltina.
— Pois é verdade, minhas senhoras, separei-me de minha mulher, continuou o doutor Viegas com uma franqueza que assombrou o grupo; desmanchei a minha família, destruí todos os meus sonhos de futuro... Destruir é um modo de dizer; destruídos estavam eles há muito tempo!
— Uma vez que o doutor fala com tanta franqueza, tornou a viscondessa, dir-lhe-ei que uma das senhoras presentes o acusava, não há três minutos, dizendo que o interpelaria se o senhor aparecesse aqui de repente, como apareceu por um singular acaso.
— Conquanto a ninguém deva conta dos meus atos, estou pronto a ser interpelado... Qual de vossas excelências é a interpelante?
— Eu! — exclamou prontamente dona Isaltina, que não se quis mostrar pusilânime, — eu, e o doutor bem sabe que sua senhora, não sei por quê, não simpatiza comigo; portanto, não sou suspeita.
— Desta separação somos ambos culpados, minha mulher e eu. Ela, porque era injusta, porque fazia da nossa casa um inferno e não me deixava trabalhar; eu, porque, casado há quase três anos, não tratei de corrigir, desde os primeiros dias, os seus defeitos de educação. Alice entendeu que eu deveria ser, não o seu esposo, não o seu companheiro amante, fiel e dedicado, mas o escravo dos seus caprichos, das suas fantasias, das suas visões. Fiz todos os esforços para viver só para

ela e para o trabalho: não o consegui! Se continuássemos ligados um ao outro, em pouco tempo estaríamos velhos e gastos. Não nos compreendíamos e já não nos amávamos. Não tivemos filhos. Éramos ambos ricos. O melhor que tínhamos a fazer era procurar cada qual outro destino.

– Mas Alice é uma senhora honesta, disse dona Isaltina.

– Não nego, minha senhora, e posso dar o melhor testemunho da sua honestidade. É honesta, e também eu o sou, conquanto ela o não creia; mas a honestidade não basta para fazer a ventura de um casal: é preciso também o amor. Desde que este desaparece para dar lugar à mentira e à hipocrisia, só as conveniências sociais me poderiam obrigar a aceitar uma situação intolerável, e eu, com perdão de vossas excelências – declaro que não sacrifico a minha vida à sociedade. Não foi só para os desonestos que se inventou o divórcio.

– Alice era muito ciumenta, murmurou tristemente a amiga de colégio.

– Ainda bem que vossa excelência o sabe. Foram os ciúmes que envenenaram a nossa existência conjugal e deram cabo do nosso amor! – Ciúmes terríveis, extravagantes, absurdos; ciúmes que me ofendiam e muitas vezes me colocavam numa posição desairosa e ridícula. Ciúmes de todas as senhoras, com quem eu falava, ciúmes das mulheres desconhecidas que se sentavam ao meu lado no bonde ou no teatro, ciúmes das amigas, das criadas e até das cozinheiras!

Dona Isaltina, que era muito impertinente, observou, franzindo a cara:

– É impossível que tantos ciúmes fossem à toa... É impossível que o senhor não lhe tivesse dado, ao menos uma vez, razão para...

– Minha senhora; atalhou vivamente o doutor, aproximando a sua cadeira da de dona Isaltina, – eu tive o prazer de encontrá-la uma noite no Casino, e troquei algumas palavras com vossa excelência. Essas palavras foram desrespeitosas?

– Ora essa!

– Peço a vossa excelência que me responda: algum dia faltei com o respeito devido a vossa excelência?

49

– Nunca! Nem eu o permitiria!
– Algum dia estive a sós com vossa excelência?
– Comigo? Nunca!
– Algum dia vossa excelência recebeu uma carta minha ou um aperto de mão suspeito?... algum dia surpreendeu nos meus olhares ou nos meus gestos a manifestação de um desejo impuro?...
– Nunca!
– Pois bem; na opinião de minha mulher, vossa excelência foi minha amante!
Estupefação geral.
– Ela muitas vezes me atirou à cara os nossos amores, e fartou-se de o dizer a muita gente, inclusive ao doutor Getúlio, compadre de vossa excelência. Pergunte-lho!
Dona Isaltina ficou petrificada.
Nesse instante voltava o criado, dizendo:
– O senhor visconde manda pedir ao senhor doutor que suba.
O marido da ciumenta Alice cumprimentou as senhoras e desapareceu no interior do palacete.
– Minhas amigas, disse a viscondessa, o doutor Teodureto Viegas respondeu tão bem à interpelação, que podemos, creio, votar uma moção de confiança.

A OCASIÃO FAZ O LADRÃO

Quando ela passou junto do namorado, furtiva compressão de dedos lhe prometeu coisas que os lábios necessariamente não se animariam a dizer. (O narrador tacitamente traduz a linguagem gestual de uma personagem.)

Uma noite o meu amigo Eduardo achou-se, por desfastio, na plateia do teatro Santana. Representava-se não sei que peça pouco divertida.

Desejando espairecer a vista, levantou a cabeça e os seus olhos encontraram-se com os da moça mais elegante que jamais assistiu à representação de uma opereta na rua do Espírito Santo.

Estabeleceu-se entre eles, com rapidez incrível, um desses namoros magnéticos, que transportam os namorados a intermúndios ideais, longe de tudo que os rodeia.

Durante o último ato, os seus olhos esqueceram-se em mútua contemplação.

Terminado o espetáculo, Eduardo foi esperá-la à porta do teatro.

Viu-a sair de braço dado a um sujeito gordo, muito gordo, já idoso, cuja presença não havia até então notado, provavelmente porque ele se conservara no fundo do camarote.

Quando ela passou junto do namorado, furtiva compressão de dedos lhe prometeu coisas que os lábios necessariamente não se animariam a dizer.

Chegados à rua, o sujeito gordo, que Eduardo supunha ser pai da moça, apresentou-a a um sujeito magro, com estas quatro sílabas, que penetraram no coração do rapaz como outras tantas punhaladas: – Minha mulher.

Eduardo, que tem a virtude, hoje rara, de observar fielmente todos os mandamentos do decálogo, inclusive o nono, encheu-se

51

de indignação contra a leviandade dessa mulher casada, meteu-se num bonde que passava, e fugiu daquela tentação demoníaca.

Ele morava à rua do Senador Eusébio, numa casa de pensão estabelecida por Mme. Langlois, velha francesa que lhe dava cama, casa, comida e conselhos – tudo por cento e vinte mil-réis mensais.

Havia muito tempo desconfiava Eduardo que a sua locandeira sentia por ele uma dessas paixões serôdias e abjectas, que acometem as velhas quando o seu passado não foi um exemplo de dignidade e virtude.

Naquela noite Mme. Langlois, que não estava ainda recolhida, recebeu o hóspede com o melhor dos seus sorrisos desdentados.

Rosnou não sei que amabilidades em francês, e Eduardo, pouco disposto a dar-lhe trela, cumprimentou-a sumariamente e retirou-se para o seu quarto.

Despiu-se e deitou-se. Abriu um livro, quis ler... não lhe foi possível... procurou conciliar o sono... quem disse? a lembrança da moça do Santana obstinava-se em perseguir os seus pensamentos. Debalde tentou libertar-se dela: a solidão de seu quarto de solteiro, as dimensões talâmicas do seu leito, o tique-taque monótono da pêndula, os sons longínquos de uma flauta vadia e tresnoitada, o cocorocó de um galo da vizinhança, tudo, não sei por quê, concorria para aumentar o seu estado de sobreexcitação nervosa.

Não tardou o arrependimento de haver cometido uma boa ação. O seu espírito estava obcecado. Eduardo dizia aos seus botões: – Fiz mal em não acompanhá-la, em não procurar saber onde ela mora. Neste momento está pensando em mim, soluçando talvez, envergonhada pela brutalidade com que lhe dei as costas e tomei o bonde. Aquele homem será realmente seu marido? Eu não ouviria mal?

Vinha depois uma série de conjecturas menos dignas, se é possível: – Tolo! dirá ela de mim; espartano da rua do Ouvidor! Catão que bebe água da Carioca! – Talvez que outro, menos escrupuloso que eu, goze amanhã os seus longos beijos quentes e sensuais...

Devia ter se passado muito tempo, quando o meu amigo ouviu bater de leve à porta do quarto.

– Provavelmente foi engano, pensou ele: ninguém aqui viria a estas horas.

Esperou alguns segundos de ouvido atento: bateram de novo.

– Será Mme. Langlois? imaginou; e teve um gesto de enfado.

Bateram pela terceira vez.

– Quem é? perguntou, elevando a voz.

Não recebeu resposta.

– Quem é? perguntou, elevando a voz.

Ouviu então um som imperceptível... alguma coisa como um suspiro... alguma coisa como um queixume...

E o famoso *odor di femina* espalhou-se no tépido ambiente.

Eduardo ergueu-se de um salto; em menos de um minuto acendeu o candeeiro, enfiou as calças, amarrou um lenço de seda ao pescoço, vestiu um jaquetão, e abriu a porta.

Era a moça do Santana!...

Ela entrou cerimoniosamente, cumprimentou-o com um gesto de cabeça, e deixou cair o longo chale que a envolvia, e que o dono da casa se apressou em apanhar e depor sobre uma cadeira.

Passados alguns momentos, inspecionou miudamente com o olhar tudo quanto a cercava, como para certificar-se de que o quarto era digno de receber a sua inesperada visita.

E, afinal, falou:

– O senhor deve estar admirado, e fazendo de mim uma ideia bem pouco lisonjeira...

– Oh! minha senhora!

– Pouco me importa o juízo que faça a meu respeito, tanto mais que me sinto e me confesso culpada... Mas tudo explico em uma palavra: – Amo-o!

– Ah! exclamou Eduardo, fazendo um movimento para abraçá-la.

– Perdão, disse ela, evitando graciosamente o abraço; ouça--me, e se lhe não causar horror a minha narração, serei sua!

O moço, que estava estupefato, ofereceu-lhe uma cadeira, sentou-se na cama, e ouviu a extraordinária confissão que se vai ler:

— Há muitos meses que o amo, há muito tempo que o conheço. Tenho-o visto inúmeras vezes nos teatros, nos concertos, nas corridas... O senhor é o homem que eu sonhava; é a personificação exata do meu ideal de moça. Esta noite, no teatro, quando os seus olhos se encontraram com os meus, havia já uma hora que eu o contemplava embevecida, extasiada, esquecida de todas as conveniências, e pronta a tudo sacrificar por seu respeito, até a própria honra! Bem percebi a sua indignação quando soube que eu era casada. Aquele brusco dar de costas e desaparecer no primeiro bonde – não me podia deixar dúvidas a esse respeito.

Ela calou-se um momento, como esperando uma resposta. Eduardo não achou o que dizer:

— Senhor, casaram-me com aquele homem contra a minha vontade: venderam-me! Não o amo, nunca o amei... Nem ao menos tenho por ele esse respeitoso afeto, menos conjugal que filial, que as pobres moças nas minhas condições tributam geralmente aos seus maridos. Digo-lhe mais: odeio-o! Desencadearam-se contra ele todas as revoltas do meu espírito e da minha carne!...

— Com quem estou metido, Deus de minh'alma, disse consigo Eduardo.

— Esta noite, depois do que se passou, resolvi libertar-me, de uma vez por todas, daquela tirânica prisão. Logo que chegamos à casa, retirei-me para o meu quarto: não quis tomar chá e dispensei os serviços da criada. Ouvindo meu marido ressonar, embru-lhei-me naquele chale, e saí furtivamente pela porta do jardim.

E acrescentou, caindo de joelhos aos pés de Eduardo:

— Aqui me tens: sou tua!

— Mas... como soube que eu morava aqui?

— Há dias vi-te entrar num bonde da Vila Isabel. Sentaste-te no banco da frente e eu sentei-me no banco de trás. Apeaste-te à porta desta casa. Informei-me: disseram-me que aqui se alugavam aposentos. No mesmo dia, aluguei um, e tive ocasião de ver qual era o teu quarto, que, por acaso, fica defronte do meu.

— Como te chamas?

— Florinda.

O meu amigo estava pasmado. Florinda, ajoelhada sempre calara-se, encostando a cabeça no seu colo, sobraçando-lhe as nádegas.

Era uma bonita moça de vinte e cinco anos, esbelta e magra, mas dessa magreza sem desagradáveis saliências osteológicas. Tinha as feições regulares, e os olhos lânguidos constantemente velados pelas pálpebras longas e sombrias. A boca era microscópica, e os lábios, quando entreabertos, deixavam ver uns dentes alvos e pequeninos, que pareciam postos ali por um joalheiro simétrico e artista. Os cabelos, erguidos num penteado ligeiro, punham a descoberto um pescoço digno do buril de Fídias, e duas orelhas rosadas, capazes de perder um santo. Ficavam-lhe a matar a gola de veludo, o corpete de seda clara que lhe contornava deliciosamente os seios, e a saia de seda escura, por baixo da qual espiavam dois pezinhos chineses.

Pois bem! o Eduardo foi de um heroísmo sobre-humano: ergueu-a afetuosamente, e, tomando a mais respeitosa atitude, disse-lhe, com a voz embargada por uma comoção estranha e indizível:

– Florinda, eu sou um homem honesto; para os cavalheiros da minha têmpera, tanta atenção merece a honra própria como a alheia. Ainda está em tempo: volte para junto de seu marido, que talvez não se tenha apercebido da sua ausência.

Florinda cravou no moço uns olhos espantados.

– Se a senhora fosse livre, eu poderia oferecer-lhe o meu nome, e por Deus que o faria jubiloso, porque também a amo.

– Ah! exclamou ela, atirando-se-lhe nos braços.

– Amo-a, sim, repetiu ele, desenlaçando-a com meiguice; amo-a, e por isso mesmo quero salvá-la. Nem as minhas circunstâncias (eu sou um simples guarda-livros), nem o meu caráter permitiriam que usurpasse os direitos sagrados de um esposo, homem digno e respeitável, que só tem o defeito de ser barrigudo e prosaico. A senhora foi mal-aconselhada pela sua natureza romanesca. Se ficasse aqui, seria amanhã vítima dos seus remorsos e da sua fatal inconsequência. Dê graças a Deus por encontrar em mim uma exceção humana, que a desvia do perigoso atalho em que se embrenhou. A senhora deve--se à sua família.

Florinda ergueu as pálpebras, que pareciam fechadas para sempre, e murmurou, com uma expressão queixosa:
— Não tenho filhos.
— Embora. Tê-los-ia, talvez, depois de separada de seu marido, e cada um deles seria um enviado do céu para exprobrar o seu procedimento. Não! não quero ser cúmplice da sua vergonha; não quero lançá-la nesse abismo que a senhora cavou a seus pés. Se algum dia enviuvar, encontrará um esposo dedicado no homem que não quis ser um amante remordido. Até lá, sejamos nem mais nem menos que dois irmãos.
Ela parecia convencida por essa retórica barata. Não proferiu uma palavra: foi buscar o chale, envolveu-se nele, e dirigiu-se para a porta, levando no semblante a mesma tristeza que nos tempos bíblicos anuviara um dia a linda face de Agar.

Entretanto, Eduardo não se pôde conter...
Quando a moça ia transpor a porta, todos os instintos bestiais acordaram nele; a sua virtude desmoronou como um castelo de cartas, e ele soltou um grito:
— Florinda!
Esse grito foi estridente, despedaçador, vibrante; tinha mil inflexões e exprimia todos os sentimentos.
Ela só esperava por essa capitulação da consciência; voltou, correndo, e ofegante, soluçando e rindo ao mesmo tempo, as lágrimas a deslizarem-lhe das grandes pálpebras semicerradas, lançou-se nos braços dele, que a comprimiu com tanta força, tanta, que receou sufocá-la...
— *Eh! attention! vous allez renverser le café!*[1] exclamou Mme. Langlois, que chegava com o café matinal justamente na ocasião em que o Eduardo despertava desse sonho extraordinário.

Poucos momentos depois, a velha retirava-se com a xícara vazia, e o seu hóspede ficava de muito mau humor, pensando na filosofia do ditado que serve de título a este conto, e muito disposto a mudar de casa no mesmo dia.

Passados alguns meses, Eduardo tornou a encontrar Florinda, mas dessa vez não foi em sonhos. Ela chamava-se Filomena.

---

[1] Trad.: — Ei! cuidado! vocês vão entornar o café!

ARGOS

As melhores mães são as piores sogras!
(Argumento antissogra apresentado por tio Gaudêncio ao sobrinho.)

Era um bonito moço o Estanislau, mas muito pobre de espírito, o que, aliás, não impediu que dona Rosalina se enamorasse dele, e dona Raimunda, mãe de dona Rosalina, pulasse de contente quando o rapaz lhe pediu a filha.

Na véspera do casamento chegou a Maricá o senhor Gaudêncio, tio do noivo, o qual fora especialmente convidado para testemunha.

– Então que é isto, meu rapaz, que é isto? Casas-te com uma rapariga que tem mãe e vais viver em companhia da tua sogra?! Estás doido varrido! Sabes lá o que é uma sogra, Estanislau!

Estas palavras disse-as o tio ainda com o saco de viagem na mão, e antes mesmo de dar no sobrinho o abraço de rigor.

O Estanislau, atônito, balbuciou alguns monossílabos discretos em defesa de dona Raimunda, e acabou por invocar este argumento universal e eterno: não há regra sem exceção.

– Há, redarguiu sentenciosamente o tio Gaudêncio; a maldade da sogra é inalterável. Só há uma sogra!

E, abrindo o saco de viagem, tirou um livro em cujas páginas brancas se achavam, simetricamente grudados, numerosos retalhos impressos, com a declaração manuscrita dos jornais, periódicos, revistas e almanaques de que haviam sido cortados.

– Olha!
– Que vem a ser isso?
– É o meu *Álbum das sogras*. Nestas páginas prego, com a paciência de um beneditino, tudo quanto leio contra essa espé-

cie perigosa e desmoralizada –, a sogra. Vê que o livro tem quinhentas folhas, e está quase cheio!
— Ora, adeus! como o senhor se deu mal com a sua sogra, julga que todas as outras...
— Cala-te, não sejas tolo! Supões então que Deus criou a fênix das sogras expressamente para te ser agradável? Todas as sogras são más! Há, realmente, genros que fazem muitos elogios às mães de suas mulheres...
— E então?
— Elogiam-nas por vários motivos: primeiro, porque se envergonham de ter um diabo em casa; segundo, porque o amor, que consagram às esposas, escurece as más qualidades das sogras; terceiro, porque têm um mal entendido respeito pelas avós dos seus filhos; quarto, porque não se querem parecer com os outros homens; quinto, porque pretendem dar a entender que têm em casa um objeto raro, digno de um museu antropológico; sexto, porque são uns maricas, e têm medo às represálias das sogras; sétimo...
— Basta! basta!...
— Não creias, sobrinho de minh'alma, não creias que haja uma boa sogra!
— Mas dona Raimunda...
— Demos tempo ao tempo, e me dirás quem é dona Raimunda!...

Pois deram tempo ao tempo, e dona Raimunda saiu-lhes o beijinho das sogras. Era afetuosa, dedicada, previdente, solícita; parecia adivinhar os menores desejos do Estanislau.

Dona Rosalina mostrou-se o inverso da mãe. Durante os primeiros dois meses de casada, foi o que se podia chamar uma pombinha sem fel; mas logo depois começou a deitar as manguinhas de fora, e não tardou a trazer o marido num inferno. Ele não reagiu: submeteu-se passivamente, e quando mais tarde quis assumir a sua autoridade conjugal, não se sentiu com forças para tanto. Curvou a cabeça e daí em diante deixou-se dominar completamente pela mulher. Dona Rosalina tomava-lhe contas de tudo: revistava-lhe as algibeiras; ralhava com ele por entrar mais tarde, como se fosse uma criança; injuriava-o em presença dos criados, e de uma feita, justamente no dia em que completavam cinco meses de casados, deu-lhe uma bofetada, a primeira...

Dessa vez ele inflamou-se; vociferou quanto vocábulo indignado lhe veio à boca, e afinal desatou a chorar. Estava perdido. A segunda bofetada não se fez esperar muitos dias. Dona Raimunda ralava-se de desgosto; estas cenas mortificavam-na. Nunca imaginou que a filha, depois de tomar estado, degenerasse em megera a ponto de esbordoar o marido. A menina fora sempre muito geniosa, muito espevitada, mas não excedera nunca certos limites.

Uma noite em que o Estanislau, voltando da rua, não explicou satisfatoriamente o emprego dado a uma nota de cinco mil-réis que levara consigo, apanhou, depois de renhida discussão, duas bofetadas em vez de uma!

Este aumento de dose exacerbou-o definitivamente, e pela primeira vez ele ergueu a mão contra a sua cara-metade. Ergueu-a simplesmente: não a deixou cair; mas foi o bastante para que a cena tomasse as proporções de um escândalo público. Dona Rosalina debruçou-se, aos gritos, no peitoril da janela, e cientificou a toda a vizinhança de que o marido a espancara! Em seguida, fingiu um ataque de nervos; rebolou no chão durante uma hora, enquanto a casa se enchia de gente estranha, e só recuperou os sentidos para atirar-se de novo, desta vez às dentadas, contra o mísero marido! De nada valeu a misericordiosa intervenção de dona Raimunda, que desde o princípio acudira, e fora testemunha ocular de todo o escândalo.

Lá para as tantas, restabelecido o sossego, a sogra foi ter com o genro, que passeava agitado na sala de jantar, as mãos metidas nas algibeiras das calças.

— Estanislau, disse-lhe, você é muito bom moço, mas não se devia ter casado: falta-lhe energia!

— Mas a senhora não viu que, se as coisas chegaram ao ponto a que chegaram, foi justamente porque eu quis ser enérgico?

— Ah! meu amigo, agora é tarde; de pequenino é que se torce o pepino. Se desde o princípio você lhe houvesse roncado grosso, estava agora livre de que lhe sucedesse uma destas. Não os defendo nem acuso, nem a você nem a minha filha; apenas

venho dizer-lhe (a ela já o disse) que não posso continuar a ser todos os dias testemunha de cenas tão vergonhosas e que tanto me afligem! Amanhã mudo-me!
— Quê! pois a senhora deixa-nos?!...
Dona Raimunda não respondeu, e foi para o seu quarto. No dia seguinte mudou-se.

A ausência de sogra não contribuiu para que a situação piorasse, e isto por uma razão muito simples: não podia piorar. A casa continuava a ser um inferno. O Estanislau só tinha um lenitivo: o sono; só tinha uma esperança: a viuvez.

Um dia o tio Gaudêncio veio de Maricá surpreender o casal no meio de um dos seus contínuos desaguisados. O provinciano penetrou na sala de jantar ao som de uma bofetada sonora, e caiu-lhe das mãos o saco de viagem.

— Pois já?! exclamou ele, abrindo desmesuradamente olhos e boca.

O Estanislau lançou-se nos braços do tio, chorando como uma criança; dona Rosalina exclamou:

— Esta peste só sabe chorar!

E, dando uma rabanada, fechou-se na alcova, batendo estrepitosamente com a porta.

— Então? que te dizia eu? perguntou meigamente o tio Gaudêncio, depois da larga pausa, intercortada pelos soluços do sobrinho; que te dizia eu? que mulherzinha, hein?... que mulherzinha, hein?... que mulherzinha!...

— É um monstro!

— Quando eu te dizia! Cada uma delas é um Satanás de saias!...

— Esta... ainda... é pior!

— Não chores; ainda estás em tempo de te livrares dela.

— Mas como?

— Pondo-a fora de casa!

— Pois eu hei de pôr minha mulher fora de casa?

— Quem te fala de tua mulher? Refiro-me à tua sogra!

— Oh! por amor de Deus não diga mal daquela santa! Pô-la fora de casa, eu!... Infelizmente há quinze dias já não mora conosco... não pôde continuar a ser testemunha destas desavenças... Isto, que o senhor viu, reproduz-se todos os dias, ou todas as noites, para variar! Minha sogra não teve forças para acabar com estas cenas, nem coragem para presenciá-las!

— Olha que sempre me saíste um idiota de conta, peso e medida! Pois não vês que tua mulher está influenciada pela mãe, e que tua sogra é o modelo mais completo do gênero? Aposto que ela, enquanto morou com vocês, foi toda carinhos e desvelos para contigo...

— Sim... foi...

— Pudera! foi ela quem tramou essa farsa ridícula... foi ela quem açulou tua mulher contra ti... E quando vos viu a ambos bem irritados um contra o outro, foi-se embora, porque a sua missão de sogra estava cumprida! Pois não te entra pelos olhos que uma rapariga inteligente e educada, como é a Rosalina, e que te queria tanto, não procederia assim, se não obedecesse a uma influência oculta, a uma sugestão misteriosa?

O tio Gaudêncio, verboso por natureza, imprimia nas palavras, que lhe saíam lentas e solenes, um tom profundo de convicção e verdade. O Estanislau sentiu abalar-se-lhe o espírito; no entanto, observou com muito bom senso:

— Mas que interesse tinha dona Raimunda?...

— Ah! Ah! interrompeu o tio Gaudêncio —, é esse o ponto mais melindroso da psicologia da sogra. A maldade da espécie deriva, forçoso é confessá-lo, de um sentimento bom: o amor materno... uma coisa sublime que se torna facilmente ridícula, como todas as coisas sublimes. Tu não conheces o coração humano; tu não sabes até que ponto pode ir o ciúme da mulher que durante nove longos meses traz uma filha no ventre, que a deita ao mundo, que lhe dá de mamar, que a educa, que a vê crescer aos milímetros, que se habitua a viver dela e para ela, que assiste ao desabrochar de todos os seus encantos, que recebe no seio a sua derradeira lágrima de menina e o seu primeiro suspiro de mulher, e, de repente, é obrigada, pelas convenções sociais, a entregá-la a um homem, e tem a certeza de que esse homem vai praticar certos atos, que ela, na sua alucinação de mãe, não se convence de que sejam o exercício de um direito sagrado. O ciúme transforma-se em ódio, mas ódio surdo, latente, inconfessável, porque confessá-lo seria revoltar-se contra o sacramento e a lei. É por isso que, por via da regra, as melhores mães são as piores sogras. O ciúme do marido teve o seu grande poeta; o ciúme da mãe, mais violento e terrível, espera ainda o seu Shakespeare. Há sogras Otelos!

Esta doutrina paradoxal e fantasista desnorteou o Estanislau, que protestou ainda, mas já com o espírito a flutuar entre a filosofia do tio e as exterioridades simpáticas da sogra.

– Hipocrisia, acrescentou o velho, hipocrisia! Não há paixão que domine um indivíduo sem o tornar hipócrita.

No dia seguinte houve um dos escândalos habituais, com o invariável condimento das bofetadas, e três dias depois o tio Gaudêncio foi procurar o sobrinho, brandindo vitoriosamente um número do *Jornal do Commercio*.

– Então, Estanislau? ainda não estás convencido de que foi tua sogra quem conspirou e é ela quem ainda conspira contra a tua paz doméstica?

O mártir não respondeu; os seus lábios limitaram-se a arregaçar um sorriso estúpido e penoso.

– Olha, continuou o tio, desdobrando o *Jornal*; desta vez a fera mostrou as garras!

– Que é isso?

– Uma mofina, meu rapaz, uma ignóbil mofina! O título é *Rua de São Pedro*.

Estanislau tomou entre as mãos trêmulas aquele escoadouro da bílis pública, e leu:

"Previne-se a certo morador desta rua, que, se continua a escandalizar os vizinhos, esbordoando a sua infeliz esposa, como acontece todos os dias, serão tomadas providências tais, que nem São Estanislau lhe poderá valer."

– Bom. Agora, lê a assinatura.

– *Argos*.

– Então? Queres coisa mais clara?

– Mas que quer o senhor dizer na sua? que esta mofina é de minha sogra?

– Pois se está assinada!
– Assinada *Argos*... uma assinatura muito usada em publicações deste gênero...
– Repara que isso é um anagrama. Lê essa palavra *Argos* de trás para diante: S, o, g, r, a, – *sogra!*

O Estanislau ficou perplexo, e dentro em poucos dias o velho regressou para Maricá, deixando-o cheio de rancor contra o beijinho das sogras.

Mas não eram passados três meses quando o tio Gaudêncio recebeu a carta que aí vai transcrita com ligeiras correções de ortografia e sintaxe:

"Meu tio. É com o maior prazer que lhe participo que Deus foi servido chamar minha mulher à sua presença. Neste instante venho da missa do sétimo dia, e ainda me parece um sonho! Há quinze dias não apanho pancada! Abençoada pneumonia dupla!

"Estou morando com minha sogra, cujos carinhos desinteressados me convenceram plenamente de que o *Argos* não era ela. Dona Raimunda é a melhor das criaturas. Afianço-lhe que, se fosse permitido, eu me casaria com ela!

"Aceite um abraço de seu sobrinho etc. *Estanislau.*"

63

A DÍVIDA

[...] Montenegro, completamente hóspede na arte de namorar, chegou a perguntar a si mesmo se não era tudo aquilo o efeito de uma alucinação. (O criador surpreende, e revela as inquietações de sua "criatura"...)

I

Montenegro e Veloso formaram-se no mesmo dia, na Faculdade de Direito de São Paulo. Depois da cerimônia da colação do grau, foram ambos enterrar a vida acadêmica num restaurante, em companhia de outros colegas, e era noite fechada quando se recolheram ao quarto que, havia dois[1] anos, ocupavam juntos em casa de umas velhotas na rua de São José. Aí se entregaram à recordação da sua vida escolástica, e se enterneceram defronte um do outro, vendo aproximar-se a hora em que deviam separar-se, talvez para sempre. Montenegro era de Santa Catarina e Veloso do Rio de Janeiro; no dia seguinte aquele partiria para Santos e este para a capital do Império. As malas estavam feitas.

— Talvez ainda nos encontremos, disse Montenegro. O mundo dá tantas voltas!

— Não creio, respondeu Veloso. Vais para a tua província, casas-te, e era uma vez o Montenegro.

— Caso-me?! Aí vens tu! Bem conheces as minhas ideias a respeito do casamento, ideias que são, aliás, as mesmas que tu professas. Afianço-te que hei de morrer solteiro.

— Isso dizem todos...

— Veloso, tu conheces-me há muito tempo: já deves estar farto de saber que eu quando digo, digo.

---

[1] [1900: dous.]

– Pois sim, mas há de ser difícil que em Santa Catarina te possas livrar do *conjungo vobis*. Na província ninguém toma a sério um advogado solteiro.
– Enganas-te. Os médicos, sim; os médicos é que devem ser casados.
– Não me engano tal. Na província o homem solteiro, seja qual for a posição que ocupe, só é bem recebido nas casas em que haja moças casadeiras.
– Quem te meteu essa caraminhola na cabeça?
– Se fosses, como eu, para a Corte, acredito que nunca te casasses; mas vais para o Desterro: estás aqui com uma ninhada de filhos. Queres fazer uma aposta?
– Como assim?
– O primeiro de nós que se casar pagará ao outro... Quanto?
– Vê tu lá.
– Deve ser uma quantia gorda.
– Um conto de réis.
– Upa! Um conto de réis não é dinheiro. É preciso que a aposta seja de vinte contos, pelo menos.
– Ó Veloso, tu estás doido? Onde vamos nós arranjar vinte contos de réis?
– O diabo nos leve se aqueles canudos não nos enriquecerem!
– Estás dito! Aceito! Mas olha que é sério!
– Muito sério. Vai preparando papel e tinta enquanto vou comprar duas estampilhas.
– Estampilhas?
– Sim, senhor! Quero o preto no branco! Há de ser uma obrigação recíproca, passada com todos os *efes* e *erres*[2]!
Veloso saiu e logo voltou com as estampilhas.
– Senta-se, e escreve o que te vou ditar.
Montenegro sentou-se, tomou a pena, mergulhou-a no tinteiro, e disse:
– Pronto.

---

[2] [Grifamos.]

Eis o que o outro ditou e ele escreveu:

"Devo ao bacharel Jaime Veloso a quantia de vinte contos de réis, que lhe pagarei no dia do meu casamento, oferecendo como fiança desse pagamento, além da presente declaração, a minha palavra de honra."

– Agora eu! disse Veloso, sentando-se:

"Devo ao bacharel Gustavo Montenegro a quantia de vinte contos de réis... etc."

As declarações foram estampilhadas, datadas e assinadas, ficando cada um com a sua.

No dia seguinte Montenegro embarcava em Santos e seguia para o Sul, enquanto Veloso, arrebatado pelo trem de ferro, se aproximava da Corte.

II

Montenegro ficou apenas três anos em Santa Catarina, que lhe pareceu um campo demasiado estreito para as suas aspirações: foi também para a Corte, onde o conselheiro Brito, velho e conhecido advogado, amigo da família dele, paternalmente se ofereceu para encaminhá-lo, oferecendo-lhe um lugar no seu escritório.

Chegado ao Rio de Janeiro, o catarinense desde logo procurou o seu companheiro de estudos, e não encontrou da parte deste o afetuoso acolhimento que esperava. Veloso estava outro: em três anos transformara-se completamente. Montenegro veio achá-lo satisfeito e feliz, com muitas relações no comércio, encarregado de causas importantes, morando numa bela casa, frequentando a alta sociedade, gastando à larga.

O catarinense, que tinha uma alma grande, sinceramente estimou que a sorte com tanta liberalidade houvesse favorecido o seu amigo; ficou, porém, deveras magoado pela maneira fria e pelo mal disfarçado ar de proteção com que foi recebido.

Veloso não se demorou muito em falar-lhe da aposta de São Paulo.

– Olha que aquilo está de pé!

– Certamente. A nossa palavra de honra está empenhada.

– Se te casas, não te perdoo a dívida.
– Nem eu a ti.

Os dois bacharéis separaram-se friamente. Veloso não pagou a visita a Montenegro, e Montenegro nunca mais visitou Veloso. Encontravam-se às vezes, fortuitamente, na rua, nos bondes, nos tribunais, nos teatros, e Veloso perguntava infalivelmente a Montenegro:

– Então? ainda não és noivo?
– Não.
– Que diabo! estou morto por entrar naqueles vinte contos...

III

Um dia, Montenegro foi convidado para jantar em casa do conselheiro Brito. Não podia faltar, porque fazia anos o seu venerando protetor, mestre e amigo. Lá foi, e encontrou a casa cheia de gente.

Passeando os olhos pelas pessoas que se achavam na sala, causou-lhe rápida e agradabilíssima impressão uma bonita moça que, pela elegância do vestuário e pela vivacidade da fisionomia, se destacava num grupo de senhoras.

Era a primeira vez que Montenegro descobria no mundo real um físico de mulher correspondendo pouco mais ou menos ao ideal que formara.

Não há mulher, por mais inexperiente, a quem escapem os olhares interessados de um homem. A moça imediatamente percebeu a impressão que produzira, e, ou fosse que por seu turno simpatizasse com Montenegro, ou fosse pelo desejo vaidoso de transformar em labareda[3] a fagulha que faiscaram seus olhos, o caso é que se deixou vencer pela insistência com que o bacharel a encarava, e esboçou um desses indefiníveis sorrisos que nas batalhas do amor equivalem a uma capitulação. O acordo tácito e imprevisto daquelas duas simpatias foi celebrado com tanta rapidez, que Montenegro, completamente hóspede na

---

[3] 3ª ed., s/d: lavareda.

arte de namorar, chegou a perguntar a si mesmo se não era tudo aquilo o efeito de uma alucinação.

O namoro foi interrompido pela esposa do conselheiro Brito, que entrou na sala e cortou o fio a todas as conversas, dizendo:
— Vamos jantar.

À mesa, por uma coincidência que não qualificarei de notável, colocaram Montenegro ao lado da moça.

Escusado é dizer que ainda não tinham acabado a sopa, e já os dois namorados conversavam um com o outro como se de muito se conhecessem. Na altura do assado, Montenegro acabava de ouvir a autobiografia, desenvolvida e completa, da sua fascinadora vizinha.

Chamava-se Laurentina, mas todas as pessoas do seu conhecimento a tratavam por Lalá, gracioso diminutivo com que desde pequenina lhe haviam desfigurado o nome. Era órfã de pai e mãe. Vivia com uma irmã de seu pai, senhora bastante idosa e bastante magra, que estava sentada do outro lado da mesa, cravando na sobrinha uns olhares penetrantes e indagadores. Os pais não lhe deixaram absolutamente nada, além da esmeradíssima educação que lhe deram; mas a tia, que generosamente a acolheu em sua casa, tinha, graças a Deus, alguma coisa, pouca, o necessário para viverem ambas sem recorrer ao auxílio de estranhos nem de parentes. Para não ser muito pesada à tia, Lalá ganhava algum dinheiro dando lições de piano e canto em casas particulares; eram os seus alfinetes.

— Fui educada um pouco à americana, acrescentou; saio sozinha à rua sem receio de que me faltem ao respeito, e sou o homem lá de casa. Quando é preciso, vou eu mesma tratar dos negócios de minha tia.

E elevando a voz:
— Não é assim, titia?
— É, minha filha, respondeu do lado oposto a velha, embora sem saber de que se tratava.

Lalá era suficientemente instruída, e tinha algum espírito mais que o comum das senhoras brasileiras. Essas qualidades, realmente apreciáveis, tomaram proporções exageradas na imaginação de Montenegro.

Este disse também a Lalá quem era, e contou-lhe os fatos mais interessantes da sua vida, exceção feita, já se sabe, da famosa aposta de São Paulo.

E tão entretidos estavam Montenegro e Lalá nas mútuas confidências que cada vez mais os prendiam, que nenhuma atenção prestaram aos incidentes da mesa, inclusive os brindes, que não foram poucos.

Acabado o jantar, improvisou-se um concerto e depois dançou-se. Lalá cantou um romance de Tosti. Cantou mal, com pouca voz, sem nenhuma expressão, e a Montenegro pareceu aquilo o *non plus ultra* da cantoria. Dançou com ela uma valsa, e durante a dança apertaram-se as mãos com uma força equivalente a um pacto solene de amor e fidelidade.

Ele sentia-se absolutamente apaixonado quando, de madrugada, se encaminhou para casa, depois de fechar a portinhola do carro e magoar os dedos da moça num último aperto de mão.

Era dia claro quando o bacharel conseguiu adormecer. Sonhou que era quase marido. Estava na igreja, de braço dado a Lalá, deslumbrante nas suas vestes de noiva. Mas ao subir com ela os degraus do altar, reconheceu na figura do sacerdote, que os esperava de braços erguidos, o seu colega Veloso, credor de vinte contos de réis.

IV

Nesse mesmo dia Montenegro estava sozinho no escritório, e trabalhava, quando entrou o conselheiro Brito.
– Bom-dia, Gustavo.
– Bom-dia, conselheiro.

O velho advogado sentou-se e pôs-se a desfolhar distraidamente uns autos; mas, passados alguns minutos, disse muito naturalmente, sem levantar os olhos:
– Gustavo, aquilo não te serve.
– Aquilo quê?
– Faze-te de novas! A Lalá.
– Mas...

— Não negues. Toda a gente viu. Vocês estiveram escandalosos. Se tens em alguma conta os meus conselhos, arrepia carreira enquanto é tempo. Tu conhece-la?

— Não, senhor; mas encontrei-a em sua casa, e tanto bastou para formar dela o melhor conceito.

— Lá por isso, não, meu rapaz! Eu não fumo, mas não me importa que fumem perto de mim.

— Então ela?...

— Não digo que seja uma mulher perdida, mas recebeu uma educação muito livre, saracoteia sozinha por toda a cidade, e não tem podido, por conseguinte, escapar à implacável maledicência dos fluminenses. Demais, está habituada ao luxo –, ao luxo da rua, que é o mais caro; em casa arranjam-se ela e a tia sabe Deus como. Não é mulher com quem a gente se case. Depois, lembra-te que apenas começas e não tens ainda onde cair morto. Enfim, és um homem: faze o que bem te parecer.

Essas palavras, proferidas com uma franqueza por tantos motivos autorizada, calaram no ânimo do bacharel. Intimamente ele estimava que o velho amigo de seu pai o dissuadisse de requestar a moça –, não pelas consequências morais do casamento, mas pela obrigação, que este lhe impunha, de satisfazer uma dívida de vinte contos de réis, quando, apesar de todos os seus esforços, não conseguira até então pôr de parte nem o terço daquela quantia.

Mas o amor contrariado cresce com inaudita violência. Por mais conselhos que pedisse à razão, por mais que procurasse iludir-se a si próprio, Montenegro não conseguia libertar-se da impressão que lhe causara a moça. O seu coração estava inteiramente subjugado. Ainda assim, lograria, talvez, vencer-se, se, vinte dias depois do seu encontro com Lalá, esta não lhe escrevesse um bilhete que neutralizou todos os seus elementos de reação.

"Doutor. – Sinto que o nosso romance o enfastiasse tanto, que o senhor não quisesse ir além do primeiro capítulo. Entretanto, não imagina como sofro por não saber os motivos que atuaram no seu espírito para interromper tão bruscamente... a leitura. Diga-me alguma coisa, dê-me uma explicação que me

tranquilize ou me desengane. Esta incerteza mata-me. Escreva-
-me sem receio, porque só eu abro as minhas cartas. – *Lalá*."

A primeira ideia de Montenegro foi deixar a carta sem resposta, e empregar todos os meios e modos para esquecer-se da moça e fazer-se esquecer por ela; refletiu, porém, que não poderia justificar o seu procedimento, se recusasse a explicação com tanta delicadeza solicitada. Resolveu, portanto, responder a Lalá com um desengano categórico e formal, e mandou-lhe esta pílula dourada:

"Lalá. – Deus sabe quanto eu a amo e que sacrifício me imponho para renunciar à ventura e à glória de pertencer-lhe; mas um motivo imperioso existe, que se opõe inexoravelmente à nossa união. Não me pergunte que motivo é esse; se eu lho revelasse, a senhora achar-me-ia ridículo. Basta dizer-lhe que a objeção não parte de nenhuma circunstância a que esteja ligada a sua pessoa; parte de mim mesmo, ou antes, da minha pobreza. Adeus, Lalá; creia que, ao escrever-lhe estas linhas, sinto a pena pesada como se estivessem fundidos nela todos os meus tormentos. – *G. M.*"

– Que conselho me dá vosmecê? perguntou Lalá à sua tia, depois de ler para ela ouvir a carta de Montenegro.

– O conselho que te dou é tratares de arranjar quanto antes uma entrevista com esse moço, e entenderes-te verbalmente com ele. Isto de cartas não vale nada. Ele que te diga francamente qual é o tal motivo... e talvez possamos remover todas as dificuldades. Não percas esse marido, minha filha. O doutor Montenegro é um advogado de muito futuro; pode fazer a tua felicidade.

No dia seguinte Montenegro recebeu as seguintes linhas:

"Amanhã, quinta-feira, às duas horas da tarde, tomarei um bonde no largo da Lapa, porque vou dar uma lição na rua do Senador Vergueiro. Esteja ali *por acaso*, e *por acaso* tome o mesmo bonde que eu,[4] e sente-se ao pé de mim. Recebi a sua carta; é preciso que nos entendamos de viva voz. – *Lalá*."

---

[4] [Virgulamos.]

O tom desse bilhete desagradou a Montenegro. Quem o lesse diria ter sido escrito por uma senhora habituada a marcar entrevistas. Entretanto, à hora aprazada o bacharel achou-se no largo da Lapa. Recuar seria mostrar uma pusilanimidade moral, que o envergonharia eternamente. Depois, como ele possuía todas as fraquezas do namorado, deixou-se seduzir pela provável delícia dessa viagem de bonde. Quando o veículo parou no largo do Machado, Lalá sabia já qual o motivo pecuniário que se opunha ao casamento. Ouvira sem pestanejar a confissão de Montenegro.

– O motivo é grave, disse ela; o doutor Veloso tem a sua palavra de honra, e o senhor não pode mudar de estado sem dispor de uma soma relativamente considerável; mas... eu sou mulher e talvez consiga...

– O quê? perguntou Montenegro sobressaltado.

– Descanse. Sou incapaz de cometer qualquer ação que nos fique mal. Separemo-nos aqui. Eu lhe escreverei.

Lalá estendeu a mão enluvada que Montenegro apertou, desta vez sem lhe magoar os dedos.

Ele apeou-se e galgou o estribo de outro bonde que partia para a cidade.

– Já está pago, disse o condutor a Montenegro quando este lhe quis dar um níquel.

O bacharel voltou-se para verificar quem tinha pago por ele, e deu com os olhos em Veloso, que lhe disse de longe, rindo-se:

– Foi por conta daqueles vinte –, sabes?

– Reza-lhes por alma! bradou Montenegro, rindo-se também.

V

Esse "reza-lhes por alma" queria dizer que Montenegro voltara desencantado do seu passeio de bonde. Lalá parecera-lhe outra, mais desenvolta, mais *americana*, completamente despida do melindroso recato que é o mais precioso requisito da mulher virgem. Ele deixou-se convencer de que a moça, depois de ouvir a exposição franca e leal das suas condições de insolvabilidade, desistira mentalmente de considerá-lo um noivo possível, dizendo por dizer aquelas palavras "talvez eu consiga", palavras à toa, trazidas ali apenas para fornecer o ponto final a um diálogo que se ia tornando penoso e ridículo. Montenegro fez ciente do seu desencanto ao conselheiro Brito, que lhe deu parabéns, e daí por diante só se lembrou de Lalá como de uma bonita mulher de quem faria com muito prazer sua amante mas nunca sua esposa. Desaparecera completamente aquele doce enlevo causado pela primeira impressão. O "reza-lhes por alma" saiu-lhe dos lábios com a impetuosidade de um grito da consciência. A desilusão foi tão pronta como pronto havia sido o encanto. Fogo de palha.

VI

Entretanto, mal sabia Montenegro que Lalá concebera um plano extravagante e o punha em prática enquanto ele, tranquilo e despreocupado, imaginava que ela o houvesse posto à margem. Depois de aconselhar-se com a tia, que não primava pelo bom senso, a professora de piano e canto encheu-se de decisão e coragem, foi ter com o doutor Veloso no seu escritório e disse-lhe que desejava dar-lhe duas palavras em particular.

A beleza de Lalá deslumbrou o advogado, e, como este era extremamente vaidoso, viu logo ali uma conquista amorosa em perspectiva.

– Tenha a bondade de entrar neste gabinete, minha senhora.

Lalá entrou, sentou-se num divã, e contou ao doutor Veloso toda a sua vida, repetindo, palavra por palavra, o que dissera a Montenegro durante o jantar do conselheiro Brito.

Admirado de tanta loquacidade e de tanto espírito, Veloso perguntou-lhe, terminada a história, em que poderia servi-la.

– Sou amada por um homem que é digno de mim, e o nosso casamento depende exclusivamente do doutor.

– De mim?

– A minha ventura está nas suas mãos. Custa-lhe apenas vinte contos de réis. Não quero crer que o doutor se negue a pagar por essa miserável quantia a felicidade... de uma órfã.

— Não compreendo.
— Compreenderá quando eu lhe disser que o homem por quem sou amada é o seu amigo e colega doutor Gustavo Montenegro.
— Ah! ah!...
— Escusado é dizer que ele ignora absolutamente a resolução, que tomei, de vir falar-lhe.
— Acredito.
— Qual é a sua resposta?
— Minha senhora, balbuciou Veloso, sorrindo; eu tenho algum dinheiro, tenho... mas perder assim vinte contos de réis...
— Recusa?
— Não, não recuso; mas peço algum tempo para refletir. Depois de amanhã venha buscar a resposta.

A conversação continuou por algum tempo, e Veloso começou a sentir pela moça a mesmíssima impressão que ela causara a Montenegro.

Lalá notou o efeito que produzia, e pôs em contribuição todos os seus diabólicos artifícios de mulher astuta e avisada.
— Feliz Gustavo!
— Feliz... por quê?
— É amado!
— Oh! não vá agora supor que ele me inspirasse uma paixão desenfreada!
— Ah!
— É um marido que me convém, isso é; mas se o doutor não abrir mão da dívida, e ele não se puder casar, não creia que eu me suicide!

Ouvindo esta frase, Veloso adiantou-se tanto, tanto, que dois dias depois, quando Lalá foi saber a resposta, ele recebeu-a com estas palavras:
— Não!... Se eu abrisse mão dos vinte contos, ele seria seu marido, e...
— E?...
— E eu... tenho ciúmes.

No dia seguinte ele era apresentado à tia, manejo aconselhado pela própria velha.

– Este é mais rico, mais bonito e até mais inteligente que o outro... Não o deixes escapar, minha filha!

A verdade é que Veloso não se introduziu em casa de Lalá com boas intenções; mas a esperteza da moça e as indiscrições do advogado determinaram em breve uma situação de que ele não pôde recuar.

Imagine-se a surpresa de Montenegro quando lhe anunciaram o casamento de Lalá com o seu colega, e a indignação que dele se apoderou quando por portas travessas veio ao conhecimento do modo singular por que fora ajustado esse consórcio imprevisto.

VII

No dia seguinte ao do casamento, estava Montenegro no escritório, quando recebeu um cheque de vinte contos de réis, enviado pelo marido de Lalá.

– Não acha que devo devolver este dinheiro? perguntou ele ao conselheiro Guedes.

– Não; mas não o gastes; afianço-te que terás ocasião mais oportuna para devolvê-lo.

E assim foi.

A lua de mel não durou dois meses. Os dois esposos desavieram-se e logo se separaram judicialmente. Ele voltou à vida de solteiro e ela tornou para casa da tia.

Um dia Montenegro encontrou-a num armarinho da rua do Ouvidor, e tais coisas lhe disse a moça, tais protestos fez e tão arrependida se mostrou de o haver trocado pelo outro, que dois dias depois ela entrava furtivamente em casa dele...

Nesse mesmo dia o desleal Veloso recebeu uma cartinha concebida nos seguintes termos:

"Doutor Veloso. – Devolvo-lhe intacto o incluso cheque de vinte contos de réis, porque a dívida que ele representa é uma estudantada imoral, sem nenhum valor jurídico. – *Gustavo Montenegro.*"

TEUS OLHOS

E o ciumento marido desde logo se convenceu de que a polca era um sinal convencionado entre Tudica e o homem do mirante.
(Observação do narrador, capaz de ler até o pensamento de seus personagens.)

I

Rodolfo e Tudica estavam casadinhos de fresco. Ele tinha vinte e oito anos, ela dezoito. Ele era um rapagão, ela uma bonita moça, com dois olhos negros capazes de inflamar um frade de pedra.

Eram felizes: amavam-se, e viviam como dois pombinhos num elegante sobrado, recentemente construído pelo Januzzi na rua do Senador Dantas.

Tudica era muito boa pianista: tinha sido discípula do Arnaud. Os dois noivos estavam constantemente ao piano, ela sentada, fazendo saltar os dedos sobre o teclado, ele de pé, ao seu lado, para voltar as folhas da música, e dar-lhe de vez em quando um beijo no pescoço.

Uma tarde, passando pela rua dos Ourives, Rodolfo e Tudica entraram em casa do Buschmann para comprar, como de costume, as últimas novidades musicais.

Um dos empregados da loja impingiu-lhes uma polca intitulada *Teus olhos*, que acabava de ser impressa naquele dia.

– Podem ficar certos de que esta polca lhes há de agradar, conquanto o autor não seja ainda conhecido.

Efetivamente, nem Tudica nem Rodolfo se lembravam de ter ouvido o nome de Isaías Barbalho, o compositor de *Teus olhos*.

A polca foi, no entanto, empacotada com as outras novidades, e nesse mesmo dia Tudica executou-a ao piano. Gostou tanto, que *Teus olhos* tornaram-se a sua música predileta.

II

Alguns dias depois, Tudica estava ao piano e Rodolfo encostara-se à janela, gozando a fresca da manhã, e vendo quem passava na rua iluminada por um sol radiante.

Depois de alguns momentos de silêncio:
— Ó Tudica, toca-me os *Teus olhos*.

Apenas a moça dedilhara os primeiros compassos da polca, Rodolfo viu, do outro lado da rua, um sujeito aparecer à janela de um mirante e olhar fixamente para ele.

Mas não lhe deu atenção, dizendo consigo que naturalmente o vizinho gostava de música e fora atraído pelos sons do piano.

Depois recordou-se que mais de uma vez, estando à janela com Tudica, já tinha visto o mesmo indivíduo...
— Dar-se-á caso, pensou ele, que o atraía não o piano mas a pianista?

E Rodolfo lembrou-se de certa ocasião em que surpreendeu Tudica a olhar com muito interesse para o mirante.
— Oh! por distração... (monologava ele) por acaso... sem má intenção, decerto... É verdade que as mulheres são em geral curiosas... e caprichosas... Mas, meu Deus! aonde me levam estas suposições? Que loucura! Não posso, não devo crer que Tudica...

Entretanto, a moça começou a executar outra música muito mais bonita, muito mais notável que *Teus olhos*, e o vizinho desapareceu.
— Quê! pensou Rodolfo, pois ele vai-se embora justamente quando ela toca *Ricordati* de Gottschalk!

E concluiu:
— Decididamente não é um melômano.

E as suposições engrossaram.

III

Passados alguns dias, Rodolfo entrou de improviso na sala, justamente na ocasião em que Tudica se levantava do piano depois da execução de *Teus olhos*. Maquinalmente ela deixou o instrumento e encaminhou-se para uma janela que estava entreaberta. Imaginem o que sentiu Rodolfo vendo o vizinho à janela do seu mirante, e, pelos modos, satisfeito, cofiando os bigodes com uns ares de conquistador.

E o ciumento marido desde logo se convenceu de que a polca era um sinal convencionado entre Tudica e o homem do mirante.

– Provavelmente eles ainda não chegaram à fala, pensou Rodolfo, mas não há dúvida que as coisas se encaminham para isso. Está a entrar pelos olhos que Tudica dá corda ao vizinho.

Rodolfo encostou-se à sacada, mas já o outro havia desaparecido, contrariado naturalmente – julgava ele – por ter vindo para a janela o marido e não a mulher.

Tudica pôs-se a executar outras músicas, e – quem sabe? – cada uma delas talvez tivesse a sua significação convencionada. Esta diria: "Meu marido está perto de mim", aquela: "Tenha cuidado". Em todo o caso, nenhuma delas tinha o mesmo encanto para os ouvidos do vizinho, porque este só aparecia à janela quando Tudica tocava os *Teus olhos*.

IV

Desde então a existência de Rodolfo tornou-se um verdadeiro inferno. O pobre diabo estava convencido de que sua esposa era uma hipócrita, que o não amava, e procurava ocasião para traí-lo à vontade.

Como não tinha até então provas positivas contra a pobre Tudica, não articulou uma queixa, mas tornou-se taciturno e irascível.

Um dia saiu do quarto de dormir, e foi para a sala: os seus ciúmes tinham lhe sugerido a ideia de uma experiência concludente.

Através das cortinas de renda que coavam a luz de fora, viu Rodolfo que a janela do vizinho estava aberta; foi para o piano, abriu sobre a estante a polca de Isaías Barbalho, e – como era também pianista – pôs-se a executá-la febrilmente, com os olhos postos no mirante fronteiro.

Logo nos primeiros compassos apareceu o vizinho, procurando com o olhar quem dera o sinal convencionado. Já não havia dúvida possível: ele esperava-a!... Rodolfo saiu bruscamente da sala, e foi para o interior da casa ao encontro de Tudica. Mas em caminho mudou de resolução; sua mulher estava em casa, não lhe escaparia; mas o vizinho... oh, o vizinho!... o seu dever era procurá-lo e castigá-lo imediatamente.

V

Um minuto depois, o marido ultrajado batia à porta do seu rival. Veio abri-lha um preto velho, que recuou espantado em presença daquele homem de olhos esbugalhados e pálido de cólera.

Rodolfo entrou como um raio e logo se achou defronte do vizinho; e apostrofou-o:

– Miserável! canalha! venho quebrar-te os ossos com esta bengala!...

O dono da casa não perdeu o sangue-frio, e respondeu com muita tranquilidade:

– Eu creio que o senhor está enganado... A quem procura?... Talvez não me conheça: eu chamo-me Isaías Barbalho e sou um pobre músico...

– Isaías Barbalho!... exclamou Rodolfo. O autor da polca...

– *Teus olhos*, concluiu o outro, empertigando-se com um movimento de orgulho.

– E o senhor gosta de ouvir tocar a sua polca, não gosta?

– Se gosto! se gosto!... Olhe, ali defronte há uma senhora que todos os dias a executa ao piano, e primorosamente... Pois há de crer que eu chego à janela mal ouço os primeiros acordes?...

– Peço-lhe que me desculpe, disse Rodolfo. Enganei-me efetivamente... não era o senhor que eu procurava...

E nunca mais teve ciúmes de Tudica.

INCÊNDIO NO POLITEAMA

*Oh! a extraordinária boa-fé, a sublime toleima
das esposas honestas!...* (Reflexão disfarçada
do narrador sobre personagem do conto.)

Oh! a extraordinária boa-fé, a sublime toleima das esposas honestas!...

O Romualdo – o Romualdo da praia do Flamengo, conhecem? – casou-se há dez anos, e foi até bem poucos dias o modelo mais completo da fidelidade conjugal. Dona Vicentina, sua esposa, não tinha sido até então enganada pelo marido nem mesmo em sonhos.

Ultimamente, o pobre rapaz encontrou no bonde elétrico, em caminho de casa para a repartição uma bonita mulher que lhe atirou uns olhares igualmente elétricos, e tanto bastou para que a sua austeridade fosse por água abaixo.

Nesse dia o Romualdo não assinou o ponto na repartição, coisa que lhe não sucedia há muitos anos. Gastou perto de quatro horas acompanhando na rua do Ouvidor a bela desconhecida; entrou com ela numa casa de leques e luvas, mas não se animou a falar-lhe; esperou-a depois à porta de dois armarinhos e uma confeitaria, e eram quase três horas da tarde quando no largo da Carioca tomou o mesmo bonde que ela –, outro bonde elétrico.

Na rua do Passeio, a desconhecida, que era menos tímida que o Romualdo, convidou-o com um olhar – o mais elétrico de todos – a sentar-se perto dela, e ao mesmo tempo afastou-se para dar-lhe a ponta do banco.

Escusado é dizer que o Romualdo aquiesceu pressuroso ao convite, mas sabe Deus com que susto atravessou a praia do Flamengo, passando pela sua casa ao lado daquela adorável e estranha criatura, que trescalava sândalo. Felizmente dona Vicentina, como toda a boa dona de casa, raramente chegava à janela, e nenhum dos vizinhos o viu passar em tão arriscada companhia.

Não fatigarei o leitor reproduzindo o vulgaríssimo diálogo que se travou entre os dois namorados.

Para elucidação do conto, basta dizer que ela não era casada – mas era como se o fosse – e residia com o seu protetor, um opulento negociante, nas imediações do largo do Machado.

A moça confessou-se apaixonada pelo Romualdo, porque o Romualdo era o retrato vivo do seu esposo, que falecera havia quatro anos, deixando-lhe imarcescíveis saudades. Logo que pudesse, concederia ao Romualdo uma entrevista, avisando-o em carta dirigida à repartição onde ele era empregado. Antes disso não procurasse vê-la, porque o aludido negociante era ciumento e desconfiado.

– À toa, acrescentou ela com uma simplicidade adorável; à toa, porque eu sou incapaz de enganá-lo.

– Incapaz?... Pois não acaba de me prometer uma entrevista?...

– Ah! o senhor não se conta: parece-se tanto com meu marido!...

Ao Romualdo não fez muito bom cabelo o papel de "estátua de carne" que lhe estava reservado; entretanto, esperou com impaciência a anunciada cartinha. Esta só apareceu no fim de vinte dias.

Eis o seu conteúdo:

"*Ele* foi hoje para Petrópolis, e só estará de volta depois d'amanhã. Amanhã 14, às 10 horas da noite, esperar-te-ei à janela; festejaremos juntos a data da tomada da Bastilha."

O Romualdo ficou entusiasmado por essas letras deliciosas, e tratou imediatamente de inventar um pretexto para ausentar-se de casa na noite aprazada.

Era difícil; não havia memória de haver saído à rua, depois de jantar, sem levar consigo sua mulher...

Era difícil; mas o que não inventa um homem quando uma mulher bonita lhe diz: vem cá?

No dia 13, ao chegar à casa de volta da repartição, o Romualdo aproximou-se de dona Vicentina, deu-lhe o beijo do costume, e disse-lhe:
— Benzinho, quero que me dês licença para uma coisa...
— Que coisa?
— Para ir amanhã ouvir o *Rigoletto* no Politeama. O meu chefe de seção[1], o doutor Rodrigues, convidou-me para assistir ao espetáculo do seu camarote, e eu prometi que ia... se te não contrariasses...
— Oh, Romualdo! é a primeira vez que você vai ao teatro sem sua mulher!
— Que queres? Não tenho prazer em ir a qualquer divertimento sem ti... mas aquele doutor Rodrigues é tão susceptível... e convidou-me de tão boa vontade.
— Pois vai!
— Obrigado, benzinho.
— Vai, mas olha que tenho muita pena de não ir também. O *Rigoletto* é uma das óperas que mais aprecio... O 4º ato... Não é no 4º ato que há o *La donna è mobile*?
— É.
— O 4º ato é lindíssimo. — Vai...
— Ficas zangada?
— Não fico, mas...
E dona Vicentina interrompeu a frase com um beijo.
— ... mas não quero que fiques no costume de ir ao teatro sozinho.
— Receias que eu te engane?
— Não; nunca me passou pela imaginação que me pudesses enganar; mas não quero...

No dia seguinte, quando, às sete horas da noite, o Romualdo saiu de casa para ir... ao Politeama, dona Vicentina disse-lhe:

---

[1] 3ª ed., s/d: secção.

– Presta bem atenção ao espetáculo para depois me contares tudo.

Já o Romualdo, que não era tolo, tivera o cuidado de ler o anúncio do Politeama e decorar os nomes dos cantores.

Conquanto o largo do Machado fique perto da praia do Flamengo, eram quase duas horas da madrugada quando o Romualdo entrou em casa. Dona Vicentina ainda estava acordada.

– Com efeito! acabou tarde o espetáculo!...
– Deixa-me, benzinho! O doutor Rodrigues instou comigo para cear... e eu apanhei uma enxaqueca que não te digo nada!
– Que tal o *Rigoletto*?
– Assim, assim... O Athos já não é aquele mesmo barítono dos tempos do Ferrari; ainda assim, deu boa conta do recado.
– E o tenor? Que tal o achaste?
– Podia ser pior.
– Como cantou ele o *La donna è mobile*?
– Com alguma expressão.
– Ah! é verdade, e o quarteto:

Um di, se ben rammento mi...?

– O quarteto também não andou mal. Todo o 4º ato foi regularmente cantado.
– Ora não estar eu lá!
– Naturalmente repetem a ópera; havemos de ir juntos.
– Prometes?
– Prometo, sim... mas deixa-me dormir... Esta enxaqueca...!
– Dá-me ao menos um beijo.
– Toma... e boa noite.

Dona Vicentina ergueu-se da cama primeiro que o marido, e, como de costume, foi logo ler o *Paiz*.

A primeira notícia que lhe saltou aos olhos trazia este título: Incêndio no Politeama.

Viu a pobre senhora que a representação do *Rigoletto* não passara do princípio do 3º ato. Ficou muito impressionada;

mas isso passou depressa, e, quando o marido acordou, disse-
-lhe, sorrindo:
— Como és bom! não me disseste nada do fogo em que estiveste metido esta noite... Mentiste, só para me não incomodar!
O Romualdo ficou atônito.
— Que... que fogo?
— Não tentes encobrir por mais tempo a verdade... Já sei que não ouviste o *La donna è mobile*.
— Hein?
— Tolinho! acabo de ler no *Paiz* que o Politeama ardeu completamente, e que o incêndio começou no princípio do 3º ato.
— Ah! sim... sim... foi para te não incomodar... foi para que não perdesses o sono...
— Agora percebo por que vieste para casa com uma enxaqueca, e apenas me deste um beijo... um beijo muito frio...

Oh! a extraordinária boa-fé, a sublime toleima das esposas honestas!

A BERLINDA

Os homens, quando se aproximavam dela, ficavam como envolvidos num vapor de sensualidade e volúpia.

(Reporta-se o narrador à vocação sedutora de dona Helena Cunha.)

Um dia o poeta Passos Nogueira foi instantemente convidado para as terças-feiras do Cunha.

– Apareça, que diabo! dizia-lhe este sempre que o encontrava. Minha senhora faz questão da sua pessoa e me recomenda com muito empenho que o convide. Ela adora a poesia, e por seu gosto vivia cercada de poetas.

– Mas eu não sou poeta, meu caro senhor Cunha.

– Isso agora é modéstia sua. O meu amigo não é ainda um Casemiro de Abreu nem um Rozendo Moniz; mas em todo o caso é um bom poeta.

Passos Nogueira não podia resistir a tanta amabilidade, e uma terça-feira lá foi à casa do Cunha, na rua Mariz e Barros.

A sala estava cheia de visitas. A dona da casa recebeu o poeta com grandes demonstrações de agrado... e um aperto de mão fortíssimo.

Era uma bonita mulher, não há dúvida, aquela dona Helena dos olhos lânguidos, com arrebitado e petulante nariz cavalgado pelo *pince-nez* de ouro, e a boca – uma boca adorável, primorosamente rasgada – mostrando sempre os dentes alvos e brilhantes.

Os homens, quando se aproximavam dela, ficavam como envolvidos num vapor de sensualidade e volúpia.

Com aquele sorriso que murmurava: "Cheguem-se!", aqueles olhos que diziam "Amem-me!", e aquelas narinas que gritavam

"Gozem-me!", não podia dona Helena escapar à maledicência pública. Efetivamente a mísera não gozava da fama de uma Penélope, e três ou quatro amantes sucessivos lhe apontava a *vox populi*. Sabia disso toda a gente... à exceção do Cunha que – vamos e venhamos! – não era precisamente um Ulisses.

Passos Nogueira estava ao corrente da reputação de dona Helena, e, portanto, poderia quase sem remorsos aceitar o combate amoroso que ela visivelmente lhe oferecia. A boca, os olhos e as narinas da moça diziam-lhe: Chega-te! Ama-me! Goza-me! Ele chegou-se; na ocasião era o mais que podia fazer. Ali, naquela sala pequena e cheia de gente, o combate deveria necessariamente limitar-se à fuzilaria dos olhos; não era possível recorrer à artilharia[1] dos lábios.

– Senhor Passos Nogueira, disse dona Helena em voz alta, queira recitar-nos uma das suas mimosas poesias.

– Oh, excelentíssima! poupe-me pelo amor de Deus o dissabor de vir trazer o sono a uma sociedade tão divertida.

– Não apoiado! não apoiado!... gritaram diversas vozes.

– Vamos! não se faça rogado, suspirou dona Helena.

– Pois bem; recitarei a minha última produção poética: algumas quintilhas que escrevi ontem para responder a certa pessoa que me perguntou se eu amava.

E os olhos do poeta encontraram-se com os da dona da casa. Fuzilaria.

– Quer que dona Xandoquinha toque a *Dalila* enquanto o senhor recita? perguntou o Cunha.

– Não, não é preciso acompanhamento, gemeu o poeta, penteando com os dedos a cabeleira farta.

Dispensem-me os leitores de reproduzir a poesia inteira; basta dizer-lhes que a terceira quintilha rezava assim:

"Queres saber, porém,
Se algum afeto escondo

---

[1] 1900: artilheria.

No coração; pois bem,
Senhora, eu te respondo
Que nunca amei ninguém."

E que a última era do teor seguinte:

"Em busca do meu bem,
Irei como a andorinha
Por esse mundo além;
E uma alma irmã da minha
Hei de encontrar também."

Sentou-se o poeta, e os aplausos rebentaram de todos os ângulos da sala. Dona Helena dava claramente a perceber com os olhos, a boca e as narinas que ela possuía uma alma irmã da de Passos Nogueira.

E com tanta franqueza se entregava ao poeta, que este, aproveitando um momento em que a conversação se tornou geral, perguntou-lhe rapidamente:
— Como poderei falar-lhe?

Ela respondeu-lhe com um olhar docemente repreensivo, que ao mesmo tempo exprimia a impossibilidade de contestar por outra forma. Ele resignou-se.

Mas dona Helena, ardilosa como todas as criaturas do seu sexo, propôs à sociedade um jogo de prendas. Alguns tímidos protestos se levantaram; a maioria, porém, acolheu com entusiasmo a proposta, e formou-se uma grande roda.

Na ocasião da *berlinda*... Os leitores sabem o que é, num jogo de prendas, a *berlinda*?... A pessoa sentenciada afasta-se para um canto da sala, e um dos circunstantes vai perguntar em segredo a cada um dos que tomaram parte no jogo por que aquela pessoa está na *berlinda*; depois repete em alto e bom som todas as respostas.

Passos Nogueira foi designado por dona Helena para esse serviço.

Na *berlinda* estava um moço muito empomadado, caixeiro de um grande armarinho da rua do Ouvidor.

O poeta vergava-se diante de todos para que sucessivamente lhe segredassem a resposta.

Dizia um:

– Está na berlinda, porque gosta de andar de calças brancas.

Outro:

– Está na berlinda, porque é muito amável.

Dona Xandoquinha, a pianista:

– Está na berlinda, porque há uma baronesa viúva que simpatiza muito com ele.

Chegou a vez de dona Helena. O poeta curvou-se e ela disse-lhe ao ouvido:

– Amanhã, ao meio-dia, na travessa de São Salvador. Leve um carro fechado.

O CUSTODINHO

[...] a pilhéria de tal forma exacerbou o senhor Meneses, que dona Augusta, sua desvelada esposa, teve um susto ao vê-lo entrar em casa desfigurado e apoplético.
(Observação do narrador, que a tudo vê.)

Quando rebentou a revolta de 6 de setembro de 1893, o senhor Meneses, empregado público, mostrou-se na sua repartição de uma reserva prudente, mas em casa, no seio da família, era de um custodismo feroz.
 – Oh! o Custódio!... Aquele é o meu homem!...
 Em 9 de setembro o entusiasmo do senhor Meneses esfriou consideravelmente: havia já dois dias que contava com o seu homem no palácio de Itamarati; mas no dia 13, depois do famoso bombardeio que pôs a população em sobressalto, voltaram-lhe os ímpetos do primeiro dia.
 Na madrugada de 14 ele saiu de casa expressamente para escrever a carvão no muro branco de uma chácara próxima:
 – "O Custódio na ponta!"
 – "De uma baioneta!" acrescentou no dia seguinte, também a carvão, um florianista igualmente anônimo –; e a pilhéria de tal forma exacerbou o senhor Meneses, que dona Augusta, sua desvelada esposa, teve um susto ao vê-lo entrar em casa desfigurado e apoplético.
 A pobre senhora estava para cada hora. O marido, nos momentos em que qualquer sucesso das armas revoltosas o punha de bom humor, dava-lhe no ventre umas pancadinhas de afeto, e dizia:
 – Há de ser um custodista *enragé*!

Quando dona Augusta deu à luz um rapagão que parecia ter já um mês de nascido, o senhor Meneses convidou imediatamente para padrinho da criança o comendador Baltasar, que também manifestava grande simpatia pela revolta, dizendo sempre que era estrangeiro e nada tinha com isso.

– Comendador, disse-lhe o senhor Meneses, compete-lhe, como padrinho, escolher o nome que o pequeno há de receber na pia batismal; permita, entretanto, que lhe lembre um...
– Qual?
– Custódio.
– Bravo! aprovou o padrinho; não é um bonito nome, mas é nome de um grande homem, de um brasileiro ilustre, de um valente marinheiro!
– Então está dito? Custódio?
– Custódio.

No dia seguinte o comendador Baltasar, com medo de que alguma bala lhe desse cabo do canastro, tomou o trem para Minas.
– Só estarei de volta depois de terminado este lamentável estado de coisas. Quando eu regressar, batizaremos o Custodinho.

Daí em diante começou para o senhor Meneses uma existência de oscilação política.

Quando pela primeira vez o *Aquidabão* saiu barra fora, o nosso homem quase endoideceu de alegria; levou o entusiasmo ao ponto de esvaziar, à sobremesa, em família, uma velhíssima garrafa de vinho do Porto, que havia muitos anos esperava um momento de grande júbilo para ser desarrolhada.

Entretanto, qualquer contratempo que sofressem os revoltosos acabrunhava-o profundamente. As explosões do Mocanguê e da ilha do Governador puseram-no de cama; o soçobro do *Javari* fê-lo ficar taciturno e sorumbático durante oito dias; o combate da Armação tirou-lhe completamente o apetite.

Por esse tempo já o almirante Custódio José de Melo deixara de ser o ídolo do senhor Meneses, que lhe não perdoava o ter partido para o Sul, deixando a "esquadra libertadora" tão mal defendida no porto do Rio de Janeiro.

Num dia em que dona Augusta – que nada entendia de política e era custodista apenas em virtude do preceito divino que manda a mulher acompanhar o marido – num dia em que dona Augusta, dizíamos, se referiu à "esquadra de papelão, que não entrava nem nada", o senhor Meneses atalhou furioso:
– Qual papelão! Isso é uma história! De papelão sou eu, que tomei o Custódio a sério!

Depois dessa frase, desse grito do coração, que causou grande pasmo à família do senhor Meneses, ninguém mais em casa o ouviu em assuntos políticos. Eram uns restos de pudor, porque na repartição – onde até então recusara manifestar-se – ele já se mostrava partidário decidido do governo, e muitos colegas o consideravam jacobino.

O Custodinho ia se desenvolvendo ao troar da artilharia fratricida, e dona Augusta mostrava-se bastante contrariada pela demora do batizado. O comendador Baltazar continuava em Minas.
– Meu Deus! quando se batizará o Custodinho? perguntava ela de instante a instante.

Todas as vezes que ouvia esse nome, o senhor Meneses tinha um olhar oblíquo, inexprimível; mas calava-se, para não dar o braço a torcer, para que em casa não dissessem que ele pensava hoje uma coisa e amanhã outra.

Chegou, afinal, o memorável dia 13 de março, e o senhor Meneses, certo que ia haver no porto do Rio de Janeiro um combate sanguinolento e horroroso, meteu-se com a família num dos hospitaleiros galpões que a Intendência Municipal mandou construir nos subúrbios para abrigo da população.

Como tantos outros, o pai do Custodinho imaginou que o barulho produzido pela pólvora seca da vitória fosse um tiroteio medonho, e, enquanto ouviu tiros ao longe, guardou um silêncio profundo, mostrando-se apreensivo e inquieto.

Caiu-lhe a alma aos pés (se é que ele a tinha) quando no dia seguinte se convenceu de que os revoltosos haviam se refugiado a bordo da *Mindello*.

Ainda assim, não se manifestou diante de dona Augusta, testemunha implacável do seu custodismo intransigente. O senhor Meneses receava que a família fizesse um juízo desfavorável ao seu caráter.[1]

Poucos dias depois, o comendador Baltasar voltava de Minas, e ia ter com o pai da criança.

– Aqui estou de torna-viagem, meu caro compadre; quando quiser, batizemos o Custodinho.

Enquanto pôde, o senhor Meneses protelou o batizado, mas dona Augusta, impaciente de ver o pimpolho livre do pecado original, exigiu formalmente que a cerimônia se realizasse o mais depressa possível.

Assim foi. Marcou-se, afinal, o dia do batizado, e esse dia chegou.

No momento em que os padrinhos e a família entravam nos carros que os deviam levar à igreja, o senhor Meneses recebeu, por um vizinho, a notícia de que o almirante Custódio abandonara também o Rio Grande. Coitado! Metia dó!

Na igreja. Estão todos em volta da pia batismal. Aparece o vigário e dá começo à cerimônia. No momento oportuno volta-se para o padrinho, e pergunta:

– O nome da criança?

– Custódio, responde o comendador Baltasar.

– Perdão! exclama o senhor Meneses com um esforço supremo, o pequeno chama-se Floriano.

---

[1] 3ª ed., s/d: caracter (*passim*).

AS PÍLULAS

A roda era pacata; nenhum dos presentes tomava a peito, com o indispensável ardor, a defesa, aliás facílima, da nossa terra [...].
(Apreciação do narrador sobre a passividade de alguns personagens.)

Há muitos anos havia no Rio de Janeiro um boticário, em cujo estabelecimento se reuniam todas as noites – das sete às dez – uns indivíduos que não faziam outra coisa senão discutir sobre política.

Uma noite apareceu na roda, levado por um dos mais velhos frequentadores da botica, certo oficial argentino, revolucionário, que fora deportado da sua terra, e andava comendo o negro pão do exílio... no *Frères Provençaux*.

Desde o instante em que esse elemento exótico apareceu na botica, cessou completamente a cordura que havia naquelas confabulações tranquilas e burguesas.

O argentino a propósito de tudo deprimia os homens e as coisas do país que o agasalhava, poupando, nas suas impertinências, invectivas[1] apenas a nossa *naturaleza*.

A roda era pacata; nenhum dos presentes tomava a peito, com o indispensável ardor, a defesa, aliás facílima, da nossa terra; e quando um deles se atreveu a dirigir-se em voz mais alta ao argentino, este de tal sorte gritou, gesticulou e regougou, e tantas vezes bateu com a bengala no chão e na grade que separava o boticário dos seus fregueses, que houve ajuntamento de transeuntes à porta da botica.

O dono da casa, homem de bom natural, que raro se envolvia nas conversas, aviando pachorrentamente lá dentro as

---

[1] [Antecipamos a vírgula.]

receitas enquanto cá fora se discutia com mais ou menos calor, o dono da casa dessa vez saiu do sério e do almofariz, e veio dizer ao revolucionário que não gritasse tanto.

É bem de ver que o homenzinho, habituado a revoltar-se contra os governos de seu país, não suportaria que um simples boticário lhe viesse dizer que não gritasse.

Gritou mais e mais, e tais coisas disse, que o dono da casa acabou por gritar também.

– Ponha-se no olho da rua, seu patife! bradou-lhe num tom que não admitia réplicas.

E, segurando o argentino pela cintura, obrigou-o, com um empurrão, a dar um pulo até o meio da rua.

No dia seguinte o boticário foi desafiado para um duelo. Entraram-lhe em casa dois sujeitos mandados pelo argentino, que lhe pediram indicasse dois amigos com quem eles se entendessem para regular as condições do encontro.

O boticário, sem levantar os olhos do alambique, disse-lhes que sim, que as suas testemunhas lá iriam ter; mas desde logo preveniu aos dois sujeitos que, sendo ele o desafiado, cabia-lhe a escolha das armas.

– O nosso comitente aceita qualquer arma, pois todas maneja com igual perícia. Já teve quinze duelos no Rio da Prata; matou sete adversários e feriu oito!

– Pois olhem, meus senhores, respondeu o boticário sempre às voltas com o alambique – a mim não me há de ele matar nem mesmo ferir.

Nesse mesmo dia reuniram-se as quatro testemunhas e acordaram que o duelo se realizaria na manhã seguinte, no Jardim Botânico. O boticário forneceria as armas.

À hora convencionada achavam-se a postos os adversários, os padrinhos e um médico levado pelo argentino.

– Então? as armas?... perguntou este, olhando em volta de si.

– As armas cá estão, disse o boticário aproximando-se e tirando uma caixinha da algibeira do colete. Escolhi estas.

E, abrindo a caixinha, mostrou duas pílulas.

– Pílulas! exclamaram todos.

— Pílulas, sim. Este senhor é um militar, um duelista que se gaba de ter matado sete homens, e que maneja perfeitamente a espada, o sabre e a pistola; eu sou um pobre boticário, que não tem feito outra coisa em sua vida senão remédios. Se algum dia matei alguém, fi-lo sem ter consciência disso... Cabia-me a escolha das armas: escolhi as minhas...
— Mas isso não é sério! exclamou o revolucionário.
— É mais sério do que *usted* supõe; uma destas pílulas tem dentro ácido prússico; a outra é inofensiva. Tiremo-las à sorte, engulamo-las, e o que tiver escolhido a envenenada em poucos segundos deixará de pertencer ao número dos vivos.
E, apresentando a caixinha ao adversário:
— Sirva-se.
— Nunca! não me presto a um duelo ridículo!
— Ridículo? Ora essa! Trata-se de um duelo de morte, e eu não os compreendo senão assim. Quando aqui vim foi disposto a morrer ou a matar. — Vamos, faça favor de escolher uma das pílulas!
O argentino estava lívido.
— Se *usted* não quer escolher, escolho eu; mas se não é um covarde, tem que tomar a outra imediatamente, porque os efeitos do ácido prússico são prontos!
E, tirando uma das pílulas, engoliu-a serenamente:
— Bom; já engoli uma; vá! a outra! depressa!...
O revolucionário não se podia ter nas pernas.
— Ah! não quer engolir a outra? Pois engulo-a eu, porque são ambas de miolo de pão, e *usted* é um maricas!
E engoliu a outra pílula.

Nesse mesmo dia o argentino deixou o Rio de Janeiro. Foi comer noutra parte o negro pão do exílio.

O HOLOFOTE

*Os pais nada percebiam nem suspeitavam:
só tinham olhos e ouvidos para os bombardeios.
(O narrador surpreende, mais uma vez,
as intenções dos personagens.)*

Durante os primeiros tempos da revolta de 1893 um dos pontos escolhidos pela população fluminense para assistir aos grandes bombardeios que houve entre as fortalezas legais, o forte de Villegaignon e alguns navios da esquadra revoltada, era o morro de Santa Teresa, no alto da rua Taylor, onde a rua do Cassiano forma uma curva que vai ter à de Santa Luzia, e onde um reduto de sacos de areia, à espera do respectivo canhão, sobressaltava os moradores próximos.

Naquele sítio se reuniam todas as tardes, até noite fechada, numerosas pessoas atraídas pelo espetáculo da guerra. Sisudos pais de família, de barba grisalha, levavam para ali a senhora e os meninos, proporcionando-lhes um divertimento curioso e... barato. Moças solteiras, aos bandos, de braço dado umas às outras, lá iam, risonhas, gárrulas, satisfeitas, como se se tratasse de uma regata inocente. Janotas de roupas claras e binóculos a tiracolo, verdadeiros tipos de *touristes*, punham no grupo uma nota pitoresca de excursão alpestre.

E se deixava de haver bombardeio, notava-se uma expressão de descontentamento e despeito na fisionomia de quase toda aquela gente.

Entre os curiosos do alto da rua Taylor figurava a família Pontes –, pai, mãe e dois filhos, uma mocinha de dezoito anos e um rapazola de quatorze.

Moravam nas imediações do Plano Inclinado. Mal acabavam de engolir o último bocado do jantar, tomavam o carro e subiam o morro.

Na rua do Riachuelo encontravam-se invariavelmente com o Vieirinha, um empregado da Intendência Municipal; subiam juntos, faziam juntos o percurso do Curvelo, e juntos ficavam a apreciar o combate.

Não era o simples acaso que determinava tais encontros. O Vieirinha bem pouco se importava com a revolta; o que ele queria era estar perto da Nicota, a filha do senhor Pontes, e namorá-la a valer.

Os pais nada percebiam nem suspeitavam: só tinham olhos e ouvidos para os bombardeios. Durante duas horas, ou mais, não tiravam a vista dos binóculos assestados para o mar, passeando-os rapidamente entre Santa Cruz, Laje, São João, Escola Militar, Villegaignon, *Aquidabã* e *Trajano*. Ao cair da noite os pobres-diabos tinham os braços dormentes, os olhos fatigados e os ouvidos atordoados.

Bom homem, bom pai de família, bom amigo, bom negociante, o senhor Pontes era o exemplar mais completo e mais inconsciente da ferocidade humana.

Não tinha partido: bem pouco se lhe dava que vencesse Floriano ou triunfasse Custódio; e dizia: "– O que eu quero, como amigo que sou deste país, é que se acabe com isto"; pois bem: quando uma bala qualquer errava o alvo, ele tinha um gesto expressivo de contrariedade, e exclamava: "– Ora sebo!" A bala tanto podia ser das forças legais como dos revoltosos: eram sempre os mesmos o gesto e a exclamação. Muito boa pessoa, não há dúvida, mas doía-lhe que se perdesse aquele projétil[1] cujo destino era destruir e matar.

O Vieirinha e a Nicota aproveitavam-se do interesse com que o senhor Pontes e dona Clementina, sua mulher, acompanhavam as peripécias do bombardeio, e por seu turno se bombardeavam

---

[1] 3ª ed., s/d: projectil.

com olhares mais inflamados que os *schrapnells*. Muitas vezes passavam da linha de tiro, aventurando-se a alguns apertos de mãos que tanto tinham de rápidos como de magnéticos.

Uma tarde, Zeca, o irmão da Nicota, que andava amuado com a irmã, surpreendeu um desses apertos de mão, e, como era um tanto mexeriqueiro, aproximou-se dos pais, que estavam ambos de costas para os namorados, de pernas abertas, muito entretidos, os olhos pregados nos binóculos.

Reproduzamos o diálogo que se travou:

ZECA, *puxando pelo casaco do pai*. – Papai!
O SR. PONTES, *sem tirar os olhos do binóculo*. – Sai daí, menino! – Os rapazes da Escola fizeram fogo.
ZECA, *puxando pelo vestido da mãe*. – Mamãe!
DONA CLEMENTINA, *sem tirar os olhos do binóculo*. – Fica quieto, menino! – Queimou *Villagalhão*.
ZECA, *à meia voz*. – Papai, Nicota...
O SR. PONTES. – A bala caiu no mar. Ora sebo! – Que tem a Nicota?
ZECA. – Seu Vieirinha está namorando ela.
D. CLEMENTINA. – A *Trajano* atirou.
O SR. PONTES. – Respondeu a Laje. (*Ao filho, sem tirar os olhos do binóculo*.) Que estás dizendo?
ZECA. – Digo que seu Vieirinha...
D. CLEMENTINA. – Rebentou no ar!
O SR. PONTES. – Ora sebo! – Qual namorando! Seu Vieirinha tem mais que fazer!
ZECA. – Papai repare...
D. CLEMENTINA. – Santa Cruz há muito tempo está calada.
O SR. PONTES. – Queimou a vovó! – Deixa-te de tolices, menino!
ZECA. – Mas é que...
D. CLEMENTINA, *sempre de binóculo assestado*. – Que tolices?
O SR. PONTES. – Diz ele que... (*Interrompendo-se*.) Bravo! a vovó acertou!... Vê que poeira! Espera... Villegaignon atirou a de quatrocentos e cinquenta!
D. CLEMENTINA. – A Laje respondeu.

O SR. PONTES. – Vê onde cai a bala, que eu estou ocupado com a de Villegaignon. No mar! Ora sebo!...
Mas o bombardeio cessou.
Já era noite fechada.
O SR. PONTES, *fechando o binóculo*. – Bom! Por hoje está acabado. Vamo-nos embora.
D. CLEMENTINA. – Agora vale a pena esperar que acendam o holofote da Glória. Eu gosto muito de ver o holofote funcionando.
O SR. PONTES. – Pois vá lá, esperemos pelo holofote! (*Ao filho.*) Ó Zeca, que estavas tu a dizer de tua irmã e de seu Vieirinha? Olha que estás me saindo um intrigante!
ZECA, *lamuriento*. – Estavam se namorando...
D. CLEMENTINA, *sobressaltada*. – Deveras? Onde estão eles?
O SR. PONTES, *procurando com a vista*. – É verdade; onde estão?
ZECA. – Sentados naquela pedra, ali, perto da trincheira.
D. CLEMENTINA. – Sozinhos!
O SR. PONTES. – Isso que tem? A pequena sentiu-se fatigada, sentou-se, e o moço foi fazer-lhe companhia. Isso não quer dizer que se namorem. – Olha, lá está funcionando o holofote.
D. CLEMENTINA, *inquieta*. – Bom; já o vimos; toca para casa. Ora vejam! sozinhos, sentados ao pé um do outro, e no escuro!...
O SR. PONTES. – Que tem isso?

Palavras não eram ditas, o holofote mudou repentinamente de direção e projetou o seu esplêndido facho de luz sobre o lugar em que se achavam a Nicota e o Vieirinha, justamente na ocasião em que os dois namorados se beijavam apaixonadamente.
Diante desta cena, que lhes apareceu como uma apoteose de mágica, os dois velhos soltaram um grito, e o Zeca bradou:
– Então? Eu não dizia?...
O Vieirinha e a Nicota ergueram-se confusos.
Passo por alto a cólera do senhor Pontes, os ataques de nervos de dona Clementina, o pranto de Nicota etc.
O casamento realizou-se dois meses depois dessa benéfica intervenção do holofote.

UMA AMIGA

*Quando um casal não vive na perfeita harmonia,
a educação dos filhos torna-se extremamente difícil.*
(Advertência de dona Umbelina
à sua confidente Ritinha Torres.)

I

Dona Ritinha Torres, a mais ingênua e a mais virtuosa das esposas, adquiriu há tempos a dolorosa certeza de que seu marido namorava escandalosamente uma senhora, vizinha deles, que exercia, ou fingia exercer, a profissão de modista.

Havia muitas manhãs que Venâncio Torres – assim se chamava o pérfido – acordava muito cedo, tomava o seu banho frio, saboreava a sua xícara de café, acendia o seu cigarro e ia ler a *Gazeta de Notícias* debruçado a uma das janelas da sala de visitas.

Como dona Ritinha estranhasse o fato, porque havia já quatro anos que estava casada com Venâncio e sempre o conhecera pouco madrugador, uma bela manhã levantou-se da cama, envolveu-se numa colcha, e foi, pé ante pé, sem ser pressentida, dar com ele a namorar a modista, que o namorava também.

A pobrezinha não disse nada; voltou para o seu quarto, deitou-se de novo, e às horas do costume simulou que só então despertava.

Tivera até aquela data o marido na conta de um irrepreensível modelo de todas as virtudes conjugais; todavia, soube aparar o golpe: não deu a perceber o seu desgosto, não articulou uma queixa, não deixou escapar um suspiro.

Mas às dez horas, quando Venâncio Torres, perfeitamente almoçado, tomou o caminho da repartição, ela vestiu-se, saiu também, e foi bater à porta da sua melhor amiga, dona Umbelina de Melo, que se mostrou admiradíssima.

– Que é isto?! Tu aqui a estas horas! Temos novidade?
– Temos... temos uma grande novidade: meu marido engana-me!
E deixando-se cair numa cadeira, dona Ritinha prorrompeu em soluços.
– Engana-te? perguntou a outra, que empalidecera de súbito.
– E adivinha com quem!... Com aquela modista... aquela sujeita que mora defronte da nossa casa!...
– Oh, Ritinha! isso é lá possível!...
– Não me disseram; vi, vi, com estes olhos que a terra há de comer! Um namoro desbragado, escandaloso, de janela para janela!
– Olha que as aparências enganam...
– E os homens ainda mais que as aparências.
O pranto recrudescia.
– E eu que tinha tanta confian... an... ança naquele ingra... a... to!...
– Que queres tu que te faça? perguntou dona Umbelina quando a amiga lhe pareceu mais serenada.
– Vim consultar-te... peço-te que me aconselhes... que me digas o que devo fazer... Não tenho cabeça para tomar uma resolução qualquer.
– Disseste-lhe alguma coisa?
– A quem?
– A teu marido.
– Não; não lhe disse nada, absolutamente nada. Contive-me quanto pude. Não quis decidir coisa alguma antes de te falar, antes de ouvir a minha melhor amiga.
Dona Umbelina sentou-se ao lado dela, agradeceu com um beijo prolongado e sonoro essa prova decisiva de confiança e amizade, e, tomando-lhe as mãos, assim falou:
– Ritinha, o casamento é uma cruz que é mister saber carregar. Teu marido engana-te... se é que te engana...
– Engana! Eu vi!...
– Pois bem, engana-te, sim, mas... com quem? Reflete um pouco, e vê que esse ridículo namoro de janela, que o obriga a madrugar, a sair dos seus hábitos, é uma fantasia passageira, um divertimento efêmero, que não vale a pena tomar a sério.

– Achas então que?...

– Filha, não há neste planeta marido nenhum que seja absolutamente fiel à sua esposa. Faze como eu, que fecho os olhos às bilontrices do Melo, e digo como dizia a outra: – Enquanto estiver lá por fora, passeie o coração à vontade, contanto que mo restitua quando se recolher ao lar doméstico. – Filosofia no caso!

– Vejo que não sentes por teu marido o mesmo que eu sinto pelo meu.

A filósofa conservou-se calada alguns segundos, e, dando em dona Ritinha outro beijo, ainda mais prolongado e sonoro que o primeiro, prosseguiu assim:

– Se fizeres cenas de ciúmes a teu marido, apenas conseguirás que ele se afeiçoe deveras à tal modista; e o que por enquanto não passa, felizmente, de um namoro sem consequências, poderá um dia transformar-se em paixão desordenada e furiosa.

– Mas...

– Não há *mas* nem meio *mas*[1]! Cala-te, resigna-te, devora em silêncio as tuas lágrimas, e observa. Se daqui a uns oito ou dez dias durar ainda esse pequeno escândalo, vem de novo ter comigo, e juntas combinaremos então o que deverás fazer.

– Aceito de bom grado os teus conselhos, minha boa amiga, mas não sei se terei forças para sofrear a minha indignação e os meus ciúmes.

– Faze o possível por sofreá-los. Lembra-te que és mãe. Quando um casal não vive mais na perfeita harmonia, a educação dos filhos torna-se extremamente difícil.

Alentada por esses conselhos amistosos e sensatos, dona Ritinha Torres despediu-se da sua melhor amiga, e foi para casa muito disposta a carregar com resignação a cruz do casamento.

II

Logo que ficou sozinha, dona Umbelina, que até então a custo se contivera, teve também uma longa crise de lágrimas.

---

[1] [Grifamos.]

Mas. serenada que foi essa violenta exacerbação dos nervos, a moça correu ao telefone, e pediu que a comunicassem com a repartição onde Venâncio Torres era empregado.
– Alô! Alô!
– Quem fala?
– O senhor Venâncio está?
– Está. Vou chamá-lo.
Três minutos depois dona Umbelina telefonava ao marido de dona Ritinha que precisava falar-lhe com toda a urgência. Ele correu imediatamente à casa dela, onde foi recebido com uma grande explosão de lágrimas e imprecações.
– Que é isto?! que é isto?! perguntou, atônito.
– Sei tudo! bradou ela. Tua mulher esteve aqui e contou-me o teu namoro com a modista de defronte!...
Venâncio ficou alterado.
– A idiota veio perguntar-me, a mim, que sou tua amante, o que devia fazer! Eu disse-lhe que fechasse os olhos, que se resignasse...
E agarrando-o com impetuosidade:
– Ah! mas eu é que me não resigno, sabes? Eu não sou tua mulher, sabes? Eu amo-te, sabes?...
– Isso é uma invenção tola... Eu não namoro modistas!
– Olha, Venâncio, se continuares, tudo saberei, porque incumbi a tua própria mulher de me pôr ao fato de quanto se passar! Se persistires em namorar essa costureira, darei um escândalo descomunal, tremendo, nunca visto!... Afianço-te que te arrependerás amargamente! Tu ainda não me conheces!...
Venâncio tinha lábias: desfez-se em desculpas e explicou-lhe o melhor que pôde as suas madrugadas.
Dona Umbelina, que ardia em desejos de perdoar, aceitou a explicação. Entretanto, ameaçava-o sempre:
– Olha que se me constar que... Não te digo mais nada!...
E os dois amantes celebraram as pazes do modo mais definitivo possível.
Pouco antes da hora em que devia chegar o dono da casa com o seu coração intacto, Venâncio, que descia a escada, parou, e retrocedeu três ou quatro degraus para dizer a dona Umbelina:

– Queres saber uma coisa? Essa história da modista é bem boa: serve perfeitamente para desviar qualquer suspeita que minha mulher possa ter da sua melhor amiga...
E desceu.

III

Oito dias depois dona Umbelina de Melo recebia um bilhete concebido nos seguintes termos:
"Minha boa amiga – Parece que tudo acabou, felizmente. Depois que estive contigo nunca mais Venâncio se levantou cedo nem foi à janela. Deus queira que isto dure! Como sou feliz! – Tua do coração – *Ritinha Torres*."

COINCIDÊNCIA

Rosália, a mais velha das meninas, contava apenas dezessete anos, e estava – sem que os pais o soubessem – apaixonada pelo estudante.

(O narrador revela o amor de Rosália por Artur Caldeira, estudante.)

Em 13 de março de 1891 o senhor Nóbrega, conceituado negociante da nossa praça, completou quarenta e sete anos de idade e foi passar o dia no Corcovado, levando em sua companhia, além da senhora e duas meninas, o Artur Caldeira, um bonito rapaz de vinte e um anos, estudante da Escola Politécnica, filho de um bom freguês que o senhor Nóbrega tinha em Paracatu, no Estado de Minas.

Rosália, a mais velha das meninas, contava apenas dezessete anos, e estava – sem que os pais o soubessem – apaixonada pelo estudante. Entendia este que o velho provérbio *Amor com amor se paga* era a fórmula mais avisada da justiça humana, e correspondia com ternura à delicada paixão da moça.

Essas inocentes manifestações duravam havia já três meses, quando Artur Caldeira recebeu – naturalmente por artes de Rosália – um convite para o passeio do Corcovado. Imenso foi o seu prazer, pois com certeza esse passeio lhe proporcionaria ocasião de entender-se categoricamente com ela.

Assim foi. Depois do esplêndido almoço que a família Nóbrega levara de casa e foi alegremente devorado *sub tegmine*[1] de frondosa figueira brava, o estudante afastou-se um pouco em companhia das meninas, e, sem se importar com a presença da mais nova, que tinha doze anos, fez à Rosália uma declaração em regra, jurando-lhe fidelidade eterna. Ela prestou juramento idêntico, e as mãos apertaram-se fortemente.

---

[1] Trad.: Sob a sombra.

E para que esses protestos ficassem gravados de modo que resistissem à ação destruidora do tempo, Artur Caldeira armou-se de um canivete, e a pedido de Rosália, abriu a seguinte inscrição no tronco de um ipê,[2] que fora a testemunha discreta e majestosa daquela cena de amor:

ART. E ROS.
13-3-91

Durante todo esse tempo o senhor Nóbrega e sua esposa cochilavam debaixo da figueira.

Na volta para a cidade, tanto o pai como a mãe notaram que Artur e Rosália se namoravam abertamente.

Dona Rita, a esposa do senhor Nóbrega, quis chamá-los à ordem:

– Deixa-os lá, deixa-os lá! ponderou o marido. Queira Deus que as bichas peguem! Ele é um bom rapazinho, está ali está formado, e é filho de um homem sério e bastante rico. Onde poderemos encontrar melhor marido para a pequena?

Dona Rita concordou com o marido – e quando, no largo do Machado, a família, que morava em Botafogo, se separou do estudante, que seguia para a cidade, a boa senhora instou com ele para "aparecer lá por casa", ir jantar aos domingos etc.

Um mês depois, Artur Caldeira era noivo de Rosália. O pedido fora feito pelo pai, que viera expressamente de Paracatu, trazido por uma carta do estudante pedindo o seu assentimento à suspirada união.

Marcado que foi o dia do casamento, começou para Artur e Rosália essa deliciosa e risonha quadra do noivado, pensando na qual mais tarde os maridos com raras exceções se convencem de que realmente o melhor da festa é esperar por ela.

Mas a desgraça não quis que chegasse para Artur Caldeira e Rosália Nóbrega o almejado dia da festa.

Em janeiro de 1892, muito pouco tempo antes da época fixada para o casamento, o pobre estudante foi fulminado pela febre amarela, que o matou em dois dias.

---

[2] 3ª ed., s/d: ipé (*passim*).

Rosália recebeu um golpe tão profundo, sentiu tanto, tanto, a morte do seu noivo, que adoeceu gravemente, e durante dois meses esteve entre a vida e morte. Mas os cuidados da ciência, e ainda mais a ciência dos cuidados, conseguiram vencer a enfermidade e restituir à existência aqueles dezoito anos primaveris e formosos.

Nessa idade as grandes dores depressa se deixam absorver pelo espetáculo contínuo da vida, pela renovação incansável e vivificante das coisas... Um ano depois da sua quase viuvez, Rosália parecia absolutamente consolada, voltavam-lhe as alegrias despreocupadas de outrora; já de novo se comprazia no convívio bulhento das amigas, e ria-se, com o riso sonoro e cristalino das moças.

Não tardou que a imagem de Artur Caldeira se desvanecesse de todo no seu espírito, e que a substituísse outra – a de um negociante jovem ainda e já bem colocado, que se chamava Artidoro de Lima.

O namoro progrediu com rapidez incrível – e releva dizer que tanto o senhor Nóbrega como dona Rita fizeram o possível para estimulá-lo.

– Deixemo-los, deixemo-los! Queira Deus que as bichas peguem! Ele é um excelente moço, e está muito bem encaminhado. Onde poderemos encontrar melhor marido para a pequena?

As bichas pegaram.

O casamento foi marcado para outubro de 1893: realizar-se-ia no dia dos anos de Rosália.

Mas sobreveio a revolta de 6 de setembro, e acordaram todos em esperar pelo restabelecimento da paz.

Entretanto, em princípios de 1894, Artidoro de Lima declarou ao seu futuro sogro que estava farto de esperar pela terminação da revolta: o seu amor nada tinha que ver com a política. Rosália por seu lado ardia em desejos de se casar.

À vista disso, apressaram-se os preparativos, e em fevereiro Artidoro e Rosália eram marido e mulher.

Quando, no mês seguinte, o governo preveniu a população do Rio de Janeiro que ia entrar a esquadra legal e dar um combate decisivo aos revoltosos que se achavam no porto, Rosália ficou bastante contrariada, porque o dia do combate coincidia com o aniversário natalício de seu pai, e não podiam festejar-lhe o meio centenário...

107

– Depois, acrescentava ela, que maçada! é preciso aprontar malas, sair da cidade...
– Não, não, não! obtemperou Artidoro. Não te assustes, meu anjo; o combate, se o houver, o que duvido, não poderá durar mais de duas horas. Não é preciso irmos para muito longe; basta que subamos ao Corcovado.

Rosália estremeceu, e murmurou:
– Pois sim.

E no dia 13 foram para o Corcovado. Rosália encheu-se de melancolia e azedume. Ela estava naturalmente animada pela esperança da felicidade conjugal, pelo sentimento, ainda novo, dos seus deveres de esposa, pela virtude persuasiva ensinada pelo amor de mãos dadas ao dever; mas a lembrança do pobre Artur Caldeira voltava agora ao seu espírito com uma insistência implacável.

Ela sentiu-se misteriosamente acusada de ingratidão, e lembrou-se de que, naquela mesma data, naquele mesmo sítio, havia apenas três anos, jurara fidelidade eterna a outro homem; e, num desejo esquisito de castigar-se, foi procurar o saudoso ipê em cujo tronco o morto gravara uma inscrição indelével...

Foi Artidoro o primeiro que descobriu a inscrição.
– Olha, Rosália... vem cá... vê que coincidência! E apontou:

ART. E ROS.
13-3-91

– Estiveram aqui, nesta mesma data há três anos, dois namorados que tinham os nossos nomes. Este *Art*. deve ser Artidoro e esta *Ros*. deve ser Rosália.
– Talvez não... pode ser... e Rosalina...
– Ora adeus! seja quem for, façamos nossa a inscrição. Ainda somos namorados.

E tirando um canivete do bolso, com duas incisões profundas transformou *1891* em *1894*.

Acabada essa operação, Artidoro ficou muito surpreendido ao ver que Rosália chorava copiosamente.

Nunca percebeu o motivo dessas lágrimas. Atribuiu-as ao estado interessante em que ela se achava...

E a artilharia, ao longe, saudava ruidosamente a vitória da legalidade.

O TINOCO

Ainda uma vez acertou a sabedoria das nações: guardado está o bocado para quem o come.
(Palavras do narrador apontando para o desenrolar da história.)

Margarida não é uma formosura que deslumbre; mas tem apenas vinte e cinco anos, é bonita, elegante, simpática, veste-se muito bem, sabe escolher chapéus, e aonde vai leva atrás de si um cortejo famélico de adoradores platônicos.

Platônicos, sim, porque – diga-se a verdade – nem eles se animam a dirigir-lhe a galanteria mais inocente, nem ela a isso os autoriza. Os pobres-diabos esperam resignadamente o famoso momento psicológico, e Margarida, que bem os conhece, ri-se de todos eles, em companhia do fiel esposo, homem feliz, confiante e honesto.

Ora, o momento psicológico chegou...
Chegou, não para proveito de nenhum dos tais admiradores, mas de um estranho, que bem longe estava de pretender semelhante fortuna. Ainda uma vez acertou a sabedoria das nações: guardado está o bocado para quem o come.

Eis o caso:
O marido de Margarida levou-a à praça de touros e ela apaixonou-se pelo Tinoco. Foi um *coup de foudre*[1], uma alucinação súbita, um fenômeno de amor que a sua própria consciência não esclarecia. Era aquele, sem tirar nem pôr, o homem que ela sonhava! O seu ideal estava ali, montado naquele so-

---
[1] Trad.: Amor à primeira vista.

berbo cavalo, com o cabelo empoado, vestido à Luís XV, dardejando olhares de fogo, investindo contra o touro com a coragem de um herói primitivo, a elegância de um fidalgo de Versailles e a valentia de um Marialva.

A pobre moça agitava-se no camarote como se estivesse sentada sobre brasa – abrindo e fechando o grande leque de plumas com movimentos rápidos e nervosos.

– Está incomodada, sinhá? Que tens tu?
– Nada, não tenho nada.
– Se queres, vamos embora.
– Não.

Quando ela e o marido voltavam para casa, passou pela sua cabeça o landau que conduzia o Tinoco, ainda empoado, ainda com o seu chapéu de três bicos, e encontraram-se aqueles quatro olhos ardentes, e ela teve um sobressalto, quase um desmaio...

Nesse dia Margarida não jantou, não foi ao jardim ao cair da tarde, como de costume, não saiu de casa, não leu, não tocou piano; pretextou uma enxaqueca, fechou-se no seu quarto, deitou-se, e pôs-se a chorar, a chorar, a chorar, mordendo as rendas do travesseiro para que lhe não ouvissem os soluços.

Passou uma noite agitadíssima. Tinha febre. Não conseguiu conciliar o sono.

O marido, esse dormiu como um bem-aventurado, e às sete horas da manhã saiu de casa, na forma do costume. Ela fingia dormir, para que ele não a importunasse com um beijo, com uma pergunta, com um simples gesto.

Mal se apanhou sozinha, Margarida vestiu-se apressadamente e saiu também –, mas saiu como uma doida, sem saber aonde ia, sem destino, sem plano assentado.

Tomou um bonde na praia do Botafogo; apeou-se no largo da Carioca e foi ter ao de São Francisco. Entrou na igreja, prostrou-se diante de um altar e ouviu um fragmento de missa. Pediu sinceramente a Deus que lhe tirasse aquela obsessão criminosa, Deus não lhe fez a vontade.

Ela saiu do templo e tomou, ao acaso, um bonde do Pedregulho. Parou em frente à praça de touros e durante vinte minutos passeou em volta daquele desgracioso anfiteatro de pau. Afinal cansou-se... Descia cheio de passageiros um bonde do Andaraí. A um sinal de Margarida o carro parou. Um homem levantou-se para dar-lhe lugar e... oh, prodígio!... quem viu ela no banco da frente, imediato ao seu? Ele, o Tinoco!...

Até a praça Tiradentes foi um namorar sem tréguas, e aí, desvairada, louca, sem saber o que fazia, Margarida aproximou-se do seu amado e disse-lhe rapidamente:

– Leve-me para onde quiser! Sou sua!

E o desalmado levou-a para um hotel suspeito da rua da Assembleia.

Tudo caminhou às mil maravilhas sem que nem ele nem ela pronunciassem uma palavra.

Só no fim Margarida teve esta frase, que era naturalmente o começo de uma longa explicação:

– Que juízo estás fazendo de mim, ó meu Tinoco, ó meu formoso toureiro?

– Tinoco?... toureiro?... repetiu o outro. Ó pequena, olha que eu chamo-me Sampaio e sou farmacêutico!

VI-TÓ-ZÉ-MÉ

*Como de nenhuma vergonha me acusa
a consciência, tenho por hábito não ligar a
mínima importância ao juízo – bom ou mau –
que os estranhos possam fazer da minha pessoa.*
(Autodeclaração de princípios de personagem-narrador.)

Vi-tó-zé-mé? que quer isso dizer? perguntará o leitor, imaginando que escrevi esse título nalgum idioma bárbaro e desconhecido.

Tenha o leitor um pouco de paciência; não vá procurar no final do conto a explicação do título, que será plenamente justificado, por mais estranho que lhe pareça.

Durante os primeiros dois meses da revolta de 6 de setembro, fui vizinho de uma família, que eu não conhecia, composta de marido, mulher e um filhinho de pouco mais de dois anos, encantadora criança que fazia a delícia dos meus olhos quando todas as tardes, azoado pela artilharia e pelos boatos, voltava à casa para jantar.

Poucos dias depois de declarada a revolta, comecei a notar que os pais do menino se retiravam da janela quando eu me aproximava e volviam ao peitoril quando só pelas costas me podiam ver, evitando, ao que parecia, o cerimonioso cumprimento que eu lhes fazia dantes.

Atribuí o fato a alguma intriga da vizinhança, e, como não os conhecia nem eles me interessavam, não me importei absolutamente com isso. Como de nenhuma vergonha me acusa a consciência, tenho por hábito não ligar a mínima importância ao juízo – bom ou mau – que os estranhos possam fazer da minha pessoa. É uma questão de temperamento.

Quem me fez cismar foi a criança. Essa estava quase todas as tardes à janela, e, quando eu passava, dizia-me com uma vozinha esganiçada e penetrante:

— *Vi-tó-zé-mé*.

Debalde tentei apanhar o sentido dessas quatro sílabas misteriosas, que eu ouvia diariamente, à mesma hora, e acabaram, como já disse, por me dar que pensar, não obstante partirem dos lábios inconscientes de uma criancinha.

E isto durou mais de um mês.

Ao cabo desse tempo vieram as andorinhas da Empresa Geral de Mudanças, e os meus vizinhos abalaram para outro bairro, deixando-me a curiosidade fortemente excitada por aquele *vi-tó-zé-mé* enigmático e cronométrico.

Há dias achava-me num bonde, quando de repente o pai da criança, que eu perdera inteiramente de vista, entrou no veículo, sentou-se ao meu lado e cumprimentou-me com muita amabilidade, pronunciando o meu nome.

Bem que o reconheci: entretanto, obedecendo a um ressentimento muito natural, correspondi com certa frieza ao seu cumprimento, o que o levou a perguntar-me, sorrindo:

— O senhor não se lembra de mim?

— Confesso que não.

— Veja bem.

— Tenho uma ideia vaga...

— Fomos vizinhos. Morávamos na mesma rua — o senhor no número 55 e eu no 49 — quando rebentou aquela maldita revolta cujas consequências ainda estamos sofrendo...

— Ah! sim... agora me lembra... tem razão...

E não me pude conter:

— Por sinal que tanto o senhor como sua senhora se retiravam bruscamente da janela quando me viam.

O pai da criança baixou os olhos, suspirou, e, pôs-se com a ponteira da bengala e empurrar um fósforo apagado para uma das frestas do soalho do carro. Depois, levantou a cabeça, suspirou de novo, e disse-me com uma expressão dolorosíssima na voz e no olhar:

— É verdade... Praticávamos essa grosseria... Desculpe... Eram coisas de minha mulher... Que quer o senhor? — Eu tinha a fraqueza de me deixar dominar...

E o homem procurou num sorriso uma atenuante para a seguinte revelação:
– Ela não podia vê-lo.
– Ah!
– Não podia vê-lo, não, senhor, e então exigia que saíssemos ambos da janela para evitar o seu cumprimento. Eu, com medo a um escândalo, fazia-lhe a vontade... Ora aí tem o senhor!
– Não me podia ver? Mas... por quê?
– Asneiras. Não podia vê-lo, porque o senhor era um florianista intransigente e ela uma custodista exaltada.
– Ainda bem, disse eu, sorrindo.
– Conhecia os seus escritos... ouvia-o conversar, e... e não podia vê-lo!
– Com efeito!
– O senhor não faz ideia até que ponto a pobrezinha levava o seu fanatismo por aquela revolta que nos desgraçou. Imagine que havia um homem, um bom homem, um pai da vida, que há cinco anos nos vendia ovos... ovos frescos, deliciosos, mais baratos que no mercado... Pois bem: deixamos de ser fregueses desse pobre-diabo; ela despediu-o porque ele se chamava Floriano... Coitada! – tinha essas coisas mas era uma excelente criatura. Não há dia em que eu não chore a sua morte!
– Ela morreu?!
– Morreu, sim, senhor... ou por outra: mataram-na, porque naquele corpo havia seiva para cem anos.
E o viúvo enxugou uma lágrima que lhe rolava na face.
– E quer saber o que a matou? Uma bala atirada pelos revoltosos! Foi uma das vítimas dessa guerra estúpida que tanto a entusiasmava! – Um dia estava debruçada tranquilamente à janela, quando, de repente –, pá! mesmo aqui...
E o pobre homem levou a mão à testa.
– Não sobreviveu dois minutos. Quando lhe quis acudir, já era tarde: estava morta!
E com a voz embargada pelos soluços.
– Deixou-me um filhinho, coitada! – um filhinho a quem faz mais falta que a mim próprio...

Para que o infeliz marido chorasse à vontade, conservei-me silencioso durante cinco minutos; passado o acesso, perguntei pelo menino.
– Está bom, obrigado... Mora no colégio... é pensionista... e vai indo.
– Lembra-me bem do menino, porque todas as tardes – quando eu passava e ele estava à janela – dizia-me alguma coisa que eu não podia perceber e, por isso mesmo, tal impressão me causou, que nunca me esqueceu.
– Que era?
– *Vi-tó-zé-mé.*
O homem sorriu.
– Ah! já sei...
– Sabe?
– Coisas da falecida... Era para o moer... Ela ensinava o filho a gritar todas as vezes que o senhor passava: "Viva Custódio José de Melo!", e ele, coitadinho! na sua meia língua dizia: "Vi-tó-zé-mé!"

E aí está explicado o título.

115

SABINA

Saiba que uma mulher inteligente é
capaz de embrulhar Paulo Bourget...
(Desabafo de Sabina para o conselheiro Matos.)

I

Havia três anos que o bacharel Figueiredo era o amante da viúva Fontes. O marido seria se ela quisesse; mas Sabina – Sabina era o seu nome – dera-se mal com o casamento, e não queria experimentá-lo de novo.

Um mês depois do seu primeiro encontro com o bacharel Figueiredo, este dizia-lhe:

– Eu amo-te, tu amas-me, eu sou livre, tu livre és: casemo-nos!
– Não! respondia ela, não! não! não!...
– Por quê, meu amor?
– Porque esse fogo, esse ímpeto, esse entusiasmo que te lançou nos meus braços, tudo isso desapareceria desde que eu fosse tua mulher!
– Mas a sociedade...
– Ora a sociedade! Sou bastante independente para me não importar com ela.
– Tua filhinha...
– Tem apenas quatro anos; está na idade em que se olha sem ver. Demais, não quero dar-lhe um padrasto. Amemo-nos, e deixemos em paz o padre e o pretor.

II

Ficaram efetivamente em paz o ministro de Deus e o representante da lei, mas nem por isso o bacharel deixou de enfarar-se ao cabo de dois anos, agradecendo aos céus o haver a viúva recusado o casamento que ele lhe propusera num momento de verdadeira alucinação.

Havia muitos meses já que o moço ruminava um plano de separação definitiva, mas não sabia de que pretexto lançar mão para chegar a esse resultado. Sabina guardava-lhe, ou, pelo menos, parecia guardar-lhe absoluta fidelidade, e nunca lhe dera motivo de queixa.

Nestas condições lembrou-se o bacharel de consultar o velho Matos, que o honrava com a sua amizade.

III

O velho Matos era um solteirão rico e viajado, que na sua tempestuosa mocidade tivera um número considerável de aventuras galantes, e era ainda considerado um oráculo em questões de amor. Muitos mancebos inexperientes recorriam aos seus conselhos, e tais e tão discretos eram estes, que eles alcançavam quanto pretendiam.

O bacharel Figueiredo foi ter a uma velha chácara da Gávea, onde o avisado conselheiro vivia das suas recordações e de alguns prédios e apólices milagrosamente salvos do naufrágio dos seus haveres.

O moço foi recebido com muita amabilidade, e sem preâmbulos expôs a situação:

– Há três anos sou o amante de uma senhora viúva, distinta e bem-educada; quero acabar com essa ligação; que devo fazer?

– Antes de mais nada, é preciso que eu saiba o motivo que o desgostou. Tem ciúmes dela?

– Ciúmes?... Oh! se a conhecesse!... É um modelo de meiguice, fidelidade e constância!

– Existe alguma particularidade que o afaste desse modelo?... quero dizer: uma enfermidade... um defeito físico... o mau hálito, por exemplo?

– Pelo amor de Deus!... É uma mulher sadia, limpa, cheirosa...

– Então, é feia?

– Feia?! Uma das caras mais bonitas do Rio de Janeiro!

117

– Tem mau gênio?
– Uma pombinha sem fel!
– Então é tola, vaidosa, pedante, presumida, afetada, asneirona?...
– Nada disso; é uma mulher de espírito, instruída e perfeitamente educada.
– É devota? Anda metida nas igrejas?... passa horas esquecidas a rezar diante de um oratório?...
– Apenas vai ouvir missa aos domingos.
– Talvez abuse do piano, ou desafine a cantar...
– Não canta; toca piano, mas não abusa. Digo-lhe mais: interpreta admiravelmente Chopin.
– Você gosta de outra mulher?
– Juro-lhe que não.
– Bom; sei o que isso é; você aborreceu-se dela porque nunca lhe descobriu defeitos. É boa demais.
– Talvez. O caso é que esta ligação já durou mais tempo do que devia, e urge acabar com ela. A Sabina tem uma filha que está crescendo a olhos vistos, e não é conveniente fazer com que essa criança algum dia a obrigue a corar... Depois, eu sou moço... tenho um grande horizonte diante de mim... enceto agora a minha carreira de advogado... esta ligação pode prejudicar seriamente o meu futuro – não acha?

O velho Matos calou-se, e, passados alguns momentos, perguntou:
– Quer então você separar-se dessa mulher ideal?
– Quero.
– A sua resolução é inabalável?
– Inabalável.
– Só há um meio de o conseguir.
– Qual?
– Desapareça.
– Ela irá procurar-me onde quer que eu esteja.
– Boa dúvida, mas faça-se invisível, vá para a roça, e volte ao cabo de oito dias. Naturalmente ela aparece, e pergunta em termos ásperos, ou sentidos, o motivo do seu procedimento. Muna-

-se então de um pouco de coragem, e responda-lhe o seguinte: "À vista de um fato que chegou ao meu conhecimento, nada mais pode haver de comum entre nós. Não me peça explicações: meta a mão na consciência, e meça a extensão do meu ressentimento!"

– Mas que fato? Pois eu já não lhe disse que a Sabina é um modelo de...

– Meu jovem amigo, interrompeu o velho Matos, não há mulher, por mais amante, por mais dedicada, por mais virtuosa que seja, que não tenha alguma coisa de que a acuse a consciência. A sua Sabina, em que pesem as aparências, não deve, não pode escapar à lei comum; desde que você se refira positivamente a um fato, embora não declare que fato é, ela ficará persuadida de que o seu amante veio ao conhecimento de alguma coisa que se passou, e que a pobrezinha supunha coberta pelo véu de impenetrável mistério.

– Mas a Sabina, quando mesmo tenha algum pecadilho na consciência (eu juro-lhe que o não tem!) com certeza há de protestar energicamente e exigir que eu ponha os pontos nos *ii*; há de querer que eu diga francamente a que fato aludo e... e vamos lá! como acusá-la sem consentir que ela se defenda?

– Ah! meu amigo! se você pretende aplicar razões jurídicas ao caso, não arranja nada. A jurisprudência do amor é extravagante e absurda. Acuse, retire-se, e não entre em explicações. Afianço-lhe que o êxito é seguro.

IV

Se bem o disse o velho Matos, melhor o fez o bacharel Figueiredo. Retirou-se durante alguns dias para uma fazenda sem dizer adeus nem dar satisfações à viúva.

Imagine-se o desespero dela. Quando soube que o seu amante voltara dessa misteriosa viagem, foi – e era a primeira vez que lá ia – foi à casa de pensão em que ele morava e entrou como uma doida no seu quarto.

– Então? que quer isto dizer?... exclamou a mísera caindo numa cadeira, a soluçar desesperadamente.

Ele até então nunca a tinha visto chorar. A viúva apresentava-se-lhe sob um aspecto estranho; parecia-lhe agora mais bela e mais apetitosa.

Entretanto, fazendo um esforço violento sobre si mesmo, o bacharel franziu os sobrolhos e repetiu as palavras do velho Matos:

– À vista de um fato que chegou ao meu conhecimento, nada mais pode haver de comum entre nós!...

Sabina ergueu-se como tocada por uma mola. Ele continuou:

– Não me peça explicações; eu não lhas daria! Meta a mão na consciência, e compreenda o meu eterno ressentimento!...

Dizendo isto, saiu do quarto batendo com estrondo a porta, e deixando a pobre Sabina aparvalhada.

V

No dia seguinte o bacharel recebeu uma carta concebida nos seguintes termos:

"Figueiredo – Tens razão: nada mais pode haver de comum entre nós; aprecio e respeito a delicadeza dos teus sentimentos.

"Eu vivia na ilusão de que tudo ignorarias, de que jamais virias ao conhecimento de uma fraqueza que tão desgraçada me faz neste instante. Vejo que o miserável não guardou segredo, e fez chegar aos teus ouvidos a história de uma vergonhosa aventura a que fui arrastada num momento de desvario e de que logo me arrependi amargamente.

"Não me perdoes, porque o teu perdão seria um atestado de péssimo caráter, mas ao menos sabe que foi a tua frieza, o teu desprendimento, o pouco-caso com que então começavas a tratar-me, que me determinaram a dar o mau passo que dei e que tantas lágrimas me tem custado.

"Adeus; lembra-te sempre da infeliz Sabina, que te ama ainda como sempre te amou, mas não procures tornar a vê-la, porque ela é a primeira a confessar que não é digna de ti. Console-te a certeza de que a minha vida vai ser de agora em diante um inferno de remorsos e de saudades. Adeus para sempre... – *Sabina*."

VI

Essa carta produziu terrível efeito no espírito do bacharel Figueiredo.

Era então certo?... ela pertencera a outro homem?!...

E o seu amor extinto despertou mais violento, mais impetuoso que nunca. Passavam-lhe rapidamente pela memória, num turbilhão demoníaco, todos os deliciosos momentos que lhe proporcionara a meiga viúva, e o ciúme, um ciúme implacável, que o aniquilava e embrutecia, excitava-o tiranicamente.

Ele correu à casa de Sabina, e encontrou fechadas todas as portas e janelas. Informou-o um vizinho de que a viúva se retirara na véspera, com a menina e as criadas, levando malas e embrulhos.

Durante oito dias o bacharel, desesperado, enfurecido, mortificado pela insônia, pelos ciúmes, pelas saudades, correu à casa dela: tudo fechado!...

Ninguém lhe dava notícias de Sabina! Aonde iria ela?... onde estava?...

Afinal, um dia encontrou a porta aberta e entrou como um doido, tal qual Sabina entrara na casa de pensão. Encontrou-a no seu quarto, e, sem dizer palavra, sufocado pelo pranto, beijou-lhe sofregamente a boca, os olhos, o nariz, as orelhas, beijou-a toda, e, rasgando-lhe o vestido, atirou-a brutalmente sobre o leito, sequioso por entrar de novo na posse daquele corpo e daquele sangue.

Mas a viúva, debatendo-se heroicamente, conseguiu repeli-lo, e pôs-se de pé, gritando:

– Não! não! não, Figueiredo!... Tudo acabou entre nós! Eu não sou digna de ti!...

– Não digas isso pelo amor de Deus! Eu perdoo-te! Eu amo-te! Eu adoro-te!...

– Se realmente me amas, se me adoras, então és tu que não és digno de mim!

Dizendo isto, fugiu do quarto e foi para junto da filha, onde se julgou a coberto das perseguições do bacharel. Efetivamente, este deixou-se ficar no quarto, atirado sobre o leito e soluçando convulsivamente.

VII

Durante alguns dias a mesma cena se reproduziu, mas afinal restabeleceram-se as pazes.

Sabina cedeu sob duas condições: primeira –, o bacharel só entraria no quarto dela com escala pela pretoria e pela igreja; segunda –, jamais lhe pediria explicações sobre o fato que determinara a crise.

VIII

Três meses depois do casamento, o velho Matos, que se tornara íntimo da casa, achando-se a sós com Sabina, contou-lhe a história do conselho dado ao bacharel, conselho que foi a causa imediata de tão extraordinários acontecimentos, e que tão negativo efeito produzira.

– Mas o que o senhor não sabe, disse ela, é que eu nunca tive outro amante senão o Figueiredo.

– Que me diz, minha senhora?

– Juro-lhe pela vida de minha filha que falo a verdade.

– Mas valha-me Deus! o pobre rapaz está convencido de...

– Deixá-lo estar. É um pobre-diabo, feito da mesma lama que os outros homens. Confessei-lhe uma culpa que não tinha, porque adivinhei que só assim poderia reconquistá-lo.

– Mas agora estão casados e muito bem casados; é preciso dissuadi-lo.

– Não; ainda é cedo; mais tarde... Esse homem que ele não sabe quem é... essa aventura misteriosa... essa ignóbil mentira é a garantia da minha felicidade. Enquanto ele supuser que não fui dele só, será só meu.

– Parabéns, minha senhora; pode gabar-se de ter embrulhado o velho Matos.

– Ora, velho Matos! Quem é o velho Matos? Quem é o senhor? Algum psicólogo? Saiba que uma mulher inteligente é capaz de embrulhar Paulo Bourget...

– Upa! upa! É capaz de enfiar pelo fundo de uma agulha o próprio Balzac! Repito: parabéns, minha senhora!

ROMANTISMO

O casamento assusta-me. [...] Deixe-me
sonhar ainda. Tenho apenas vinte e cinco anos.
(Apelo do galã Rodolfo ao doutor Sepúlveda, seu genitor.)

I

— Então, Rodolfo, decididamente não te casas com a viúva Santos?
— Nem com ela, nem com outra qualquer. E peço-lhe, meu pai, que não insista sobre esse ponto, para poupar-me o desgosto de contrariá-lo. O casamento assusta-me; é a destruição de todos os sonhos, o aniquilamento de todas as ilusões. Deixe-me sonhar ainda. Tenho apenas vinte e cinco anos.
— Tu o que tens é uma carregação de romantismo e preguiça, que me aborrece deveras. O teu prazer, meu mariola, é andar envolvido em aventuras de novela, desencaminhando senhoras casadas, procurando amores misteriosos e noturnos, paixões de horas mortas, de chapéu desabado e capa. Olha que um dia vem a casa abaixo! Dom Juan, quando menos pensava, lá se foi para as profundas do Inferno!
— Entretanto, observou Rodolfo a sorrir, Dom Juan também usava capa, e dizem que quem tem capa sempre escapa.
— Ri-te! ri-te! um dia hás de chorar!

E o doutor Sepúlveda pôs-se a medir com largos passos nervosos o assoalho do gabinete.

De repente estacou, sentou-se, e, voltando-se para o filho:
— Que diabo! disse, a viúva Santos é uma das senhoras mais lindas que conheço! Não se diga que te estou metendo à cara um estupor!

— Fosse a própria Vênus!

— É mais, muito mais, porque Vênus não tinha duzentos contos de réis em prédios e apólices!

— Ora, sou bastante rico, e o senhor, meu pai, não sabe o que há de fazer do dinheiro. A sua banca de advogado rende-lhe uma fortuna todos os anos, e eu tenho a satisfação de lhe lembrar que sou filho único.

— A minha banca, maluco, há muito tempo não rende o que rendia no tempo em que os cães andavam com linguiças no pescoço. O que te ficou por morte de tua mãe, e o que te posso dar, ou deixar, é pouco para a tua dispendiosa vida de rapaz romântico, anacrônico e serôdio.

— Tenho ainda meu padrinho, o general!

— Pois sim! Teu padrinho é muito bom, sim senhor, muita festa pra festa, meu afilhado pra cá, meu afilhado pra lá, mas olha que daquela mata não sai coelho.

— É extraordinário o interesse que o senhor toma por essa viúva Santos!

— Não é por ela, é por ti, pedaço d'asno! Vocês foram feitos um para o outro, acredita, e o que mais lhe agrada na tua pessoa é justamente esse feitio, que tens, de Anthony de edição barata.

— Ela nunca me viu.

— Nunca te viu, mas conhece-te. Pois se não lhe falo senão no meu Rodolfo! Levei-lhe a tua fotografia, aquela maior... do Pacheco... aquela em que estás tão bonito, que até me pareces tua mãe...

— Que tolice! minha mãe com bigodes!

— Os bigodes não, mas os olhos, a boca e o nariz parecem tirados de uma cara e pregados na outra.

— Mas se o senhor lhe levou o meu retrato, por que não me trouxe o dela?

— Disso me lembrei eu. Infelizmente nunca se fotografou. Se eu lhe apanhasse o retrato, oh! oh! mostrava-to, e estou certo que não resistirias.

— O senhor mete-me medo! Para evitar uma asneira de minha parte, hei de fugir da viúva Santos como o Diabo da cruz!

— Disseste que me interesso por ela; e quando me interessasse? Não é filha de um bom camarada, o Teles, que morou

comigo quando éramos estudantes, e se formou em Olinda no mesmo dia que eu? Não imaginas o prazer que tive quando recebi uma carta de Rosalina – ela chama-se Rosalina – dizendo-me: "Venha ver-me; quero conhecer um dos melhores amigos de meu pobre pai."
– O pai é morto?
– Há muitos anos. Morreu juiz municipal nas Alagoas. Deixou a mulher e os filhos na mais completa pobreza, mas os rapazes arranjaram-se no comércio, e lá estão em Pernambuco em companhia da mãe. A Rosalina, essa casou-se com um negociante daqui do Rio, o Santos, que a viu por acaso uma vez em que teve de ir a Pernambuco tratar de negócios.
O doutor Sepúlveda aproximou a sua cadeira para mais perto do filho, e continuou:
– Alguém disse que a viúva é como a casa que está para alugar: há sempre lá dentro alguma coisa esquecida pelo antigo inquilino. Bem vejo, meu filho: o que te desgosta é esse Santos, esse marido, esse inquilino; pois não tens razão. O casamento de Rosalina foi obra dos irmãos – um casamento de conveniência. A pobre rapariga sacrificou-se à felicidade dos seus. O coração entrou ali com o Pilatos no Credo. Oito dias depois de casados, os noivos vieram para o Rio de Janeiro. Seis meses depois, morreu o marido, mas antes disso teve a boa ideia de chamar um tabelião e fazer testamento em favor dela. Ofereço-te um coração virgem, meu rapaz; aceita-o, e com isso darás muito prazer a teu pai, e ao general, teu padrinho, que consultei a esse respeito, e é inteiramente da minha opinião.

Rodolfo ergueu-se, espreguiçou-se longamente, e disse, com os braços estendidos, e a boca aberta num horroroso bocejo:
– Ora, meu pai, não falemos mais nisso.
E não falaram mais nisso.
O doutor Sepúlveda foi ter com o general, e contou-lhe a relutância do afilhado.
– Mas hei de teimar, meu compadre, hei de teimar!
– Não teime. Você não arranja nada. Aquele que ali está não se casa nem à mão de Deus Padre.
– É o que havemos de ver, seu compadre, é o que havemos de ver!...

II

Dois dias depois, Rodolfo sentia-se abalado pela insistência paterna, e estava quase disposto a pedir ao doutor Sepúlveda que o apresentasse à viúva Santos, quando o correio urbano lhe trouxe uma carta concebida nos seguintes termos:
"Rodolfo – Se não é medroso, esteja amanhã, quinta-feira, às 8 horas da noite, no largo da Lapa, junto ao chafariz. Aí encontrará uma senhora idosa, vestida de preto, com o rosto coberto por um véu. Faça o que ela indicar. Trata-se da sua felicidade."
A carta, escrita com letra de mulher, em papel finíssimo, não tinha assinatura, e exalava um delicioso perfume aristocrata. Rodolfo leu-a, releu-a três vezes, e guardou-a cuidadosamente. Ocioso é dizer que a viúva Santos varreu-se inteiramente da sua imaginação, excitada agora pelo misterioso da aventura que lhe propunham.
Foi ao largo da Lapa. Por que não havia de ir? Poderia recear uma cilada? Ora! no Rio de Janeiro não há torres de Nesle nem Margaridas de Borgonha.
Já lá encontrou a velha, junto do chafariz. Ela foi ao seu encontro, cumprimentou-o, e, dirigindo-se a um *coupé* estacionado a alguns passos de distância, abriu a portinhola e com um gesto convidou-o a entrar. Rodolfo não hesitou um segundo; entrou; a velha entrou também, e o *coupé* rodou na direção do Passeio Público.
– Aonde vamos?, perguntou ele.
A velha disse-lhe por gestos que era muda, e abaixou os *stores*.
Rodolfo percebeu que o carro entrou na rua das Marrecas, e dobrou a dos Barbonos; depois não pôde saber ao certo se tomou a rua dos Arcos ou a de Riachuelo. As rodas moviam-se vertiginosamente. De vez em quando dobravam uma esquina. Dez minutos depois, o moço ignorava completamente se se achava em caminho de Botafogo ou de Vila Isabel, da Tijuca ou do Saco do Alferes. Quis levantar um *store*. A velha opôs-se com um gesto precipitado e enérgico. Ele caiu resignadamente no fundo do carro, e deixou-se levar. Ora adeus!

A viagem durou seguramente uma hora. Quando o *coupé* estacou, a velha ergueu-se, tirou um lenço da algibeira, e tapou os olhos do moço, que se deixou vendar humildemente, sem proferir uma palavra.

Ela ajudou-o a descer, e levou-o pela mão, sempre de olhos tapados, como Raul de Nagis nos *Huguenotes*.

Pelo cascalho que pisava e pelo aroma das flores que sentia, Rodolfo adivinhou que estava num jardim, caminhando em deliciosa alameda.

Depois de andar cinco minutos, guiado sempre pela mão encarquilhada da velha, esta murmurou baixinho: – Adeus, seja feliz! – e afastou-se. Ao mesmo tempo, uma voz argentina, uma voz de mulher, que parecia vir do alto e soou musicalmente aos seus ouvidos, disse-lhe: – Desvenda-te, Rodolfo.

Ele arrancou o lenço dos olhos. Estava efetivamente num jardim, defronte de uma das partes laterais de um belo prédio moderno. A lua, iluminando suavemente aquele magnífico cenário, batia de chofre na sacada em que se achava uma mulher vestida de branco e com os cabelos soltos.

– Onde estou eu? perguntou ele, e olhou para o horizonte, a ver se algum morro conhecido o orientava. Nada! Nos fundos da casa erguia-se, é verdade, um morro, mas tão próximo e tão alto, que o moço, do lugar em que se achava, não lhe podia notar a configuração.

– Onde estou eu? – repetiu.

Por única resposta a mulher de cabelos soltos deixou cair uma escada de seda, cuja extremidade ficou presa à sacada; e Rodolfo subiu por ela com mais presteza do que o faria o próprio Romeu.

Ao entrar na alcova, fracamente iluminada pela meia-luz de um bico de gás, ficou deslumbradíssimo. Estava diante de um prodígio de formosura! O pasmo embargou-lhe a fala; quis soluçar um madrigal, e não teve uma palavra, uma sílaba, um som inarticulado!

– Amo-te, disse ela com uma voz que mais parecia um ciciar de brisa – amo-te muito, Rodolfo, e quero que também me ames.

– Oh! sim, sim... quem quer que sejas... eu amo-te, e...

127

Uma gargalhada o interrompeu. Era o doutor Sepúlveda que entrava na alcova e dava mais luz ao bico de gás.

– Meu pai!

– Teu pai, sim, meu romântico. Era este o único meio de te fazer cá vir. Ora aqui tens a viúva Santos. Agora recua, se és homem!

O casamento ficou definitivamente tratado naquela mesma noite.

III

No dia seguinte, o doutor Sepúlveda, nadando em júbilo, foi ter com o general e contou-lhe tudo.

– Então? não lhe dizia, seu compadre?

– Ora muito obrigado! respondeu o outro com a sua rude franqueza de velho militar. Por esse processo você poderia casá-lo até com a Chica Polca!

A COZINHEIRA

*Ele almoçava com a mulher
e jantava com a amante.*
(O narrador satiriza a metodologia da
infidelidade do personagem Araújo.)

I

Araújo entrou em casa alegre como um passarinho. Atravessou o corredor cantarolando a *Mascotte*, penetrou na sala de jantar, e atirou para cima do aparador de *vieux-chêne*[1] um grande embrulho quadrado; mas de repente deixou de cantarolar e ficou muito sério: a mesa não estava posta! Consultou o relógio: eram cinco e meia.
— Então que é isto? São estas horas e a mesa ainda neste estado! — Maricas!
Maricas entrou, arrastando lentamente uma elegante bata de seda.
Araújo deu-lhe o beijo conjugal, que há três anos estalava todos os dias à mesma hora, invariavelmente — e interpelou-a:
— Então o jantar?
— Pois sim, espera por ele!
— Alguma novidade?
— A Josefa tomou um pileque onça, e foi-se embora sem ao menos deitar as panelas no fogo!
Araújo caiu aniquilado na cadeira de balanço. Já tardava! A Josefa servia-os há dois meses, e as outras cozinheiras não tinham lá parado nem oito dias!
— Diabo! dizia ele irritadíssimo, diabo!...

---

[1] Trad.: Carvalho antigo.

E lembrava-se da terrível estopada que o esperava no dia seguinte: agarrar no *Jornal do Comércio*, meter-se num tílburi, e subir cinquenta escadas à procura de uma cozinheira!

Ainda da última vez tinha sido um verdadeiro inferno! – Pa-pa-pá! – Quem bate? – Foi aqui que anunciaram uma cozinheira? – Foi, mas já está alugada. – Repetiu-se esta cena um ror de vezes!

– Vai a uma agência, aconselhou Maricas.

– Ora muito obrigado! Bem sabes o que temos sofrido com as tais agências. Não há nada pior.

E enquanto Araújo, muito contrariado, agitava nervosamente a ponta do pé e dava pequenos estalidos de língua, Maricas abria o embrulho que ele ao entrar deixara sobre o aparador.

– Oh, como é lindo! exclamou, extasiada diante de um magnífico chapéu de palha, com muitas fitas e muitas flores. – Há de me ficar muito bem. Decididamente és um homem de gosto!

E, sentando-se no colo de Araújo, agradecia-lhe com beijos e carícias o inesperado mimo. Ele deixava-se beijar friamente, repetindo sempre:

– Diabo! diabo!...

– Não te amofines assim por causa de uma cozinheira.

– Dizes isso porque não és tu que vais correr a via-sacra à procura de outra.

– Se queres, irei; não me custa.

– Não! Deus me livre de dar-te essa maçada. Irei eu mesmo.

E beijou-a.

Ergueram-se ambos. Ele parecia agora mais resignado, e disse:

– Ora adeus! Vamos jantar num hotel!

– Apoiado! Em qual há de ser?

No Daury. É o que está mais perto. Ir agora à cidade seria uma grande maçada.

– Está dito: vamos ao Daury.

– Vai te vestir.

Às oito horas da noite Araújo e Maricas voltaram do Daury perfeitamente jantados e puseram-se à fresca.

Ela mandou iluminar a sala, e foi para o piano assassinar miseravelmente a marcha de *Aída*[2]; ele, deitado num soberbo divã estofado, saboreando o seu Rondueles, contemplava uma finíssima gravura de Goupil, que enfeitava a parede fronteira, e lembrava-se do dinheirão que gastara para mobiliar e ornar aquele bonito chalé da rua do Matoso.

Às dez horas recolheram-se ambos. Largo e suntuoso leito de jacarandá e pau-rosa, sob um dossel de seda, entre cortinas de renda, oferecia-lhes o inefável conchego das suas colchas adamascadas.

À primeira pancada da meia-noite, Araújo ergueu-se de um salto, obedecendo a um movimento instintivo. Vestiu-se, pôs o chapéu, deu um beijo de despedida em Maricas, que dormia profundamente, e saiu de casa com mil cuidados para não despertá-la.

A uns cinquenta passos do chalé, dissimulado pela sombra, estava um homem cujo vulto se aproximou à medida que o dono da casa se afastava...

Quando o som dos passos de Araújo se perdeu de todo no silêncio e ele desapareceu na escuridão da noite, o outro tirou uma chave do bolso, abriu a porta do chalé, e entrou...

Na ocasião em que se voltava para fechar a porta, a luz do lampião fronteiro bateu-lhe em cheio no rosto; se alguém houvesse defronte, veria no misterioso notívago um formoso rapaz de vinte anos.

Entretanto, Araújo desceu a rua Mariz e Barros, subiu a de São Cristóvão, e um quarto de hora depois entrava numa casinha de aparência pobre.

II

Dormiam as crianças, mas dona Ernestina de Araújo ainda estava acordada.

---

[2] [Pontuamos.]

O esposo deu-lhe o beijo convencional, um beijo apressado, que tinha a tradição de quinze anos, e começou a despir-se para deitar-se. Araújo levava grande parte da vida a mudar de roupa.
– Venho achar-te acordada: isto é novidade!
– É novidade, é. A Jacinta deu-lhe hoje para embebedar--se, e saiu sem aprontar o jantar. Fiquei em casa sozinha com as crianças.
– Oh, senhor! é sina minha andar atrás de cozinheiras!
– Não te aflijas: eu mesma irei amanhã procurar outra.
– Naturalmente, pois se não fores, nem eu, que não estou para maçadas!
Depois que o marido se deitou, dona Ernestina, timidamente:
– E o meu chapéu? perguntou. Compraste-o?
– Que chapéu?
– O chapéu que te pedi.
– Ah! Já me não lembrava... Daqui a uns dias... Ando muito arrebentado...
– É que o outro já está tão velho...
– Vai-te arranjando com ele, e tem paciência... Depois, depois...
– Bom... quando puderes.
E adormeceram.
Logo pela manhã a pobre senhora pôs o seu chapéu velho e saiu por um lado, enquanto o marido saía por outro, ambos à procura de cozinheira.
Os pequenos ficaram na escola.
Os rendimentos de Araújo davam-lhe para sustentar aquelas duas casas. Ele almoçava com a mulher e jantava com a amante. Ficava até a meia-noite em casa desta, e entrava de madrugada para o lar doméstico.
A amante vivia num bonito chalé; a família morava numa velha casinha arruinada e suja. Na casa da mão esquerda havia o luxo, o conforto, o bem-estar; na casa da mão direita reinava a mais severa economia. Ali os guardanapos eram de linho; aqui os lençóis de algodão. Na rua do Matoso havia sempre o supérfluo; na rua de São Cristóvão muitas vezes faltava o necessário.

Araújo prontamente arranjou cozinheira para a rua do Matoso, e à meia-noite encontrou a esposa muito satisfeita:
– Queres saber, Araújo?! Dei no vinte! Achei uma excelente cozinheira!
– Sério?
– Que jantar esplêndido! Há muito tempo não comia tão bem! Esta não me sai mais de casa!

Pela manhã, a nova cozinheira veio trazer o café para o patrão, que se achava ainda recolhido, lendo a *Gazeta*. A senhora estava no banho; os meninos tinham ido para a escola.
– Eh! eh! meu amo, é vossuncê que é dono da casa?
Araújo levantou os olhos; era a Josefa, a cozinheira que tinha estado em casa de Maricas!
– Cala-te, diabo! Não digas aqui que me conheces!
– Sim, sinhô.
– Com que então tomaste anteontem um pileque onça e nos deixaste sem jantar, hein?
– Mentira só, meu amo; Josefa nunca tomou pileque. Minh'ama foi que me botou pra fora!
– Ora essa! Por quê?
– Ela me xingou pru via das compras, e eu ameaçou ela de dizê tudo a vossuncê.
– Tudo o quê?
– A história do estudante que entra em casa à meia-noite quando vossuncê sai.
– Cala-te! disse vivamente Araújo, ouvindo os passos de dona Ernestina, que voltava do banho.

O nosso herói prontamente se convenceu de que a Josefa lhe havia dito a verdade. Em poucos dias desembaraçou-se da amante, deu melhor casa à mulher e aos filhos, começou a jantar em família, e hoje não sai à noite sem dona Ernestina. Tomou juízo e vergonha.

PLEBISCITO

No quarto havia o que ele mais precisava naquela ocasião: algumas gotas de água de flor de laranja e um dicionário...
(O contista ironiza a situação de angústia em que se metera o senhor Rodrigues.)

A cena passa-se em 1890.
A família está toda reunida na sala de jantar. O senhor Rodrigues palita os dentes, repimpado numa cadeira de balanço. Acabou de comer como um abade. Dona Bernardina, sua esposa, está muito entretida a limpar a gaiola de um canário belga. Os pequenos são dois, um menino e uma menina. Ela distrai-se a olhar para o canário. Ele, encostado à mesa, os pés cruzados, lê com muita atenção uma das nossas folhas diárias. Silêncio.
De repente, o menino levanta a cabeça e pergunta:
– Papai, que é plebiscito?
O senhor Rodrigues fecha os olhos imediatamente para fingir que dorme.
O pequeno insiste:
– Papai?
Pausa:
– Papai?
Dona Bernardina intervém:
– Ó seu Rodrigues, Manduca está lhe chamando. Não durma depois do jantar, que lhe faz mal.
O senhor Rodrigues não tem remédio senão abrir os olhos.
– Que é? Que desejam vocês?
– Eu queria que papai me dissesse o que é plebiscito.

– Ora essa, rapaz! Então tu vais fazer doze anos e não sabes ainda o que é plebiscito?
– Se soubesse, não perguntava.
O senhor Rodrigues volta-se para dona Bernardina, que continua muito ocupada com a gaiola:
– Ó senhora, o pequeno não sabe o que é plebiscito!
– Não admira que ele não saiba, porque eu também não sei.
– Que me diz?! Pois a senhora não sabe o que é plebiscito?
– Nem eu, nem você; aqui em casa ninguém sabe o que é plebiscito.
– Ninguém, alto lá! Creio que tenho dado provas de não ser nenhum ignorante!
– A sua cara não me engana. Você é muito prosa. Vamos: se sabe, diga o que é plebiscito! Então? A gente está esperando! Diga!...
– A senhora o que quer é enfezar-me!
– Mas, homem de Deus, para que você não há de confessar que não sabe? Não é nenhuma vergonha ignorar qualquer palavra. Já outro dia foi a mesma coisa quando Manduca lhe perguntou o que era proletário. Você falou, falou, falou, e o menino ficou sem saber!
– Proletário – acudiu o senhor Rodrigues – é o cidadão pobre que vive do trabalho mal remunerado.
– Sim, agora sabe porque foi ao dicionário; mas dou-lhe um doce, se me disser o que é plebiscito sem se arredar dessa cadeira!
– Que gostinho tem a senhora em tornar-me ridículo na presença destas crianças!
– Oh! Ridículo é você mesmo quem se faz. Seria tão simples dizer: – Não sei, Manduca, não sei o que é plebiscito; vai buscar o dicionário, meu filho.
O senhor Rodrigues ergue-se de um ímpeto e brada:
– Mas se eu sei!
– Pois se sabe, diga!
– Não digo para me não humilhar diante de meus filhos! Não dou o braço a torcer! Quero conservar a força moral que devo ter nesta casa! Vá para o diabo!

E o senhor Rodrigues, exasperadíssimo, nervoso, deixa a sala de jantar e vai para o seu quarto, batendo violentamente a porta.

No quarto havia o que ele mais precisava naquela ocasião: algumas gotas de água de flor de laranja e um dicionário...

A menina toma a palavra:
– Coitado de papai! Zangou-se logo depois do jantar! Dizem que é tão perigoso!
– Não fosse tolo, observa dona Bernardina, e confessasse francamente que não sabia o que é plebiscito!
– Pois sim, acode Manduca, muito pesaroso por ter sido o causador involuntário de toda aquela discussão – pois sim, mamãe; chame papai e façam as pazes.
– Sim! Sim! Façam as pazes! diz a menina em tom meigo e suplicante. Que tolice! duas pessoas que se estimam tanto zangaram-se por causa do plebiscito!

Dona Bernardina dá um beijo na filha, e vai bater à porta do quarto:
– Seu Rodrigues, venha sentar-se; não vale a pena zangar--se por tão pouco.

O negociante esperava a deixa. A porta abre-se imediatamente. Ele entra, atravessa a casa, e vai sentar-se na cadeira de balanço.

– É boa! brada o senhor Rodrigues depois de largo silêncio, é muito boa! Eu! eu ignorar a significação da palavra *plebiscito*! Eu!...
A mulher e os filhos aproximam-se dele.
O homem continua num tom profundamente dogmático:
– Plebiscito...
E olha para todos os lados a ver se há ali mais alguém que possa aproveitar a lição.
– Plebiscito é uma lei decretada pelo povo romano, estabelecido em comícios.
– Ah! suspiram todos, aliviados.
– Uma lei romana, percebem? E querem introduzi-la no Brasil! É mais um estrangeirismo!...

A PRAIA DE SANTA LUZIA

[Maurício] Tinha essa virtude burguesa, que as mulheres amantes colocam acima dos sentidos mais elevados: era caseiro. (O escritor enfatiza o bom comportamento do protagonista da história.)

Maurício casara-se muito cedo, aos dezenove anos, e era feliz, porque ia completar os vinte e quatro sem ter o menor motivo de queixa contra a vida conjugal.

Justiça se lhe faça: era marido exemplaríssimo em terra tão perigosa para os rapazes de sua idade. Tinha essa virtude burguesa, que as mulheres amantes colocam acima dos sentidos mais elevados: era caseiro. Ia para a repartição às nove horas, e às quatro estava em casa, invariavelmente. Só por exceção saía à noite, mas acompanhado por sua mulher. Adorava-a.

Adorava-a, mas um dia...

Não! não precipitemos o conto; procedamos com método:

Maurício exercia na Alfândega um modesto emprego de escriturário, e, como residisse nas proximidades do Passeio Público, e era por natureza comodista e ordenado, tomava sistematicamente, às nove horas, o bondinho que contornava parte do morro do Castelo, e ia despejá-lo no Carceler, perto da repartição.

Habituou-se a atravessar todas as manhãs dos dias úteis a praia de Santa Luzia, e, afinal, tanto se apaixonara por esse sítio, realmente belo, que por coisa alguma renunciaria ao inocente prazer de contemplá-lo com tão rigorosa pontualidade.

Num dia, as montanhas da outra banda parecia desfazerem-se em nuvens tênues e azuladas, confundindo-se com o horizonte longínquo; noutro, violentamene batidas pelo sol, tinham contornos enérgicos e destacavam-se no fundo cerúleo da tela maravilhosa. O outeiro da Glória, a fortaleza de Villegaignon, a ponta pedregosa do Arsenal de Guerra –, tudo isso encantava o nosso Maurício pelos seus diversos e sucessivos aspectos de coloração. Era ali e só ali que notava e lhe comprazia a volubilidade característica da natureza fluminense – moça faceira que cada dia inventa novos enfeites e arrebiques.

E o belo e opulento arvoredo defronte da Santa Casa? Como era agradável atravessar à sombra daquelas árvores frondosas e venerandas, cuja seiva parece alimentada por tantas vidas que se extinguem no hospital fronteiro!

A praia de Santa Luzia de tal modo o extasiava, que, ao passar pelo Necrotério, Maurício descobria-se, mas desviava os olhos para que o espetáculo da morte não lhe desfizesse a boa e consoladora impressão do espetáculo da vida.

Notava com desgosto que outros passageiros do bondinho estendiam o pescoço, voltando-se para inspecionar a lúgubre capelinha. Pela expressão de curiosidade satisfeita, ou de contrariedade, que ele claramente lia no rosto desses passageiros, adivinhava se havia ou não cadáveres lá dentro.

Um velhote, com quem se encontrava assiduamente no bondinho, e já o cumprimentava, de uma feita o aborreceu bastante, dizendo-lhe, depois de olhar para o Necrotério:

– Três hóspedes!

Foi morar para a rua de Santa Luzia, numa casinha baixa, de porta e janela, certa família pobre, de que fazia parte uma lindíssima rapariga dos seus dezoito anos, morena, desse moreno purpúreo, que deve ser a cor dos anjos do Céu.

Maurício via-a todas as manhãs, e não desviava os olhos, como defronte do Necrotério; pelo contrário, incluiu-a na lista dos prodígios naturais que o deslumbravam todos os dias. A morena ficou fazendo parte integrante do panorama, em concorrência com a serra dos Órgãos, o outeiro da Glória, o ilhote de Villegaignon e as árvores da Misericórdia.

Aquele olhar cronométrico, infalível, à mesma hora, no mesmíssimo instante, acabou por impressionar a morena.

Pouco tardou para que entre o bondinho e a janela se estabelecesse ligeira familiaridade. Um dia a moça teve um gesto de cabeça, quase imperceptível, e Maurício instintivamente levou a mão ao chapéu. Daí por diante nunca mais deixou de cumprimentá-la.

Quinze dias depois, ela acompanhou o cumprimento por um sorriso enfeitado pelos mais belos dentes do mundo, e isso lhe revelou, a ele, que a beleza de tão importante acessório do seu panorama também variava de aspecto.

Maurício correspondeu ao sorriso, maquinalmente, com os lábios curvados por uma simpatia irresistível –, e se os dois jovens já se não viam sem se cumprimentar, de então por diante não se cumprimentavam sem sorrir um para o outro.

Um dia o cumprimento mudou inesperadamente de forma: ela disse-lhe adeus com a mãozinha, agitando os dedos com muita sem-cerimônia, como o faria a um amigo íntimo. Ele imitou-a, num movimento natural, espontâneo, quase inconsciente.

Estavam as coisas neste ponto – o fogo ao pé da pólvora – quando um dia, depois do cumprimento e do sorriso habituais, um moleque saltou levípede à plataforma do bondinho, e entregou uma carta a Maurício:

– Está que sinhazinha mandou.

O moço, muito surpreso e um pouco vexado, pois percebeu que o velhote, o tal da pilhéria dos três hóspedes, e dois estudantes de medicina riam à socapa, guardou a carta no bolso, e só foi abri-la na Alfândega:

"Me escreva e me diga como chama-se, em que ano está e quando se forma, e quero saber se gostas de mim por passatempo ou se pedes a minha mão a minha família, que é meu Pai, minha Mãe e um irmão. Desta que lhe ama. – *Adélia*."

Maurício caiu das nuvens, e só então reparou que cometera uma monstruosidade. Nunca lhe passaram pela cabeça ideias de namoro. Amava muito sua mulher, a mãe de seu filho, e era incapaz de traí-la, desencaminhando uma pobre menina que o supunha solteiro e estudante, e era para ele apenas um acessório do seu panorama.

Aquela carta surpreendera-o tanto, como se a própria fortaleza de Villegaignon lhe perguntasse: – Quando te casas comigo? – ou a ermida da Glória lhe dissesse: – Pede-me a papai!...

Nas ocasiões difíceis Maurício consultava o seu chefe da seção, que o apreciava muito.

Expôs-lhe francamente o caso, e perguntou-lhe:
– Que devo fazer?
– Uma coisa muito simples: nunca mais passar pela praia de Santa Luzia. Olhe que o menos que pode arranjar é uma tunda de pau!
– Mas o senhor não imagina o sacrifício que me aconselha! A praia de Santa Luzia entrou de tal forma nos meus hábitos, que hoje até me parece indispensável à existência. Por amor de Deus não me prive da praia de Santa Luzia!...
– Nesse caso, diga-lhe francamente que é casado.
– Dizer-lhe... Mas como?
– Amanhã, quando passar, em vez de cumprimentá-la, mostre-lhe o seu anel de casamento. Ela compreenderá.

Maurício cumpriu a recomendação à risca, e Adélia viu perfeitamente a grossa aliança de ouro.

Mas, no dia seguinte, a moça esperou-o ainda mais satisfeita e risonha que na véspera – e o moleque, trepando pela segunda vez à plataforma do carro, entregou a Maurício outra cartinha.

– Que diabo!, pensou ele, guardando a epístola.

Ela sorria. Vaidade feminina, não é outra coisa... Sorria para que eu não a supusesse despeitada. As mulheres são assim. Faço ideia da descompostura que aqui está escrita!

Enganava-se:

"Meu amor – Vejo que você já comprou sua Aliança e eu também ontem mesmo encomendei a minha, amanhã passa a pé e me diz quando formas-te e quando pedes-me a meu Pai. Nem sei o teu nome. Tua até morrer, – *Adélia*."

Maurício tomou – pudera! – a heróica e sublime resolução de se privar da praia de Santa Luzia.

BLACK

[...] o inteligente animal compreendia tudo e daquele modo exprimia a indignação que tamanha patifaria lhe causava.
(Hipótese levantada pelo narrador sobre as reações de Black, um cãozinho de raça.)

Leandrinho, o moço mais alegre e mais peralta do bairro de São Cristóvão, frequentava a casa do senhor Martins, que era casado com a moça mais bonita da rua do Pau-ferro.

Mas, por uma singularidade notável, tão notável que a vizinhança logo notou, Leandrinho só ia à casa do senhor Martins quando o senhor Martins não estava em casa.

Esperava que ele saísse e tomasse o bonde que o transportava à cidade, quase à porta da sua repartição; entrava no corredor com a petulância do guerreiro em terreno conquistado, e dona Candinha (assim se chamava a moça mais bonita da rua do Pau-ferro) introduzia-o na sala de visitas, e de lá passavam ambos para a alcova, onde os esperava o tálamo aviltado pelos seus amores ignóbeis.

A ventura de Leandrinho tinha um único senão: havia na casa um cãozinho de raça, um *bull terrier*, chamado Black, que latia desesperadamente sempre que farejava a presença daquele estranho.

Dir-se-ia que o inteligente animal compreendia tudo e daquele modo exprimia a indignação que tamanha patifaria lhe causava.

Entretanto, o inconveniente foi remediado. A poder de carícias e pão de lós, a pouco e pouco logrou o afortunado Leandrinho captar a simpatia de Black, e este, afinal, vinha aos pulos recebê-lo à porta da rua, e acompanhava-o no corredor, saltando-lhe às pernas, lambendo-lhe as mãos, corcoveando, arfando, sacudindo a cauda irrequieta e curva.

As mulheres viciosas e apaixonadas comprazem-se na aproximação do perigo; por isso, dona Candinha desejava ardentemente que Leandrinho travasse relações de amizade com o senhor Martins.

Tudo se combinou, e uma bela noite os dois amantes se encontraram, como por acaso, num sarau do Clube Familiar da Cancela. Depois de dançar com ele uma valsa e duas polcas, ela teve o desplante de apresentá-lo ao marido.

Sucedeu o que invariavelmente sucede. A manifestação da simpatia do senhor Martins não se demorou tanto como a de Black: foi fulminante.

Os maridos são por via de regra menos desconfiados que os *bull terriers*.

O pobre homem nunca tivera diante de si cavalheiro tão simpático, tão bem-educado, tão insinuante. Ao terminar o sarau, pareciam dois velhos amigos.

À saída do clube, Leandrinho deu o braço a dona Candinha, e, como "também morava para aqueles lados", acompanhou o casal até a rua do Pau-ferro.

Separaram-se à porta de casa.

O marido insistiu muito para que o outro aparecesse. Teria o maior prazer em receber a sua visita. Jantavam às cinco. Aos domingos um pouco mais cedo, pois nesses dias a cozinheira ia passear.

– Hei de aparecer, prometeu Leandrinho.

– Olhe, venha quarta-feira, disse o senhor Martins. Minha mulher faz anos nesse dia. Mata-se um peru, e há mais alguns amigos à mesa, poucos, muito poucos, e de nenhuma cerimônia. Venha. Dar-nos-á muito prazer.

– Não faltarei, protestou Leandrinho.

E despediu-se.

– É muito simpático, observou o senhor Martins metendo a chave no trinco.

– É, murmurou secamente dona Candinha.

Black, que os farejava, esperava-os lá dentro, no corredor, grunhindo, arranhando a porta, corcoveando, arfando, sacudindo a cauda irrequieta e curva.

Na quarta-feira aprazada Leandrinho embonecou-se todo e foi à casa do senhor Martins, levando consigo um soberbo ramo de violetas.

O dono da casa, que estava na sala de visitas com alguns amigos, encaminhou-se para ele de braços abertos, e dispunha-se a apresentá-lo às pessoas presentes, quando Black veio a correr lá de dentro, e começou a fazer festas ao recém--chegado, saltando-lhe às pernas, lambendo-lhe as mãos, corcoveando, arfando, sacudindo a cauda irrequieta e curva.

O senhor Martins, que conhecia o cão e sabia-o incapaz de tanta familiaridade com pessoas estranhas, teve uma ideia sinistra, e como os dois amantes enfiassem, a situação ficou para ele perfeitamente esclarecida.

Não se descreve o escândalo produzido pela inocente indiscrição de Black. Basta dizer que, a despeito da intervenção dos parentes e amigos ali reunidos, dona Candinha e Leandrinho foram postos na rua a pontapés valentemente aplicados.

O senhor Martins, que não tinha filhos, a princípio sofreu muito, mas afinal habituou-se à solidão.

Nem era esta assim tão grande, pois, todas as vezes que ele entrava em casa, vinha recebê-lo o seu bom amigo, o indiscreto Black, saltando-lhe às pernas, lambendo-lhe as mãos, corcoveando, arfando, sacudindo a cauda irrequieta e curva.

A FILHA DO PATRÃO

Para que o conto acabasse a contento da maioria dos meus leitores, o comendador Ferreira deveria perdoar os dois namorados [...]
(O narrador deixa em suspenso o desfecho da história.)

I

O comendador Ferreira esteve quase a agarrá-lo pelas orelhas e atirá-lo pela escada abaixo com um pontapé bem aplicado. Pois não! um biltre, um farroupilha, um pobre-diabo sem eira, nem beira, nem ramo de figueira, atrever-se a pedir-lhe a menina em casamento! Era o que faltava! que ele estivesse durante tantos anos a ajuntar dinheiro para encher os bolsos a um valdevinos daquela espécie, dando-lhe a filha ainda por cima, a filha, que era a rapariga mais bonita e mais bem--educada de toda a rua de S. Clemente! Boas!

O comendador Ferreira limitou-se a dar-lhe uma resposta seca e decisiva, um "Não, meu caro senhor" capaz de desanimar o namorado mais decidido ao emprego de todas as astúcias do coração.

O pobre rapaz saiu atordoado, como se realmente houvesse apanhado o puxão de orelhas e o pontapé, que felizmente não passaram de tímido projeto.

Na rua, sentindo-se ao ar livre, cobrou ânimo e disse aos seus botões: – Pois há de ser minha, custe o que custar! Voltou-se, viu numa janela Adosinda, a filha do comendador, que desesperadamente lhe fazia com a cabeça sinais interrogativos. Ele estalou nos dentes a unha do polegar, o que muito claramente queria dizer: – Babau! e, como eram apenas onze horas, foi dali direitinho espairecer no Derby-Club. Era domingo e havia corridas.

O comendador Ferreira, mal o rapaz desceu a escada, foi para o quarto da filha, e surpreendeu-a a fazer os tais sinais interrogativos. Dizer que ela não apanhou o puxão de orelhas destinado ao moço seria faltar à verdade que devo aos pacientes leitores; apanhou-o, coitadinha! e naturalmente, a julgar pelo grito estrídulo que deu, exagerou a dor física produzida por aquela grosseira manifestação da cólera paterna.

Seguiu-se um diálogo terrível:
– Quem é aquele pelintra?
– Chama-se Borges.
– De onde você o conhece?
– Do Clube Guanabarense... daquela noite em que papai me levou...
– Ele em que se emprega? que faz ele?...
– Faz versos.
– E você não tem vergonha de gostar de um homem que faz versos?
– Não tenho culpa; culpado é o meu coração.
– Esse vagabundo algum dia lhe escreveu?
– Escreveu-me uma carta.
– Quem lhe trouxe?
– Ninguém. Ele mesmo atirou-a com uma pedra, por esta janela.
– Que lhe dizia ele nessa carta?
– Nada que me ofendesse; queria a minha autorização para pedir-me em casamento.
– Onde está ela?
– Ela quem?
– A carta!

Adosinda, sem dizer uma palavra, tirou a carta do seio. O comendador abriu-a, leu-a, e guardou-a no bolso. Depois continuou:
– Você respondeu a isto?
A moça gaguejou.
– Não minta!
– Respondi, sim, senhor.
– Em que termos?
– Respondi que sim, que me pedisse.

— Pois olhe: proíbo-lhe, percebe? pro-í-bo-lhe que de hoje em diante dê trela a esse peralvilho! Se me contar que ele anda a rondar-me a casa, ou que se corresponde com você, mando desancar-lhe os ossos pelo Benvindo (Benvindo era o cozinheiro do comendador Ferreira), e a você, minha sirigaita... a você... Não lhe digo nada!...

II

Três dias depois desse diálogo, Adosinda fugiu de casa em companhia do seu Borges, e o rapto foi auxiliado pelo próprio Benvindo, com quem o namorado dividiu um dinheiro ganho nas corridas do Derby. Até hoje ignora o comendador que o seu fiel cozinheiro contribuísse para tão lastimoso incidente.

O pai ficou possesso, mas não fez escândalo, não foi à polícia, não disse nada nem mesmo aos amigos íntimos; não se queixou, não desabafou, não deixou transparecer o seu profundo desgosto.

E teve razão, porque, passados quatro dias, Adosinda e o Borges vinham, à noite, ajoelhar-se aos seus pés e pedir-lhe a bênção, como nos dramalhões e novelas sentimentais.

III

Para que o conto acabasse a contento da maioria dos meus leitores, o comendador Ferreira deveria perdoar os dois namorados, e tratar de casá-los sem perda de tempo; mas infelizmente as coisas não se passarão assim, e a moral, como vão ver, foi sacrificada pelo egoísmo.

Com a resolução de quem longamente se preparara para o que desse e viesse, o comendador tirou do bolso um revólver e apontou-o contra o raptor de sua filha, vociferando:

— Seu biltre, ponha-se imediatamente no olho da rua, se não quer que lhe faça saltar os miolos!...

A esse argumento intempestivo e concludente, o namorado, que tinha muito amor à pele, fugiu como se o arrebatassem asas invisíveis.

O pai foi fechar a porta, guardou o revólver, e, aproximando--se de Adosinda, que, encostada ao piano tremia como varas verdes, abraçou-a e beijou-a com um carinho que nunca manifestara em ocasiões menos inoportunas.

A moça estava assombrada: esperava, pelo menos, a maldição paterna; era, desde pequenina, órfã de mãe, e habituara--se às brutalidades do pai; aquele beijo e aquele abraço afetuosos encheram-na de confusão e pasmo.

O comendador foi o primeiro a falar:

– Vês? disse ele, apontando para a porta. Vês? O homem por quem abandonaste teu pai é um covarde, um miserável, que foge diante do cano de um revólver! Não é um homem!...

– Isso é ele, murmurou Adosinda baixando os olhos, ao mesmo tempo que duas rosas lhe desfaziam a palidez do rosto.

O pai sentou-se no sofá, chamou a filha para perto de si, fê-la sentar-se nos seus joelhos, e, num tom de voz meigo e untuoso, pediu-lhe que se esquecesse do homem que a raptara, um troca-tintas, um leguelhé que lhe queria o dote, e nada mais; pintou-lhe um futuro de vicissitudes e misérias, longe do pai, que a desprezaria se semelhante casamento se realizasse; desse pai, que tinha exterioridades de bruto, mas no fundo era o melhor, o mais carinhoso dos pais.

No fim dessa catequese, a moça parecia convencida de que nos braços do Borges não encontraria realmente toda a felicidade possível; mas...

– Mas agora... é tarde, balbuciou ela; e voltaram-lhe à face as purpurinas rosas de ainda há pouco.

– Não; não é tarde, disse o comendador. Conheces o Manuel, o meu primeiro caixeiro do armazém?

– Conheço: é um enjoado.

– Qual enjoado! É um rapaz de muito futuro no comércio, um homem de conta, peso e medida! Não descobriu a pólvora, não faz versos, não é janota, mas tem um tino para o negócio, uma perspicácia que o levará longe, hás de ver!

E durante um quarto de hora o comendador Ferreira gabou as excelências do seu caixeiro Manuel.

Adosinda ficou vencida.

147

A conferência terminou por estas palavras:
– Falo-lhe?
– Fale, papai.

IV

No dia seguinte o comendador chamou o caixeiro ao escritório, e disse-lhe:
– Seu Manuel, estou muito contente com os seus serviços.
– Oh! patrão!
– Você é um empregado zeloso, ativo e morigerado; é o modelo dos empregados.
– Oh! patrão!
– Não sou ingrato. Do dia primeiro em diante você é interessado na minha casa: dou-lhe cinco por cento além do ordenado.
– Oh! patrão! isso não faz um pai ao filho!...
– Ainda não é tudo. Quero que você se case com minha filha. Doto-a com cinquenta contos.
O pobre-diabo sentiu-se engasgado pela comoção: não pôde articular uma palavra.
– Mas eu sou um homem sério – continuou o patrão. – A minha lealdade obriga-me a confessar-lhe que minha filha... não é virgem.
O noivo espalmou as mãos, inclinou a cabeça para a esquerda, baixou as pálpebras, ajustou os lábios em bico, e respondeu com um sorriso resignado e humilde:
– Oh! patrão! ainda mesmo que fosse, não fazia mal!

UMA EMBAIXADA

Quem tem boca não manda soprar.
(Provérbio muito apreciado pela viúva
Perkins, protagonista central do conto.)

Minervino ouviu um toque de campainha, levantou-se do canapé, atirou para o lado o livro que estava lendo, e foi abrir a porta ao seu amigo Salema.
– Entra. Estava ansioso!
– Vim, mal recebi o teu bilhete. Que desejas de mim?
– Um grande serviço!
– Oh, diabo! trata-se de algum duelo?
– Trata-se simplesmente de amor. Senta-te.
Sentaram-se ambos.

Eram dois rapagões de vinte e cinco anos, oficiais da mesma Secretaria do Estado; dois colegas, dois companheiros, dois amigos, entre os quais nunca houvera a menor divergência de opiniões ou sentimentos. Estimavam-se muito, estimavam-se deveras.

– Mandei-te chamar, continuou Minervino, porque aqui podemos falar mais à vontade; lá em tua casa seríamos interrompidos por teus sobrinhos. Ter-me-ia guardado para amanhã, na Secretaria, se não se tratasse de uma coisa inadiável. Há de ser hoje por força!
– Estou às tuas ordens.
– Bom. Lembras-te de um dia ter te falado de uma viúva bonita, minha vizinha, por quem andava apaixonado?
– Sim, lembro-me... um namoro...
– Namoro que se converteu em amor, amor que se transformou em paixão!

— Quê! Tu estás apaixonado?!...
— Apaixonadíssimo... e é preciso acabar com isto!
— De que modo?
— Casando-me; e tu é que hás de pedi-la!
— Eu?!...
— Sim, meu amigo. Bem sabes como sou tímido... Apenas me atrevo a fixá-la durante alguns momentos, quando chego à janela, ou a cumprimentá-la, quando entro ou saio. Se eu mesmo fosse falar-lhe, era capaz de não articular três palavras. Lembraste daquela ocasião em que fui pedir ao ministro que me nomeasse para a vaga do Florêncio? Pus-me a tremer diante dele, e a muito custo consegui expor o que desejava. E quando o ministro me disse: — Vá descansado, hei de fazer justiça, eu respondi-lhe: — Vossa Excelência, se me nomear, não chove no molhado! — Ora, se eu sou assim com os ministros, que fará com as viúvas!
— Mas tu conhece-la?
— Estou perfeitamente informado: é uma senhora digna e respeitável, viúva do senhor Perkins, negociante americano. Mora ali defronte, no número 37. Peço-te que a procures imediatamente e lhe faças o pedido de minha parte. És tão desembaraçado como eu sou tímido; estou certo que serás bem-sucedido. Dize-lhe de mim o melhor que puderes dizer; advoga a minha causa com a tua eloquência habitual, e a gratidão do teu amigo será eterna.
— Mas que diabo! — observou Salema. — Isto não é sangria desatada! Por que há de ser hoje e não outro dia? Não vim preparado!
— Não pode deixar de ser hoje. A viúva Perkins vai amanhã para a fazenda da irmã, perto de Vassouras, e eu não queria que partisse sem deixar lavrada a minha sentença.
— Mas, se lhe não falas, como sabes que ela vai partir?
— Ah! como todos os namorados, tenho a minha polícia... Mas vai, vai, não te demores; ela está em casa e está sozinha; mora com um irmão empregado no comércio, mas o irmão saiu... Deve estar também em casa a dama de companhia, uma americana velha, que naturalmente não aparecerá na sala, nem estorvará a conversa.

E Minervino empurrava Salema para a porta, repetindo sempre:

— Vai! vai! não te demores!

Salema saiu, atravessou a rua, e entrou em casa da viúva Perkins.

No corredor pôs-se a pensar na esquisitice da embaixada que o amigo lhe confiara.

— Que diabo! refletiu ele. Não sei quem é esta senhora; vou falar-lhe pela primeira vez... Não seria mais natural que o Minervino procurasse alguém que a conhecesse e o apresentasse?... Mas, ora adeus!... eles namoram-se; é de esperar que o embaixador seja recebido de braços abertos.

Alguns minutos depois, Salema achava-se na sala da viúva Perkins, uma sala mobiliada sem luxo, mas com certo gosto, cheia de quadros e outros objetos de arte. Na parede, por cima do divã de repes, o retrato de um homem novo ainda, muito louro, barbado, de olhos azuis, lânguidos e tristes. Provavelmente o americano defunto.

Salema esperou uns dez minutos.

Quando a viúva Perkins entrou na sala, ele agarrou-se a um móvel para não cair; paralisaram-se-lhe os movimentos, e não pôde reter uma exclamação de surpresa.

Era ela! ela!... a misteriosa mulher que encontrara, havia muitos meses, num bonde das Laranjeiras, e meigamente lhe sorrira, e o impressionara tanto, e desaparecera, deixando-lhe no coração um sentimento indizível, que nunca soubera classificar direito.

Durante muitos dias e muitas noites a imagem daquela mulher perseguiu-o obstinadamente, e ele debalde procurou tornar a vê-la nos bondes, na rua do Ouvidor, nos teatros, nos bailes, nos passeios, nas festas. Debalde!...

— Oh! disse a viúva, estendendo-lhe a mão muito naturalmente, como se o fizesse a um velho amigo, era o senhor?

— Conhece-me? balbuciou Salema.

— Ora essa! Que mulher poderia esquecer-se de um homem a quem sorriu? Quando aquele dia nos encontramos no

bonde das Laranjeiras, já eu o conhecia. Tinha-o visto uma noite no teatro, e, não sei por quê... por simpatia, creio... perguntei quem o senhor era, não me lembro a quem... lembra-me que o puseram nas nuvens. Por que nunca mais tornei a vê-lo? Diante do desembaraço da viúva Perkins, Salema sentiu-se ainda mais tímido que Minervino, mas cobrou ânimo, e respondeu:
— Não foi porque não a procurasse por toda a parte...
— Não sabia onde eu morava?
— Não; supus que nas Laranjeiras. Vi-a entrar naquele sobrado... e debalde passei por lá um milhão de vezes, na esperança de tornar a vê-la.
— Era impossível; aquela é a casa de minha irmã; só se abre quando ela vem da fazenda. O sobrado está fechado há oito meses. Mas sente-se... aqui... mais perto de mim... Sente-se, e diga o motivo da sua visita.
De repente, e só então, Salema lembrou-se do Minervino.
— O motivo de minha visita é muito delicado; eu...
— Fale! diga sem rebuço o que deseja! seja franco! imite-me!... Não vê como sou desembaraçada? Fui educada por meu marido...
E apontou para o retrato.
— Era americano; educou-me à americana. Não há, creia, não há educação como esta para salvaguardar uma senhora. Vamos! fale!...
— Minha senhora, eu sou...
Ela interrompeu:
— É o senhor Nuno Salema, órfão, solteiro, empregado público, literato nas horas vagas, que vem pedir a minha mão em casamento.
Ela estendeu-lhe a mão, que ele apertou.
— É sua! Sou a viúva Perkins, honesta como a mais honesta, senhora das suas ações, e quase rica. Não tenho filhos nem outros parentes, a não ser um irmão, educado na América por meu marido, e uma irmã fazendeira, igualmente viúva. Não percamos tempo!
Salema quis dizer alguma coisa; ela não o deixou falar.

– Amanhã parto para a fazenda da minha irmã. Venha comigo, à americana, para lhe ser apresentado.
Nisto entrou na sala, vindo da rua, apressado, o irmão da viúva Perkins, um moço de vinte anos, muito correto, muito bem trajado.
– Mano, apresento-lhe o senhor Nuno Salema, meu noivo.
O rapaz inclinou-se, apertou fortemente a mão do futuro cunhado, e disse:
– All right!...[1]
Depois inclinou-se, de novo, e saiu da sala, sempre apressado.
– Mas, minha senhora – tartamudeou o noivo muito confundido – imagine que o meu colega Minervino, que mora ali defronte...
A viúva aproximou-se da janela. Minervino estava na dele, defronte, e, assim que a viu, deu um pulo para trás e sumiu-se.
– Ah! aquele moço?... Coitado! não posso deixar de sorrir quando olho para ele... É tão ridículo com o seu namoro à brasileira!...
– Mas... ele... tinha-me encarregado de pedi-la em casamento, e eu entrei aqui sem saber quem vinha encontrar...
– Deveras?! exclamou a viúva Perkins.
E ei-la acometida de um ataque de riso:
– Ah! Ah! Ah! Ah! Ah!...
E deixou-se cair no divã:
– Ah! Ah! Ah! Ah! Ah!...
Salema aproximou-se da viúva, tomou-lhe as mãozinhas, beijou-as, e perguntou:
– Que hei de dizer ao meu amigo?
Ela ficou muito séria, e respondeu:
– Diga-lhe que quem tem boca não manda soprar.

---

[1] Trad.: Tudo bem.

O VELHO LIMA

*O velho Lima estranhou o cidadão, mas de si
para si pensou que o comendador dissera
aquilo como poderia ter dito ilustre* [...]
(Reflexão do personagem-título a respeito da
mudança dos hábitos linguísticos do comendador.)

O velho Lima, que era empregado – empregado antigo – numa das nossas repartições públicas, e morava no Engenho de Dentro, caiu de cama seriamente enfermo, no dia 14 de novembro de 1889, isto é, na véspera da proclamação da República dos Estados Unidos do Brasil.

O doente não considerou a moléstia coisa de cuidado, e tanto assim foi que não quis médico: bastaram-lhe alguns remédios caseiros, carinhosamente administrados por uma nédia mulata que há vinte e cinco anos lhe tratava com igual solicitude do amor e da cozinha. Entretanto, o velho Lima esteve de molho oito dias.

O nosso homem tinha o hábito de não ler jornais, e, como em casa nada lhe dissessem (porque nada sabiam), ele ignorava completamente que o Império se transformara em República.

No dia 23, restabelecido e pronto para outra, comprou um bilhete, segundo o seu costume, e tomou lugar no trem, ao lado do comendador Vidal, que o recebeu com estas palavras:
– Bom dia, cidadão.

O velho Lima estranhou o *cidadão*, mas de si para si pensou que o comendador dissera aquilo como poderia ter dito *ilustre*, e não deu maior importância ao cumprimento, limitando-se a responder:
– Bom dia, comendador.
– Qual comendador! Chame-me Vidal! Já não há comendadores!

– Ora essa! Então por quê?
– A República deu cabo de todas as comendas! Acabaram-se!...

O velho Lima encarou o comendador, e calou-se, receoso de não ter compreendido a pilhéria.

Passados alguns segundos, perguntou-lhe o outro:
– Como vai você com o Aristides?
– Que Aristides?
– O Silveira Lobo.
– Eu!... onde?... como?...
– Que diabo! pois o Aristides não é o seu ministro? Você não é empregado de uma repartição do Ministério do Interior?...

Desta vez não ficou dentro do espírito do velho Lima a menor dúvida de que o comendador houvesse enlouquecido.

– Que estará fazendo a estas horas o Pedro II? – perguntou Vidal, passados alguns momentos. – Sonetos, naturalmente, que é do que mais se ocupa aquele tipo!

– Ora vejam, refletiu o velho Lima, ora vejam o que é perder a razão: este homem quando estava no seu juízo era tão monarquista, tão amigo do imperador!

Entretanto, o velho Lima indignou-se, vendo que o subdelegado de sua freguesia, sentado no trem, defronte dele, aprovava com um sorriso a perfídia do comendador.

– Uma autoridade policial! – murmurou o velho Lima.

E o comendador acrescentou:
– Eu só quero ver como o ministro brasileiro recebe o Pedro II em Lisboa; ele deve lá chegar no princípio do mês.

O velho Lima comovia-se:
– Não diz coisa com coisa, coitado!
– E a bandeira? Que me diz você da bandeira?
– Ah, sim... a bandeira... sim... – repetiu o velho Lima para o não contrariar.
– Como a prefere: com ou sem lema?
– Sem lema, respondeu o bom homem num tom de profundo pesar, sem lema.
– Também eu; não sei o que quer dizer bandeira com letreiro.

Como o trem se demorasse um pouco mais numa das estações, o velho Lima voltou-se para o subdelegado, e disse-lhe:

— Parece que vamos ficar aqui! Está cada vez pior o serviço da Pedro II!
— Qual Pedro II! bradou o comendador. Isto já não é de Pedro II! Ele que se contente com os cinco mil contos!
— E vá para a casa do Diabo! acrescentou o subdelegado.
O velho Lima estava atônito. Tomou a resolução de calar-se.
Chegado à praça da Aclamação, entrou num bonde e foi até à sua secretaria sem reparar em nada, nem nada ouvir que o pusesse ao corrente do que se passara.
Notou, entretanto, que um vândalo estava muito ocupado a arrancar as coroas imperiais que enfeitavam o gradil do parque da Aclamação...
Ao entrar na secretaria, um servente preto e mal trajado não o cumprimentou com a costumeira humildade; limitou-se a dizer-lhe:
— Cidadão!
— Deram hoje para me chamar cidadão! pensou o velho Lima.
Ao subir, cruzou-se na escada com um conhecido de velha data.
— Oh! você por aqui! Um revolucionário numa repartição do Estado!...
O amigo cumprimentou-o cerimoniosamente.
— Querem ver que já é alguém! refletiu o velho Lima.
— Amanhã parto para a Paraíba, disse o sujeito cerimonioso, estendendo-lhe as pontas dos dedos. Como sabe, vou exercer o cargo de chefe de polícia. Lá estou ao seu dispor.
E desceu.
— Logo vi! Mas que descarado! Um republicano exaltadíssimo!...
Ao entrar na sua seção, o velho Lima reparou que haviam desaparecido os reposteiros.
— Muito bem! disse consigo. Foi uma boa medida suprimir os tais reposteiros pesados, agora que vamos entrar na estação calmosa.
Sentou-se e viu que tinham tirado da parede uma velha litografia representando D. Pedro de Alcântara. Como na ocasião passasse um contínuo, perguntou-lhe:

– Por que tiraram da parede o retrato de Sua Majestade?

O contínuo respondeu num tom lentamente desdenhoso:

– Ora, cidadão, que faz aí a figura do Pedro Banana?

– Pedro Banana! repetiu raivoso o velho Lima.

E, sentando-se, pensou com tristeza:

– Não dou três anos para que isto seja república!

A ÁGUA DE JANOS

Na esperança de que o grande dia chegasse, o tenente Remígio Soares mudou-se imediatamente para perto da casa de dona Andreia.
(O contador de histórias fala aos leitores de quão providente é a protagonista.)

I

O tenente de cavalaria Remígio Soares teve a infelicidade de ver uma noite dona Andreia num camarote do Teatro Lucinda, ao lado de seu legítimo esposo, e pecou, infringindo impiamente o nono mandamento da lei de Deus.

A "mulher do próximo", notando que a "desejavam", deixou-se impressionar por aquela farda, por aqueles bigodes e por aqueles belos olhos negros e rasgados.

Ao marido, interessado pelo enredo do dramalhão que se representava, passou completamente despercebido o namoro aceso entre o camarote e a plateia.

Premiada a virtude e castigado o vício, isto é, terminado o es-petáculo, o tenente Soares acompanhou a certa distância o casal até o largo de São Francisco e tomou o mesmo bonde que ele – um bonde do Bispo – sentando-se, como por acaso, ao lado de dona Andreia.

Dizer que, no bonde, o pé do tenente e o pezinho da moça não continuaram a obra encetada no Lucinda – seria faltar à verdade que devo aos meus leitores. Acrescentarei até que, ao sair do bonde, na pitoresca rua Malvino Reis, dona Andreia, com rápido e furtivo aperto de mão, fez ao seu namorado as mais concludentes e escandalosas promessas.

Ele ficou sabendo onde ela morava...

II

O tenente Remígio Soares foi para casa, em São Cristóvão, e passou o resto da noite agitadíssimo – pudera! Às dez horas da manhã atravessara já o Rio Comprido ao trote do seu cavalo! Mas – que contrariedade! – as janelas de dona Andreia estavam fechadas... O cavaleiro foi até a rua de Santa Alexandrina e voltou – patati, patatá, patati, patatá! – e as janelas não se tinham aberto... O passeio foi renovado à tarde – o tenente passou, tornou a passar – continuavam fechadas as janelas... Malditas janelas! Durante quatro dias o namorado foi e veio a cavalo, a pé, de bonde, fardado, à paisana: nada! Aquilo não era uma casa: era um convento!

Mas ao quinto dia – oh, ventura! – ele viu sair do convento um molecote que se dirigia para a venda próxima. Não refletiu: chamou-o de parte, untou-lhe as unhas e interpelou-o. Soube nessa ocasião que ela se chamava Andreia. Soube mais que o marido era empregado público e muito ciumento: proibia expressamente à senhora de sair sozinha, até chegar à janela, quando ele estivesse na rua. Soube, finalmente, que havia em casa dois Cérberos: uma tia do marido e um jardineiro muito dedicado ao patrão.

Mas o providencial moleque, nesse mesmo dia, se encarregou de entregar a dona Andreia uma cartinha do inflamado tenente, e a resposta – digamo-la para vergonha daquela formosa desmiolada – a resposta não se fez esperar por muito tempo:

"Pede-me uma entrevista, e não imagina como desejo satisfazer a esse pedido, porque também o amo. Mas uma entrevista como?... onde?... quando?... Saiba que sou guardada à vista por uma senhora de idade, tia *dele*, e por um jardineiro que *lhe* é muito dedicado. Pode ser que um dia as circunstâncias se combinem de modo que nos possamos encontrar a sós... Como há um deus para os que se amam, esperemos que chegue esse dia: até lá, tenhamos um pouco de paciência.

Mande-me dizer onde de pronto o poderei encontrar no caso de ter que preveni-lo de repente. O moleque é de confiança."

Na esperança de que o grande dia chegasse, o tenente Remígio Soares mudou-se imediatamente para perto da casa de dona Andreia: procurou e achou um cômodo de onde se via, meio encoberta pelo arvoredo, a porta da cozinha do objeto amado. Dessa porta dona Andreia fazia-lhe um sinal convencionado todas as vezes que desejava enviar-lhe uma cartinha.

III

Diz a clássica sabedoria das nações que o melhor da festa é esperar por ela.

Não era dessa opinião o tenente, que há dezoito meses suspirava noite e dia pela mulher mais bonita de todo aquele bairro do Rio Comprido, sem conseguir trocar uma palavra com ela!

Os namorados, graças ao molecote, correspondiam-se epistolarmente, é verdade, mas essa correspondência, violenta e fogosa, contribuía para mais atiçar a luta entre aqueles dois desejos e aumentar o tormento daquelas duas almas.

IV

Os leitores – e principalmente as leitoras – me desculparão de não pôr no final deste conto um grão de poesia: tenho de concluí-lo um pouco à Armand Silvestre. Em todo caso, verão que a moral não é sacrificada.

O meu herói andava já obcecado, menos pelo que acreditava ser o seu amor, que pelos dezoito meses de longa expectativa e lento desespero.

Um dia, o Barroso, seu amigo íntimo, seu confidente, foi encontrá-lo muito abatido, sem ânimo de se erguer da cama.

– Que tens tu?

– Ainda mo perguntas...

– Tem paciência: Jacó esperou quatorze anos.

– Esta coisa tem-me posto doente... Bem sabes que eu

gozava uma saúde de ferro... Pois bem, neste momento a cabeça pesa-me uma arroba... tenho tonteiras!...
— Isso é calor: a tua Andreia não tem absolutamente nada que ver com esses fenômenos patológicos. Queres um conselho? Manda buscar ali à botica uma garrafinha de água de Janos. É o melhor remédio que conheço para aliviar a cabeça.

O tenente aceitou o conselho, e Barroso despediu-se dele depois que o viu esvaziar um bom copo da benemérita água.

Vinte minutos depois dessa libação desagradável, Remígio Soares viu assomar ao longe, na porta da cozinha, o vulto airoso de dona Andreia, anunciando-lhe uma carta.

Pouco depois entrava o molecote e entregava-lhe um bilhete escrito às pressas:

"A velha amanheceu hoje com febre e não sai do quarto. O jardineiro foi à cidade chamar um médico de confiança dela. Vem depressa, mal recebas este bilhete: há de ser já, ou nunca o será talvez."

O tenente soltou um grito de raiva: a água de Janos começava a produzir os seus efeitos fatais; era impossível acudir ao doce chamado de dona Andreia!

Era impossível também confessar-lhe a causa real do não comparecimento: nenhum namorado faria confissão dessa ordem...

O mísero pegou na pena, e escreveu, contendo-se para não fazer outra coisa:

"Que fatalidade! Um motivo poderosíssimo constrange-me a não ir... Quando algum dia haja certa intimidade entre nós, dir-te-ei qual foi esse motivo, e tenho certeza de que me perdoarás."

Dona Andreia não perdoou. O tenente Remígio Soares nunca mais a viu.

V

Quando, no dia seguinte, ele contou ao Barroso a desgraça de que este fora o causador involuntário, o confidente sorriu, e obtemperou:
— Vê tu que grande remédio é a água de Janos: um só copo bastou para aliviar três cabeças!

DESEJO DE SER MÃE

O meu afeto era um afeto casto...
Notem que digo "o meu, não digo 'o nosso'."
(O narrador-personagem confia aos leitores a
diferença entre seu comportamento e o da amada.)

I

A minha escura e rancorosa estrela
Levou-me um dia, para meu tormento,
A certo baile do Cassino. Vê-*la*
E adorá-*la* foi obra de um momento.

Achei, depois, um ótimo pretexto
Para o paterno umbral transpor um dia;
Mas o pai da pequena – um velho honesto –
Manifestou-me pouca simpatia.

Pois à terceira vez em que, apressado,
Lhe galguei as escadas infinitas,
Mandou dizer que estava incomodado
E não podia receber visitas.

Vendo que assim me era negada a porta,
Surgiu a minha bela num postigo,
E docemente murmurou: – Que importa?
Amo-te muito, e hei de casar contigo!

Daí por diante o nosso amor vingou-se
Em numerosos e arriscados lances,
E a fantasia pródiga nos trouxe
Matéria para inúmeros romances.

Ouvindo-lhe as promessas mais ardentes,
Eu viajava por ignotos mundos
Durante as entrevistas inocentes
Que ela me dava no portão dos fundos.

Os passarinhos, nessas entrevistas,
Brejeiros, saltitantes, indiscretos,
Repetiam, soníssonos coristas,
O estribilho gentil dos nossos duetos.

II

Porém um dia um molecote, astuto
Mensageiro das nossas garatujas,
Os passarinhos transformou – que bruto! –
Numa alcateia de hórridas corujas!

Deixou que o velho e honrado pai, sentindo
De oculta carta acusador perfume,
Interceptasse este bilhete lindo:
"Hoje, no sítio e às horas do costume."

Houve – pudera! – enorme barafunda!
A moça teve uns oito faniquitos,
O moleque apanhou tremenda tunda,
E ambos soltaram pavorosos gritos.

Vieram vizinhos, médicos, urbanos!...
Encheu a casa estranho burburinho!
O moleque infeliz foi posto em panos
De água e sal por benévolo vizinho.

A minha namorada, seminua,
Rolava aos uivos pelo chão da sala;
A entremetida comissão da rua
Não tinha forças para segurá-la!

O velho, irado, pálido, fremente,
Expectorava a maldição paterna,
Enquanto a filha, inconscientemente,
Mostrava a todos uma e outra perna!

III

Quando soube de caso tão nefasto,
Tive um abalo que exprimir não posso!
O meu afeto era um afeto casto...
Notem que digo "o meu", não digo "o nosso".

Ela, os meus sonhos, ela, o meu fadário,
Para o resgate da paterna bênção,
Outro noivo aceitou. Do comentário
Dispensam-me os leitores –, não dispensam?

De mais a mais a coisa é corriqueira,
Pois muitas vezes aparece ao ano
O tipo da donzela brasileira
Que ama Fulano e casa com Beltrano...

O noivo era hediondo... Eu sou suspeito,
E receio, confesso, que os leitores
Imaginem que falo por despeito
Do odioso ladrão dos meus amores.

Embora! – o noivo era hediondo e tolo;
Gastrônomo, pançudo e já grisalho,
Não valia (e foi esse o meu consolo)
Quanto eu valia e mesmo quanto valho.

Tinha dinheiro, muito bom dinheiro;
Casas no campo, casas na cidade;
Mas o rifão lá diz – e é verdadeiro –
Que o dinheiro não faz a felicidade.

Eu não trocara por um palacete
A leda estância aberta à luz do dia,
O risonho e garrido gabinete
Onde os meus versos líricos fazia!

Não dava pela rútila comenda,
Que o indigno rival trazia ao peito,
A flor que um dia – melindrosa prenda! –
No fraque ela me pôs com tanto jeito!

IV

O casamento fez-se quatro meses
Depois da horrenda cena já descrita.
Festas assim sucedem poucas vezes!
Nunca vi um boda tão bonita!

Ricos tecidos, preciosas rendas,
Custosas sedas e fardões bordados,
E joias, e arrebiques, e comendas!...
Não cabiam na igreja os convidados!

Para a mim próprio dar um grande exemplo,
Contive n'alma a exaltação do pranto,
Furtivamente penetrei no templo,
E às cerimônias assisti, de um canto.

A noiva tinha a palidez da cera;
Brilhavam pouco os olhos seus profundos;
Mas tão formosa não me parecera
Nas entrevistas do portão dos fundos.

V

Quando as vozes ouvi do órgão, plangentes,
Que coragem, meu Deus! me foi precisa!
Lágrimas puras, lágrimas ardentes
Rolavam-me no peito da camisa!

Ela também chorava. Uma cascata
Lhe borbotava sobre a face bela...
Ai! com toda a certeza aquela ingrata
Pensava em mim como eu pensava nela.

Saíram todos. Fiquei só na igreja,
E de joelhos me pus, cobrindo o rosto,
Cheio de ciúmes, lívido de inveja,
E embrutecido pelo meu desgosto.

Não rezava: sonhava, e em sonhos via
A minha pobre namorada morta...
Só dei por mim quando da sacristia
Gritaram: – Saia! vai fechar-se a porta!

VI

Passado um ano, vi-a em Botafogo,
Num baile, em casa do barão ***. Seus olhos
Negros, brilhantes, dardejavam fogo,
E promessas faziam sem refolhos.

Tinha nos lábios um sorriso franco,
Tão diverso daquele de menina,
E o colo, arfando, entumecido, branco,
Estremecia como gelatina.

Sorriu ao ver-me; eu não sorri; curvado,
Tive apenas um gesto de cabeça;
Ela, porém, correu para o meu lado,
Inconsequente, gárrula, travessa.

– O seu braço? me disse. Dei-lhe o braço,
E começamos a passear nas salas.
Eu dizia comigo a cada passo:
– Não há que ver: estou metido em talas!

Ali mesmo jurou que ainda me amava
Como sempre me amara: ardentemente;
Que eu tinha nela uma senhora escrava,
Terna, submissa, amante e reverente!

Tentei ser forte... Um santo que resista
Aqueles olhos negros e profundos!...
E... não faltei à cálida entrevista
Que ela me deu... não no portão dos fundos.

Duas vezes, três vezes por semana,
Eu, venturoso, achava-me ao seu lado!
Oh! se eu tivesse a musa ovidiana,
Cantara o nosso indômito pecado!

VII

Mas tudo acaba! – percebi que o tédio
Seu pervertido espírito invadira...
Saudoso, vi perdido, e sem remédio,
O seu amor, estúpida mentira.

Alguém o meu lugar tomou; depressa
Outro, e mais outro... E tarda o derradeiro!
Do vício a velha máquina não cessa...
Já lá se vai o décimo primeiro!

E cada vez mais bela entre as mais belas
A minha pobre namorada estava!
Era um anjo... sem asas, mas, sem elas,
De coração em coração voava!

VIII

Três meses antes de morrer-lhe o esposo,
Pois que ela enviuvou, a desgraçada
Foi mãe. Tanto bastou – caso curioso! –
Para que o mundo a visse transformada:

Nunca mais teve amantes! Entretanto,
Mais bela estava do que nunca o fora!
A toda a gente o fato fez espanto...
Se era viúva, rica e tentadora!

Mas não! Vivia apenas para o filho,
Filho suspeito de um papá incerto.
Da virtude afinal entrou no trilho,
E agora presumia-se a coberto

De qualquer tentação. Mais de um sujeito
A mão de esposo lhe ofereceu, a ela,
Com um sorriso magoado e contrafeito,
Respondia que não, formosa e bela.

No filho a sua vida se cifrava...
Ela mesma o banhava, ela o vestia,
E só chorava se o bebê chorava,
E só sorria se o bebê sorria!

IX

Um dia encontro-a só e lhe pergunto
Como se explica tal metamorfose.
Se é o respeito à memória de defunto
Que faz com que o gozado já não goze.

Respondeu-me que não; que fez loucuras
Pelo desejo de ser mãe! Jurava
Que nas suas galantes aventuras
Buscava um filho, nada mais buscava!

E nos seus lábios úmidos diviso,
Como uma sombra de abismados mundos,
Aquele mesmo angélico sorriso
Das entrevistas do portão dos fundos.

NOTA FINAL

Esta história, leitor, é puro invento.
Eu não quero, por Deus! ficar malvisto!
Num dia em que me achei mais pachorrento,
Não tendo nada que fazer, fiz isto.

Essa mulher nunca viveu, nem vive;
Nunca viajei por ignorados mundos;
Nunca tive aventuras: nunca tive
Tais entrevistas no portão dos fundos.

BENFEITO!

Mas, ó astúcia de mulher, quem pode /
Sondar os teus arcanos, / Medir os teus recursos?!
(O narrador filosofa a respeito da capacidade
de dissimulação da mulher do Vilela.)

A mulher do Vilela
Não era uma Penélope; os vizinhos
Viam de vez em quando em casa dela
Entrar um moço de altos colarinhos,
Polainas e cartola. Não seria
Caso para estranhar, e aquela gente
   À língua não daria,
Se não escolhesse o moço justamente,
   Para as suas visitas,
   As horas infinitas
Em que o dono da casa estava ausente.

Defronte, um cidadão austero e grave,
Marido e pai de umas senhoras feias,
Que, zeloso, ao sair, fechava à chave,
Sentia o sangue lhe ferver nas veias
Sempre que via aquele sujeitinho,
Desrespeitando a vizinhança honrada,
Em casa entrar do crédulo vizinho.
Por isso, resolveu – coisa impensada! –
   Dizer tudo ao marido,
Que não era, aliás, seu conhecido,
E ter com ele foi, um belo dia,
   Lá na secretaria
Onde o pobre-diabo era empregado.

– Falo ao senhor Vilela? – A um seu criado. –
– Pois, meu caro senhor, fique ciente
   De estar aqui presente
Joaquim Belmonte, funcionário honrado,
   Há muito aposentado,
   Pai de família honesta,
Respeitável, pacífica, modesta. –
Vilela respondeu: – Senhor Belmonte,

De vista já o conheço desde o dia
Em que um prédio aluguei mesmo defronte
   De vossa senhoria.
Eu tenho a honra de ser seu vizinho.
   – Bem sei, e é justamente
O que me traz. – Parece que adivinho:
   Comigo aqui ter veio,
   Muito provavelmente,
Para comigo combinar o meio
   De fazer com que a nossa
   Municipalidade,
Que tão pouco se ocupa da cidade,
E que às reclamações faz vista grossa,
Mande limpar aquela imunda vala
Da nossa rua, que nos contraria
   Pelo cheiro que exala
E há de ser causa de uma epidemia... –
– Não, não venho tratar da vala; eu venho
Tratar de coisa muito mais nociva,
E por cuja extinção muito me empenho,
E hei de empenhar-me creia, enquanto viva,
   A coisa não depende
   Da Mun'cipalidade,
   Mas do senhor –, entende?
   – Para falar verdade,
Não entendo. – Meu caro, eu poderia
   Escrever-lhe uma carta,
   Que não assinaria;

Mas sou digno de haver nascido em Esparta:
Acho as cartas anônimas infames,
E uma infâmia jamais cometeria,
Embora me expusesse a mil vexames.

    Depois desse preâmbulo,
O Vilela ficou pasmado e mudo;
    Parecia um sonâmbulo.
O outro continuou, grave e sisudo:
    – O senhor é casado,
Ou, se o não é, parece –;[1] pelo menos
Vive na sua casa acompanhado
De uma senhora e de mais dois pequenos.
– Mulher e filhos meus, disse o Vilela. –
    – Abra o olho com ela!
Quando o senhor não está, vai visitá-la
    Um janota, e, reflita,
Não é de cerimônia essa visita,
    Pois não lhe abrem a sala...
    Vilela deu um pulo
Da cadeira em que estava, e ficou fulo;
Mas o velho puxou-o pelo casaco
    E obrigou-o a sentar-se,
Dizendo-lhe: – Vá lá! não seja fraco!
    Ouça o resto, e disfarce...
    Naquele bairro inteiro
    O escândalo comentam,
E o vendeiro, o açougueiro e o quitandeiro
    Mil horrores inventam,
Dizendo que o senhor sabe de tudo,
Mas faz de conta que de nada sabe!
    Eu não sou abelhudo,
E outro papel no caso não me cabe
A não ser a defesa do decoro

---

[1] [Pontuamos.]

De minhas filhas, que esse desaforo
  Profundamente ofende.
Não pode aquilo continuar, entende?
Disse o Vilela enfim: – Velho maldito,
Se tudo quanto para aí tens dito
Não for verdade, apanhas uma coça!
Livrar-te destas mãos não há quem possa!
– Faça uma coisa, respondeu tranquilo
O velho: quer saber se é certo aquilo?
Pois amanhã, quando sair, não venha
Para a repartição: em minha casa
  Entre, e lá se detenha.
Fique certo de que não perde a vaza.²
Escondido por trás da veneziana,
Verá entrar o biltre que o engana,
Está dito? – Está dito! – Lá o espero,
Sou velho honrado. Convencê-lo quero.

Foi-se o Belmonte, e o mísero marido
  Ficou estarrecido;
Mas de tal modo disfarçou o estado
Em que o deixara o velho estonteado,
Que, entrando em casa à costumada hora,
  Não notou a senhora
Nenhuma alteração –, e, no outro dia,
Posto à janela do denunciante,
Que, fechada, discreta parecia,
  Viu entrar o amante,
  Que ele não conhecia.

Correu Vilela à casa num rompante,
Antes que o outro lhe embargasse os passos,
  Ou lhe pusesse os braços,
E um barulho infernal se ouviu da rua

---

² [Pontuamos.]

Subitamente alvorotada, e cheia
Dessa canalha vil que tumultua
Quando vê novidade em casa alheia.

O corpo do janota pela escada
    Rolou como uma bola,
    E a luzente cartola
    Na rua, encapelada,
Antes do dono apareceu. A vaia
Que ele apanhou foi tal, tão formidável,
Que, viva ele cem anos, é provável
Que da memória nunca mais lhe saia.

Mas, ó astúcia de mulher, quem pode
    Sondar os teus arcanos,
    Medir os teus recursos?!
Um Hércules não há que não engode
    O ardil dos teus enganos
    Ou o mel dos teus discursos!

    E o Vilela não era
Precisamente um Hércules, coitado!
A esposa, que ele amava, e por quem dera,
    Feliz, entusiasmado,
A vida, ela a vida lhe pedisse,
    A esposa... que lhe disse?
Que o janota não era o seu amante,
Mas o seu mestre de francês; queria
Aprender essa língua, que humilhante
Era viver na roda em que vivia,
Sem saber o francês... Ele, o marido,
    Já meio convencido,
Lhe perguntou por que razão queria
    Aprender em segredo,
    E ela, pondo-lhe um dedo
No lábio inferior, pôs-se a agitá-lo,
Como se fosse um berimbau, e disse:
– Eu queria fazer-te uma surpresa.

Passado o grande abalo,
O bom Vilela, sem que ninguém visse,
Pôs-se na esquina à caça do Belmonte,
E – oh, que não sei de nojo como o conte! –
Deu-lhe uma tunda mestra, e derreado
Dois meses o deixou. Foi coisa nova
Apanhar uma sova
Um grave funcionário aposentado.

Mas, passada tão longa penitência,
Quando se ergueu do leito,
O velho interrogou a consciência,
E a consciência respondeu: – Benfeito!

AS VIZINHAS

Veio em breve a resposta / Pela tal mala-posta.
/ E exultou Felizardo, / Lendo, escrito em bastardo,
/ O grato monossílabo ditoso / Com que
sonhava um coração ansioso.

I

O Felizardo tinha,
Havia um mês apenas,
Uma formosa e lânguida vizinha,
Flor da flor das morenas,
Por quem se apaixonara
Desde o momento em que lhe viu a cara.
À janela sozinha,
Nunca a pilhou, mas sempre acompanhada
Por uma quarentona
Rechonchuda e anafada.

Quem seria a matrona
Ele ignorava, mas, na vizinhança,
Tendo indagado, soube, sem tardança,
Que das duas vizinhas
Uma era a filha e outra a mulher do Prado,
Velhote apatacado,
Que a vender galos, a vender galinhas,
E outros bichos domésticos, vivia
Durante todo o dia
Na praça do Mercado.

Felizardo ficou muito contente
Ao saber que a matrona

Da morena era mãe, porque a tal dona
Indubitavelmente
Mostrava ter por ele simpatia;
Quando a cumprimentava, ela sorria
Co'um sorriso de sogra em perspectiva.

    A morena adorada
    Era mais reservada,
    Menos demonstrativa;
    Sorria-lhe igualmente,
    Mas disfarçadamente
    E de um modo indeciso,
Como se fora um crime o seu sorriso.

II

Um dia Felizardo, que era esperto,
Tendo a jeito apanhado um molecote
Da casa das vizinhas, deu-lhe um bote
    E o efeito foi certo,
    Porque não há moleque
Que por uns cinco ou dez mil-réis não peque.
– Como se chama a filha do teu amo?
– Mercedes. – E a senhora? – Julieta.
– Pois ouve cá: dona Mercedes amo.
Toma esta nota. Dobro-te a gorjeta
    Se acaso te encarregas
De lhe entregar uma cartinha... Entregas?
– Entrego, sim senhor. – Quando trouxeres
A resposta, terás quanto quiseres!

    A secreta cartinha
Uma declaração de amor continha,
E terminava assim: "Se me autoriza
A pedi-la a seu pai em casamento,
Três letras bastam... nada mais precisa...
Sim ou *não*... minha vida ou meu tormento."
    Veio em breve a resposta
    Pela tal mala-posta,

E exultou Felizardo,
Lendo, escrito em bastardo,
O grato monossílabo ditoso
Com que sonhava um coração ansioso.
No mesmo dia foi o namorado
Ter com o pai da morena
À praça do Mercado.
Não preparou a cena:
Refletiu que modesto
Devia o velho ser, por conseguinte,
Dispensava etiquetas. Deu no vinte,
Como o leitor verá, se ler o resto.

III

Em mangas de camisa estava o Prado.
Na barraca sentado,
Entre galos, galinhas, galinholas
Das raças mais comuns e das mais caras –,
Frangos, patos, perus, coelhos, araras,
Passarinhos saltando nas gaiolas,
Saguis mimosos, trêmulos, surpresos,
Acorrentados cães, macacos presos,
E no ambiente um cheiro
De entontecer o próprio galinheiro,
Quando foi procurado
Por Felizardo. – Felizardo Pinho
É o meu nome; conhece-me, *seu* Prado?
– De vista, sim, senhor, que é meu vizinho.
– Eu amo ardentemente sua filha,
E não sou para aí um farroupilha.
Não quero agora expor-lhe as minhas prendas;
Apenas digo-lhe isto:
Vivo das próprias rendas,
Tenho boa família e sou bem-visto.
Venho, por sua filha autorizado,
Dizer-lhe que domingo irei pedi-la.
Até lá pode ser bem informado,

A fim de que me aceite ou me repila.
O pai, que estava atônito e pasmado,
Interrogou: – É sério? é decidido?
O senhor gosta da Mercedes? – Gosto,
　　E tudo, tudo arrosto,
　　Para ser seu marido!
– Bom; domingo lá estou, e é crença minha
Que ficaremos do melhor acordo;
Mas vá jantar, que sábado, à tardinha,
Mando pra casa o meu peru mais gordo.
　　No domingo aprazado
　　O Felizardo, todo encasacado,
　　Inveja dos catitas mais catitas,
　　Foi recebido pelo velho Prado
　　　　Na sala de visitas.
– Vou chamar a Mercedes, disse o velho,
Enquanto o namorado, num relance
　　　　Mirando-se no espelho,
Achava-se um bom tipo de romance.

　　Voltou à sala o Prado,
Trazendo pela mão... a quarentona.
– Aqui tem minha filha! Embatucado,
Felizardo caiu numa poltrona.

　　O mísero protesta:
　　– Perdão, mas não é esta!
– Eu não tenho outra filha! sobranceiro
　　　　Exclama o galinheiro.
Felizardo, fazendo uma careta,
– Mas a outra?... – pergunta. – A Julieta?
Essa é minha mulher! – Minha madrasta,
Acrescenta Mercedes. – Basta! basta!
　　　　Perdão, minha senhora!
Murmurou Felizardo, e foi-se embora,
　　　　Correndo pelas ruas.

Não houve nunca mais notícias suas.

179

CONTOS MARANHENSES

A MADAMA

Aquele mon p'tit *em bom português queria dizer: cresça e apareça.*
(Exercício de metalinguagem do narrador.)

Um dia apareceu naquela patriarcal e tranquila cidade de província uma bela estrangeira, escandalosamente loura, com uma *toilette* espaventosa, um chapéu descomunal e um *face-en--main*[1] petulante e provocador.

De onde vinha essa ave de arribação? qual era o seu intento? Ninguém ao certo o sabia.

Nas lojas, nos armazéns, nas repartições públicas e nas casas particulares não se falava noutra coisa. A estrangeira penetrara na cidade como um assunto exótico, destinado a alimentar por muito tempo a verbiagem dos indagadores e tarameleiros.

Havia na cidade três boticas, à porta das quais se reuniam todas as noites vinte ou trinta sujeitos, que comentavam os acontecimentos e examinavam a vida alheia. Uma dessas boticas, a mais importante, era frequentada exclusivamente pela política, a outra pelo funcionalismo e a terceira pelo comércio. Em todas elas a forasteira foi assunto obrigado: políticos, funcionários e negociantes perdiam-se em conjecturas e hipóteses mais ou menos razoáveis.

A opinião geral apontava, entretanto, a misteriosa mulher como uma aventureira, que percorria o mundo a caçar homens para apanhar-lhes dinheiro. Dessa vez acertou a maledicência; a opinião geral não se enganava.

---

[1] Espécie de óculos sem hastes para uso eventual e provisório, levando-se à face com uma das mãos.

Os cidadãos mais dinheirosos arregalavam olhos concupiscentes; os dois periódicos da localidade, tanto o do governo como o da oposição, entoavam loas ao novo astro, como grande escândalo da moral pública; as mães de família tremiam pelos maridos e preveniam os filhos contra os terríveis encantos da desconhecida; os bons burgueses saíam das suas casas e dos seus cuidados, e passavam pelo hotel Central, onde ela se hospedara, contentando-se de vê-la debruçada à janela e cumprimentá-la com uma cortesia prudhomesca.

A *madama* (era assim que todos a designavam) chamava-se Raquel. Era uma francesa conhecidíssima no Rio de Janeiro. Um dia, vendo-se em baixa de fundos, deu-lhe na veneta explorar a província, e escolheu ao acaso aquela cidade pacata, onde todos se conheciam, onde ninguém espirrava sem que a população inteira gritasse: *Dominus tecum!*[2]

A francesa não cabia em si de contente. O sucesso excedera à sua expectativa. Choviam, no seu aposento do hotel Central, as cartinhas de amor, os delicados presentes, os ramalhetes[3] cheirosos, e as propostas mais atrevidas e mais impregnadas de patifaria.

Os estudantes do Liceu, grande estabelecimento de instrução secundária, ficaram todos assanhados com a presença da *Madama*.

Um deles, menino de quinze anos, chamado Roberto, foi um dos primeiros feridos pela chama do seu luminoso olhar, e o primeiro, entre os habitantes da cidade, que teve a coragem de galgar com ruins tenções os degraus da escada do hotel Central e bater à porta do aposento dela.

Mme. Raquel veio em pessoa abrir, e perguntou, em francês, o que desejava o pretendente precoce.

– *Causer avec vous*,[4] respondeu este, muito cheio de si.

À vista daquela criança e do seu desembaraço impertinente, a francesa soltou uma extensa gargalhada e voltou-lhe as costas.

---

[2] Trad.: O Senhor esteja contigo.
[3] 1908: ramilhetes.
[4] Trad.: Conversar com você.

— Mais... Madame... balbuciou Roberto.
— Laisse-moi tranquille, mon p'tit.[5]
E fechou-lhe a porta na cara.
Aquele *mon p'tit* em bom português queria dizer: cresça e apareça.
Ora, como Roberto não podia crescer da noite para o dia, lembrou-se de se disfarçar para iludir a francesa e conquistar-lhe as boas graças.
Comprou, logo no outro dia, um pouco de cabelo e um vidro de goma líquida; foi para casa, e, na solidão do seu quarto, grudou à cara uns bigodes e umas suíças capazes de enganar um Argos da polícia.
Vestiu uma sobrecasaca roubada ao guarda-roupa do pai, que tinha o seu corpo, bifurcou um *pince-nez* escuro, saiu de casa às escondidas da família, meteu-se num carro que o esperava à esquina, parou à porta do hotel, subiu os degraus que na véspera subira em vão, e com mais esperança e mais força bateu à porta que a francesa implacavelmente lhe fechara. Seriam oito horas da noite.

Desta vez Mme. Raquel recebeu-o com mais amabilidade: o *mon p'tit*[6] da véspera foi substituído por um *cher monsieur*,[7] que soou como um hino de vitória aos ouvidos de Roberto.
O que é ter barbas!
Ele entrou.
Na sala havia uma meia luz benigna ao seu ardil. Mal pensava o rapazola que esse lusco-fusco, evitando que a francesa descobrisse que ele era ainda uma criança, evitava ao mesmo tempo que ele reparasse que ela há uns trinta anos deixara de o ser. Enganavam-se mutuamente.
Mme. Raquel depois de oferecer uma cadeira a Roberto, refestelou-se numa preguiceira, e encetou uma conversação que durou meia hora. Contou muitas coisas, e, entre outras, a insolente visita do *p'tit* da véspera.

---
[5] Trad.: Deixe-me em paz, seu fedelho.
[6] Trad.: seu fedelho.
[7] Trad.: caro senhor.

Roberto riu-se muito, e observou, a cofiar as suíças:

— *Il n'y a plus d'enfants!*[8]

Na noite seguinte, à porta da botica dos políticos, um dos chefes do partido dominante dizia aos companheiros:

— Homem, o José, porteiro do hotel Central, contou-me um caso muito esquisito...

— Qual? perguntaram muitas vozes em coro.

— Ontem, às oito horas da noite, entrou para o quarto da *madama* um homem barbado, e hoje pela manhã saiu de lá um menino!

---

[8] Trad.: Por aqui já não há mais crianças.

OS DOIS ANDARES

Não era [o cuspo] um meio limpo nem romântico; original, isso era.
(Reflexão do narrador ao maquiavelismo sedutor de Helena.)

Um dos mais importantes estabelecimentos da capital de província onde se passa este conto, era, há vinte anos, a casa importadora Cerqueira & Santos, na qual se sortiam numerosos lojistas da cidade e do interior.

O Santos era pai de família e morava num arrabalde; o Cerqueira, solteirão, ocupava, sozinho, o segundo andar do magnífico prédio erguido sobre o armazém.

No primeiro andar, que era menos arejado, moravam os caixeiros, e se hospedavam, de vez em quando, alguns fregueses do interior, que vinham à cidade "fazer sortimento", e bem caro pagavam essa hospedagem.

O principal caixeiro era o Novais, moço de vinte e cinco anos, apessoado e simpático.

De uma janela do primeiro e de todas as janelas do segundo andar avistavam-se os fundos da casa do capitão Linhares, situada numa rua perpendicular à de Cerqueira & Santos.

Esse capitão Linhares tinha uma filha de vinte anos, que era, na opinião geral, uma das moças mais bonitas da cidade.

Helena (ela chamava-se Helena) costumava ir para os fundos da casa paterna e postar-se, todas as tardes, a uma janela da cozinha, precisamente à hora em que, fechado o armazém, terminado o jantar e saboreado o café, o Novais por seu turno se debruçava à janela do primeiro andar.

O caixeiro pensou, e pensou bem, não ser coisa muito natural que, desejando espairecer à janela, a rapariga deixasse a sala pela cozinha, a frente pelos fundos –, e logo se convenceu de que era ele o objeto que a atraía todas as tardes a um lugar tão impróprio. As duas janelas, a dela e a dele, ficavam longe uma da outra, e o Novais, que não tinha olhos de lince, não podia verificar, num sorriso, num olhar, num gesto, se efetivamente era em sua intenção que Helena se sujeitava àquele ambiente culinário. Uma tarde lembrou-se de assestar contra ela um binóculo de teatro, e teve a satisfação de distinguir claramente um sorriso que o estonteou.

Entretanto, a moça, desde que se viu observada tão de perto, fugiu arrebatadamente para o interior da casa.

O Novais imaginou logo que a ofendera aquela engenhosa intervenção da óptica; ela, porém, voltou à janela da cozinha, trazendo, por sua vez, um binóculo, que assestou resolutamente contra o vizinho.

Ficou radiante o Novais, e lembrou-se então de que certo domingo, passando pela casa do capitão Linhares, a filha, que se achava à janela, cuspiu-lhe na manga do paletó. Ele olhou para cima, e ela, sorrindo, disse-lhe: – Desculpe.

Agora via o ditoso caixeiro que aquele cuspo tinha sido o meio mais simples e mais rápido que no momento ela encontrou para chamar-lhe a atenção.

Não era um meio limpo nem romântico; original, isso era.

SUA EXCELÊNCIA

(Impressões da Província) E reparou numa calva reluzente que ia quase ao chão, graças à curvatura que o seu dono dera à respectiva espinha dorsal. (O narrador ironiza o exagerado salamaleque que o amanuense fez ao presidente da província.)

Naquele sábado, o Cantidiano tinha que sair dos seus hábitos. Fazia anos o diretor da secretaria do governo, onde ele exercia as funções de amanuense. Sua Senhoria convidara-o para tomar chá. Ele, que era não só o mais calvo, como também o mais acanhado, o mais submisso, o mais respeitoso dos funcionários subalternos, de modo algum poderia faltar a tão honroso convite.

Portanto, calçou as botinas de polimento, enfiou as calças brancas irrepreensivelmente engomadas, desengavetou, escovou e vestiu a sobrecasaca dos dias solenes, pôs o chapéu alto – que só a custo lhe entrou na cabeça, por ter estado muito tempo fora de serviço –, e quando o sineiro do Carmo bateu a primeira badalada das oito, saiu de casa e lá foi, a passos graves e medidos, agitando entre os dedos a bengalinha de junco.

Ao entrar em casa do seu chefe, o Cantidiano encontrou sua senhoria no corredor, a ralhar com uns moleques da vizinhança que tinham sido atraídos até a sala de jantar pelo aspecto festivo da residência.

Ao ver o seu superior hierárquico, o amanuense tirou o chapéu, que lhe deixou na testa um vinco enorme, e curvou-se reverentemente, depois da clássica mesura.

– Seja bem aparecido, senhor Cantidiano. Agradeço-lhe não ter faltado.

E o diretor acrescentou com ar misterioso:

– Já sabe da grande novidade?
O amanuense arqueou os lábios num sorriso interrogativo.
– O senhor presidente quis causar-me uma surpresa: dignou-se vir tomar chá comigo!...
– Sua excelência o senhor presidente está aí?!...
– Está; soube que hoje era o dia do meu aniversário natalício e quis honrar a minha casa com a sua presença.
– Nesse caso vossa senhoria há de permitir que eu me retire...
– Por quê, senhor Cantidiano?
– Sou um simples amanuense... não posso sombrear com o presidente da província...
– Não, senhor! isso não! Ora essa! Não se aproxime de sua excelência, não lhe dirija a palavra, guarde a distância conveniente para a boa moralidade da administração, mas fique. Fique e divirta-se.
– Então acha vossa senhoria que não incorrerei no desagrado de sua excelência?
– Ora essa, senhor Cantidiano! O senhor está em minha casa e o senhor presidente é muito boa pessoa.

O Cantidiano entrou e, como o presidente, um homem alegre, solteiro, ainda moço, se achasse na sala de visitas, conversando com as senhoras, ele deixou-se ficar na varanda, sentado a um canto, fumando tranquilamente, depois de obter do dono da casa a necessária licença para acender um cigarro.

O presidente aventou a ideia de dançar-se, mas não havia piano em casa e era muito difícil àquela hora improvisar uma orquestra. É verdade que sua excelência podia mandar buscar, se quisesse, a banda de música do 5º Batalhão de Infantaria; mas para que proporcionar ao *Conservador* matéria para mais um artigo de oposição.

Uma das moças lembrou que se jogasse o *Padre-cura*. A ideia foi entusiasticamente acolhida. O presidente da província – que decididamente era muito dado, muito despido de cerimônias e etiquetas – foi o primeiro que se manifestou:

– Apoiado! Apoiado! E permitam, minhas senhoras, que eu, como primeira autoridade da província, nomeie padre-cura ali àquele senhor.
– Bravo! Bravo! A filha do dono da casa, uma rapariga de quinze anos, observou timidamente:
– Papai, por que vossemecê não chama aquele moço que ficou lá na varanda?
– Que moço? perguntaram diversas vozes.
– É o Cantidiano, respondeu o diretor voltando-se para sua excelência; um empregado da secretaria... Ficou lá dentro porque... sim, como vossa excelência está presente... e ele é muito acanhado...
– Essa agora! disse num ímpeto o delegado do governo imperial. Então eu sou algum desmancha-prazeres?...
E sua excelência foi em pessoa à varanda:
– Ó! senhor Cantidiano! Senhor Cantidiano! Quem é aqui o senhor Cantidiano?
E reparou numa calva reluzente que ia quase ao chão, graças à curvatura que o seu dono dera à respectiva espinha dorsal.
– É o senhor? Ora faça o obséquio!
E, agarrando na mão trêmula e fria do Cantidiano, levou-o até a sala de visitas.
– Aqui está o Cantidiano reclamado, minhas senhoras! Vamos ao jogo de prendas!
E reparando que o amanuense tremia que nem varas verdes:
– Meu caro senhor, ponha-se à vontade! O presidente ficou lá em palácio; aqui só está o amigo.
O pobre-diabo suava por todos os poros.
– Vamos! Distribuam-se os nomes!
– Eu sou a rosa.
– Eu o cravo.
– Eu a angélica.
– Eu a sempre-viva.
– Dona Fifina, a senhora é a madressilva; sabe por quê?
– Sei, e a senhora é o amor-perfeito... entende?

— Não! o amor-perfeito tinha eu escolhido.
Finalmente, depois de grande discussão, os nomes foram todos combinados. O Cantidiano ficou sendo a papoula.
Principiou o jogo:
— Indo o padre-cura passear, em casa do jasmim foi descansar.
— Mentes tu, respondeu o presidente, que era o jasmim.
— Onde estavas tu?
Sua excelência olhou para o Cantidiano e, só de mau, respondeu:
— Em casa da papoula.
O Cantidiano remexeu-se na cadeira em que estava sentado.
— Responda!
— Responda ou pague prenda!
— Vamos, senhor Cantidiano! disse a meia-voz, muito sério, o diretor. Responda: — Mentes tu.
O Cantidiano levantou-se, sorriu, dobrou a espinha numa mesura e disse:
— Vossa excelência falta à verdade...

AQUELE MULATINHO!

Toda a gente era convidada a dizer se o poeta devia ficar voltado para o mar ou para a terra.
(O contista relata aos leitores pormenores de um plebiscito maranhense.)

Eu contemplava, na praça Quinze de Novembro, a bela estátua de Osório, que acabava de ser inaugurada, e divertia-me a ouvir os comentários das pessoas que se achavam perto de mim, quando senti uma pequenina mão pousar delicadamente sobre o meu ombro. Voltei-me: era ela, a minha espirituosa amiga dona Henriqueta.

Depois de afogarmos a nossa velha saudade num vigoroso aperto de mão, demos um ao outro notícias nossas, escolhendo afinal para assunto da conversa o monumento que diante de nós se erguia majestoso e sereno na sua grande simplicidade artística.

Em volta um sujeito dizia que Osório devia calçar botas; outro afirmava que a cauda do cavalo estava exageradamente erguida; uma senhora achava que o general podia estar menos empinado, e todos à uma davam sentenças.

A minha espirituosa amiga, que é dotada de certo discernimento artístico, e admira o bronze de Bernardelli, ria-se a bom rir de todos esses comentários.

Um indivíduo que eu não conheço, depois de contemplar monumento por uns bons cinco minutos, voltou-se para o meu lado e disse-me:

– Está tudo muito bom; apenas quer me parecer que a estátua foi mal colocada...

– Como assim? perguntei.

– Acho que o monumento ficaria melhor se o cavalo olhasse para a repartição dos telégrafos.

– Ora essa! por quê?
– Não sei... é cá uma ideia... parece-me que haveria assim mais harmonia entre o monumento e a praça.
– Este senhor, disse eu à minha espirituosa amiga, faz-me lembrar um caso engraçado que se deu na minha terra, quando se tratava de levantar ali a estátua de Gonçalves Dias.
– Se é realmente engraçado, quero ouvi-lo; acompanhe-me até o bonde.
Momentos depois entrávamos na rua Sete de Setembro.
E eu comecei:
– A estátua de Gonçalves Dias foi feita por meio de uma subscrição popular, aberta na província por iniciativa de um amigo íntimo do poeta.
– Bem sei.
– Quando ficou pronta a estátua, não havia mais dinheiro, e era ainda preciso algum, não pouco, para as despesas complementares de transporte, colocação etc.
– Nessas ocasiões as despesas excedem sempre os orçamentos.
– Nessas e em todas as outras. Nem os orçamentos se fizeram para outra coisa senão para serem excedidos.
– Vamos adiante.
– Felizmente um velho e honrado capitalista, que morava no largo dos Remédios – o largo em que devia ser colocada a estátua – ofereceu a soma que faltava.
– Capitalista providencial!
– O largo dos Remédios acha-se numa pequena eminência, às margens do poético Anil. De um lado é bordado por uma fileira de prédios – entre estes o do nosso capitalista – e do outro por uma muralha que dá para o rio, ou antes, para o mar, pois o Anil vai desaguar no Oceano.
– Mas onde está o caso engraçado?
– O caso engraçado consiste em que o capitalista ficou furioso quando soube que a figura do poeta ia ser colocada de frente para o mar. – Quê! bradou ele; pois eu dou tantos contos de réis para a estátua, e a estátua volta-me as costas!

– Ora essa!
– Tentaram convencê-lo de que assim é que estava direito: o poeta devia olhar para o grande elemento que cantara em versos magníficos, e no qual tivera um túmulo digno da sua estatura moral...
– Mas o capitalista aposto que não se convenceu.
– Qual convenceu qual nada! O Gonçalves Dias, vociferava ele, deve olhar para a terra que tem palmeiras onde canta o sabiá e não para o Oceano que traiçoeiramente o tragou! E o grande caso é que essa consideração calou no espírito da comissão respectiva, e organizou-se uma espécie de plebiscito. Toda a gente era convidada a dizer se o poeta devia ficar voltado para o mar ou para a terra.
– Com efeito!
– Um indivíduo apresentou muito a sério a ideia de se aplicar à estátua um rodízio, como nos faróis. É o meio, dizia ele, de contentar a toda a gente.
– Essa ideia do rodízio seria aproveitável na estátua de um político, não na de um poeta... observou a minha espirituosa amiga com a sua graça habitual; e perguntou em seguida:
– Mas em que ficaram? Gonçalves Dias para que lado olha?
– Gonçalves Dias olha para o mar, minha senhora. O capitalista foi vencido.
– Coitado!
– Mas ele vingava-se descompondo o poeta. À tardinha, quando ia para a janela gozar as doces brisas do Anil, olhava para a estátua, arregaçava os lábios num sorriso escarninho, sacudia a cabeça e dizia entre dentes: – Dar-me as costas aquele mulatinho, a mim, que o conheci deste tamanho quando o pai o mandou para Coimbra!

NÃO, SENHOR!

*Não faltarás a um baile, irás ao teatro; Visitarás
o Rio de Janeiro; / Poderás percorrer o
mundo inteiro, / E ver o diabo a quatro!*
(O pai de Santinha tenta convencê-la
a casar-se com o Sousa.)

Santinha, filha de um negociante
Que passava por ter muito dinheiro,
Bebia os ares pelo mais chibante,
    Pelo mais prazenteiro
Dos rapagões daquele tempo, embora
O pai a destinasse a ser senhora
Do Sousa, um seu colega, já maduro,
Que lhe asseguraria bom futuro.

O namorado (aí está o que o perdia!)
À classe comercial não pertencia:
Era empregado público; não tinha
Simpatia nem crédito na praça.

Entretanto, Santinha
Nunca supôs que fosse uma desgraça,
    Um prenúncio funesto
A oposição paterna, e assim dizia:
– Ele gosta de mim, eu gosto dele...
    Que nos importa o resto?
Um para o outro a sorte nos impele:
Separar-nos só pode a cova fria!

    Ria-se o pai, dizendo:
    – Isso agora é poesia;
Mas deixem-na comigo: eu cá me entendo.

Depois do almoço, um dia,
Ele na sala se fechou com a filha,
Para tirar-lhe aquele bigorrilha
  Da cabeça. A pequena,
    Impassível, serena,
    Lhe disse com franqueza
  Que ninguém neste mundo apagaria
  Aquela chama no seu peito acesa.
    – Isso agora é poesia –
    Repete o pai teimoso,
    E, sentando-a nos joelhos,
    Melífluo, carinhoso,
Abre a torneira aos paternais conselhos,
Aponta-lhe o futuro que a espera,
Conforme o noivo que escolher: de um lado,
    Com o pobre do empregado,
    A pobreza pudera!
O desconforto, o desespero, a miséria!
    – Sim, a fome, menina!
Estas coisas chamemos pelo nome!
A fome –, fome atroz! fome canina!...
E, do outro lado, com o negociante,
    Que futuro brilhante!
Não faltarás a um baile, irás ao teatro;
Visitarás o Rio de Janeiro;
Poderás percorrer o mundo inteiro,
    E ver o diabo a quatro!
    Mas a firme Santinha
Não se deixava convencer: não tinha
Ambições, nem sonhava tal grandeza;
    Preferia a pobreza,
Ao lado de um marido a quem amasse,
A todo o Potosí com que a comprasse
    Outro qualquer marido.

    O velho, enfurecido,
Brada: – Isto agora já não é poesia.

    Mas grosso desaforo!
Se não acaba esse infeliz namoro,
    Vou deitar energia!
– Então papai não acha coisa infame
Que eu me case com um tipo a quem não ame?
– Infame é namorares um velhaco
Sem dar ao pai o mínimo cavaco!
Ou casas-te com o Sousa ou te afianço
    Que a maldição te lanço!

Santinha, que era muito inteligente,
Continuava a série dos protestos;
Mas o irritado velho, intransigente,
Soltando gritos e fazendo gestos,
Nada mais quis ouvir naquele dia;
Mas na manhã seguinte foi chamá-la
Ao quarto (a pobre moça ainda dormia!)
E pela mão levou-a para a sala.

    Ficou muito espantado
Ao ver que a filha, ao invés do que previra,
À noite houvesse muito bem pensado.
    Pareceu-lhe mentira
      Encontrar tão serena
      E tão tranquila a moça,
      Como se a grande cena
Da véspera lhe não fizesse mossa.

    – Então? estás na tua?
    – Papai, de mim disponha:
Dê-me, alugue-me ou venda-me: sou sua.
Por tudo estou, solícita e risonha;
    Confesso, todavia,
Que por meu gosto não serei esposa
    Do seu amigo Sousa:
Mentir não posso! – Cala-te, pateta!
    Isso agora é poesia...
A fortuna, verás, será completa!

Aprontou-se depressa a papelada,
  E a casa mobiliada
Em quinze dias foi. Veio de França
Riquíssimo enxoval, conforme a usança,
  O qual esteve exposto
E toda a gente achou de muito gosto.

  Mostrava-se Santinha
A tudo indiferente, e o moço honrado
Que o seu afeto conquistado tinha,
Também não se mostrou contrariado;
Era o mesmo que dantes: expansivo,
Discreto, espirituoso, alegre e vivo.
Chegou a noite, enfim, do casamento
Que era na igreja do Recolhimento,
  Igrejinha modesta
Expressamente ornada para a festa
  Pelo Joaquim Sirgueiro,
Que foi naquelas artes o primeiro.
  O templo estava cheio
Quer de curiosos, quer de convidados.
  Que mistura! no meio
De graves figurões encasacados
E damas de vestidos decotados,
  Abrindo enormes leques,
Negros sebentos, sórdidos moleques!

A noite estava pálida e tremente,
  Mas linda. Realmente
Era pena que flor tão melindrosa
Fosse colhida por um brutamontes,
Que na vida outros vagos horizontes
  Não via além da Praça...

Na igreja se ouviria o som de uma asa
De inseto, quando o padre bem disposto,
À noiva perguntou: – É por seu gosto

E por livre vontade que se casa?
Imaginem que escândalo! A menina,
Com voz firme, sonora, cristalina,
Respondeu: – Não, senhor! Um murmúrio
Corre por toda a igreja, e um calefrio
    Pelo corpo do Sousa,
Que o turvo olhar do chão erguer não ousa!
A pergunta repete o sacerdote;
Logo o silêncio se restabelece.
Para que toda a gente escute e note:
    – Não-se-nhor! – Estremece
O velho, e tosse pra que se não ouça
    A resposta da moça.
– Não, senhor! Não, senhor! Mil vezes clamo:
    Por gosto não me caso,
Mas obrigada por meu pai; não amo
O senhor Sousa, mas de amor me abraso
Por este! E aponta para o namorado
Que pouco a pouco tinha se chegado.

Não é possível descrever o resto
    Depois desse protesto.
Falavam todos a um só tempo! A igreja
    Desabar parecia!
O padre corre para a sacristia...
A moça pede ao moço que a proteja...
    – Isto agora é poesia!
Diz o atônito pai, qu'rendo contê-la.
    Todas as convidadas
    Sufocam gargalhadas...
O noivo, maldizendo a sua estrela,
    Sai para a rua: a sanha
Da torpe molecagem o acompanha,
    E uma vaia o persegue,
Até que ele num carro entrar consegue.
Santinha está casada e bem-casada;
O marido dispensa-lhe carinhos:

Vê sempre nela a mesma namorada.
   Já tem uma ninhada
De filhos, e o avô – quem o diria?
   Morre pelos netinhos,
E diz, quando a mirá-los se extasia:
   – Isto agora é poesia! –

O CHAPÉU

*[...] Uma vez que se encontravam [os olhos dele e
os olhos dela], / De modo tal os quatro se entendiam /
Que, com tanto que ver, nada mais viam!*
(O narrador comenta o estado de
bestificação dos dois apaixonados.)

O Ponciano, rapagão bonito,
Guarda-livros de muita habilidade,
Possuindo o invejável requisito
    De uma caligrafia
A mais bela, talvez, que na cidade
    E no comércio havia,
Empregou-se na casa importadora
De Praxedes, Couceiro & Companhia,
Casa de todo Maranhão credora,
Que, além de importadora, era importante,
    E, se quebrasse um dia,
Muitas outras consigo arrastaria.

Do comércio figura dominante,
Praxedes, sócio principal da casa,
Tinha uma filha muito interessante.
O guarda-livros arrastava-lhe a asa.

Começara o romance, o romancete
    Num dia em que fez anos
E os festejou Praxedes com um banquete,
Num belo sítio do Caminho Grande,
Sob os frondosos galhos veteranos
Que secular mangueira inda hoje expande.
A mesa circular, sem cabeceira,

Rodeando o grosso tronco da mangueira,
Um belíssimo aspecto apresentava:
Reluzindo lá estava
O leitão infalível,
Com o seu sorriso irônico,
Expressivo, sardônico.
Sabeis de alguma coisa mais terrível
Do que o sorriso do leitão assado?
E nos olhos, coitado!
Lhe havia o cozinheiro colocado
Duas rodelas de limão, pilhéria
Que sempre faz sorrir a gente séria.
Dois soberbos perus de forno; tortas
De camarão, e um grande e majestoso
Camorim branco, peixe delicioso,
Que abre ao glutão do paraíso as portas;
Tainhas urichocas[1] recheadas,
 Magníficas pescadas,
 E um presunto, um colosso,
Tendo enroladas a enfeitar-lhe o osso,
Tiras estreitas de papel-dourado.
Compoteiras de doce, encomendado
A Calafate e a Papo Roto; frutas;
 Vinho em garrafas brutas.
Amêndoas, nozes, queijos, o diabo.
Que se me meto a descrever aquilo,
 Tão cedo não acabo!

O Ponciano fora convidado:
Quis o velho Praxedes distingui-lo.
 Fazia gosto vê-lo
Convenientemente engravatado,
De calças brancas e chapéu de pelo,
 E uma sobrecasaca

---

[1] 1909: ourichoca.

Que estivera fechada um ano inteiro
E espalhava em redor um vago cheiro
De cânfora e alfavaca.
   Mal que o viu, Gabriela
(Gabriela a menina se chamava)
   Lançou-lhe uma olhadela
Que a mais larga promessa lhe levava...
Como que os olhos dele e os olhos dela
   Apenas esperavam
Encontrar-se; uma vez que se encontravam,
De modo tal os quatro se entendiam
Que, com tanto que ver, nada mais viam!

   Apesar dos perigos,
Por ninguém o namoro foi notado.
Pois que o demônio as coisas sempre arranja.
   Praxedes, ocupado,
Fazia sala aos ávidos amigos;
A mulher de Praxedes, nas cozinhas,
Inspecionava monstruosa canja
Onde flutuavam cinco ou seis galinhas
   E um paio, um senhor paio,
E os convivas, olhando de soslaio
Para a mesa abundante e os seus tesouros
Não tinham atenção para namoros.
Quando todos à mesa se assentaram,
   Ele e ela ficaram
Ao lado um do outro... por casualidade,
E durante três horas, pois três horas
Levou comendo toda aquela gente,
Entre as frases mais ternas e sonoras
Juraram pertencer-se mutuamente.

Quando na mesa havia só destroços,
Cascas, espinhas, ossos e caroços,

E o café fumegante
Circulou, nesse instante,
Eram noivos Ponciano e Gabriela.
– Como, perguntou ela,
Nos poderemos escrever? Não vejo
Que o possamos fazer, e o meu desejo
É ter notícias tuas diariamente.
Respondeu ele: – Muito facilmente:
Quando à casa teu pai volta à noitinha
Traz consigo o *Diário*, por fortuna;
Escreverei com letra miudinha,
Na última coluna,
Alguma coisa que ninguém ler possa
Quando não esteja prevenido. – Bravo!
Que bela ideia e que ventura a nossa!
Porém se esse conchavo
Serve para me dar notícias tuas,
Não te dará, meu bem, notícias minhas.
Mas não esteve com uma nem com duas
O namorado, e disse:
– Temos um meio. – Qual? Não adivinhas?
Teu pai usa chapéu... – Sim... que tolice!
– Ouve o resto e verás que a ideia é boa:
Um pedacinho de papel à toa
Tu meterás por baixo da carneira
Do chapéu de teu pai; dessa maneira
Me escreverás todos os dias... úteis.

Ó precauções inúteis!
Durante um ano inteiro
O pai ludibriado
Serviu de inconsciente mensageiro
Aos amores da filha e do empregado
– Até que um dia (tudo é transitório,
Até mesmo os chapéus) o negociante
Entrou de chapéu novo no escritório.

Ponciano ficou febricitante!
Como saber qual era o chapeleiro
Em cujas mãos ficara o chapéu velho?
Muito inquieto, o brejeiro
Ao espírito em vão pediu conselho;
Dispunha-se, matreiro,
A sair pelas ruas, indagando
De chapeleiro em chapeleiro, quando
O chapeleiro apareceu!... Trazia
O papelinho que encontrado havia!
Atinara com tudo o impertinente
   E indignado dizia:
– Sou pai de filhas!... venho prontamente
Denunciar uma patifaria!
   O hipócrita queria
Mas era, bem se vê, cair em graça
   A um medalhão da praça.

O pai ficou furioso, e, francamente
Não era o caso para menos; houve
Ralhos, ataques, maldições, *et coet'ra*;
   Mas, enfim, felizmente
   Ao céu bondoso aprouve
(O rapaz tinha tão bonita letra!)
Que não fosse a menina pro convento,
E a comédia acabasse em casamento.

   Ponciano hoje é sócio
   Do sogro, e faz negócio.
   Deu-lhe uma filha o céu
   Que é muito sua amiga
   E está casa não casa;
Mas o ditoso pai não sai de casa
   (Aquilo é balda antiga)
Sem revistar o forro do chapéu.

BANHOS DE MAR

Quando um dizia: – A noiva do pateta /
Podia muito bem ser sua filha, /
Logo outro exagerava: – Ou sua neta!
(O narrador comenta a murmuração popular sobre
a notável diferença de idade entre os nubentes.)

Manuel Antônio de Carvalho Santos,
Negociante dos mais – acreditados,
   Tinha, em sessenta e tantos,
Uma casa de secos e molhados
Na rua do Trapiche. Toda a gente
   – Gente alta e gente baixa –
O respeitava. Merecidamente:
A sua firma era dinheiro em caixa.

   Rubicundo, roliço,
   Era já outoniço,
Pois há muito passara dos quarenta
E caminhava já para os cinquenta.
O bom Manuel Antônio
   (Que assim era chamado),
Quando do amor o deus (Deus ou demônio,
Porque como um demônio os homens tenta,
   Trazendo-os num cortado)
   Fê-lo gostar deveras
De uma menina que contava apenas
   Dezoito primaveras,
   E na candura de anjo
Causava inveja às próprias açucenas.
Tinha a menina um namorado, é certo;
Porém o pai, um madeireiro esperto,

Que no outro viu muito melhor arranjo,
    Tratou de convencê-la
De que, aceitando a mão que lhe estendia
Manuel Antônio, a moça trocaria
De um vaga-lume a luz por uma estrela.

Ela era boa, compassiva, terna,
E havia feito ao moço o juramento
De que a sua afeição seria eterna;
Porém dobrou-se à lógica paterna
Como uma planta se dobrara ao vento.

    Sabia que seria
Tempo perdido protestar; sabia
Que, na opinião do pai, o casamento
Era um negócio e nada mais. Amava;
Sentia-se abrasada em chama viva;
Mas... tinha-se na conta de uma escrava,
    Esperando, passiva,
Que um marido qualquer lhe fosse imposto,
Contra o seu coração, contra o seu gosto.

    Calou-se. Que argumento
Podia a planta contrapor ao vento?

    No dia em que a notícia
Do casamento se espalhou na praça,
A Praia Grande inteira achou-lhe graça
E comentou-a com feroz malícia,
    E na porta da Alfândega,
    E no leilão do Basto,
Outro caso não houve – era uma pândega! –
Que às línguas fornecesse melhor pasto
Durante uma semana, ou uma quinzena,
    Pois em terra pequena
Nenhum assunto é facilmente gasto,
E raramente um escândalo se pilha.

Quando um dizia: – A noiva do pateta
Podia muito bem ser sua filha,
Logo outro exagerava: – Ou sua neta!

    O moço desdenhado,
Que na tesouraria era empregado,
    E metido a poeta,
Durante muito tempo andou de preto,
Com a barba por fazer, muito abatido;
Mas, se a barba não fez, fez um soneto,
Em que chorava o seu amor perdido.

    Do barbeiro esquecido
Só foi à loja, e vestiu roupa clara,
Depois que a virgem que ele tanto amara
Saiu da igreja ao braço do marido.

Pois, meus senhores, o Manuel Antônio
Jamais se arrependeu do matrimônio;
    Mas, passados três anos,
Sentiu que alguma coisa lhe faltava:
    Não se realizava
    O melhor dos seus planos.

Sim, faltava-lhe um filho, uma criança,
Na qual pudesse reviver contente,
    E este sonho insistente,
    E essa firme esperança
    Fugiam lentamente,
À proporção que os dias e os trabalhos
Seus cabelos tornavam mais grisalhos.

    Recorreu à ciência:
Foi consultar um médico famoso,
    De muita experiência,
    E este, num tom bondoso,
    Lhe disse: – A Medicina
Forçar não pode a natureza humana.

Se o contrário imagina,
Digo-lhe que se engana.

Manuel Antônio, logo entristecido,
Pôs os olhos no chão; mas, decorrido
   Um ligeiro intervalo,
   O médico aduziu, para animá-lo:
– Todavia, Verrier, se não me engano,
   Diz que os banhos salgados
   Dão belos resultados...
   Experimente o oceano!

No mesmo dia o bom Manuel Antônio,
À vista de juízo tão idôneo,
   Tinha casa alugada
   Lá na Ponta d'Areia,
Praia de banhos muito frequentada,
   Que está do porto à entrada
   E o porto aformoseia.

   Nessa praia, onde um forte
   Do séc'lo dezessete
   Tem tido vária sorte
   E medo a ninguém mete;
   Nessa praia, afamada
Pela revolta, logo sufocada
   De um Manuel Joaquim Gomes,
Nome olvidado, como tantos nomes;
Nessa praia que... (Vide o *Dicionário*
Do doutor Cesar Marques) nessa praia,
Passou três meses o quinquagenário,
   Com a esposa e uma aia.

   Não sei se coincidência
Ou propósito foi: o namorado
Que não tivera um dia a preferência,
   Maldade que tamanhos
Ais lhe arrancou do coração magoado,

    Também se achava a banhos
    Lá na Ponta d'Areia...

Creia, leitor, ou, se quiser, não creia:
Manuel Antônio nunca o viu; bem cedo,
    Sem receio, sem medo
    De deixar a senhora ali sozinha,
    Para a cidade vinha
    Num escaler que havia contratado,
    E voltava à tardinha.

Tempos depois – marido afortunado! –
Viu que a senhora estava de esperanças...

    Ela teve, de fato,
    Duas belas crianças,
E o bondoso doutor, estupefato,
    Um ótimo presente,
Que o pagou larga e principescamente!

– Viva o banho de mar! ditoso banho!
Dizia, ardendo em júbilo, o marido.
– Eu pedia-lhe um filho, e dois apanho!
Doutor, meu bom doutor, agradecido!

Pouco tempo durou tanta ventura:
Fulminado por uma apoplexia,
Baixou Manuel Antônio à sepultura.

O desdenhado moço um belo dia
A viúva esposou, que lhe trazia
Amor, contos de réis e formosura.

    E no leilão do Basto
    Diziam todos os desocupados
        Que nunca houve padrasto
    Mais carinhoso para os enteados.

O SÓCIO

E, a julgar pelo olhar que lhe lançou a bela, /
Ela dele gostou tanto como ele dela.
(O narrador surpreende a mútua simpatia,
à primeira vista, entre dois personagens do conto.)

Frequentava o Liceu o Arnaldo, e havia feito
Exame de francês, inglês e geografia,
    Quando seu pai um dia,
    Pilhando-o bem a jeito,
Chamou-o ao gabinete e disse-lhe: – Meu filho,
Tu vais agora entrar no verdadeiro trilho!
Tu já sabes inglês e francês; o Tibério,
    Teu mestre, um homem sério,
    Me disse ultimamente
Que podes dar lições de geografia à gente –
E, depois de tomar o velho uma pitada,
– Não quero, prosseguiu, que tu saibas mais nada,
Pois sabes muito mais do que teu pai, e, como
Fortuna ele não tem para te dar mesada,
Deus, que me ouvindo está, por testemunha tomo!
Não hás de ser doutor! E para que o serias?
Em breve, filho meu, tu te arrependerias.
Pois não vês por aí tantos, tantos doutores,
    Que não tomam caminho,
    Sofrem mil dissabores,
Sem ter o que fazer do inútil pergaminho?
Nisto o velho assoou-se ao lenço de Alcobaça,
E a trompa fez tremer os vidros na vidraça.
– Tu vai para o comércio. Arranjei-te um emprego

Em casa de Saraiva, Almeida & Companhia.
   Acredita, rapaz, que o teu e o meu sossego
      Farás, se me disseres
      Que não te contraria
Esta resolução. Tua mãe, que é bem boa,
Mas os defeitos tem de todas as mulheres,
Quer que sejas pr' aí um bacharel à toa;
Pois olha que teu pai tem prática do mundo
E a máquina social conhece bem a fundo;
Para o comércio vai. Se tiveres juízo,
Em dez anos... nem tanto até será preciso...
Serás sócio da casa. A casa é muito forte,
Meu filho, e todos lá têm tido muita sorte.

O Arnaldo quis em vão protestar. O bom velho
   Fê-lo chegar-se ao relho,
E a ambiciosa mãe capacitou-se, em suma,
Que, na casa Saraiva, Almeida & Companhia,
Teria mais futuro o seu rapaz, que numa
   Reles academia.

Pobre Arnaldo! O lugar que lhe foi reservado
   Não era de caixeiro,
   Mas de simples criado:
Às cinco da manhã despertava, e ligeiro
Descia aos armazéns, pegava na vassoura,
E tinha que varrer o chão. Não me desdoura
O trabalhar (o moço aos seus botões dizia).
   Mas não valia a pena
Ter aprendido inglês, francês e geografia,
Se a uma eterna vassoura a sorte me condena!

O pobre rapazinho andava o dia inteiro
Recados a fazer, levípede, lampeiro,
   E, à noite, fatigado,
Atirava-se à rede e um sono só dormia
Até pela manhã, quando a vassoura esguia
O esperava num canto. Ele tinha licença

De ir à casa dos pais de quinze em quinze dias!...
Sentia pela mãe uma saudade intensa!
Vida estúpida e má! vida sem alegrias!...

Saraiva, o principal sócio daquela firma,
Tipo honrado, conforme inda hoje a praça a firma,
Andava pela Europa a viajar, e o sócio,
O Almeida, estava então à testa do negócio.
Era o Almeida casado, e tinha uma sujeita...
No intuito de evitar toda e qualquer suspeita,
Não quis o maganão que ela morasse perto
Da casa de negócio, onde estava a família:
Em São Pantaleão, bairro sempre deserto,
    Pôs-lhe casa e mobília.

O Arnaldo lamentava o seu mesquinho fado,
E andava sempre triste e sempre amargurado,
Quando o senhor Almeida, o patrão, de uma feita,
Se lembrou de o mandar à casa da sujeita,
    Levar uma fazenda
De que ela lhe fizera há dias encomenda.
Lá foi o Arnaldo, e, ao dar com a moça, boquiaberto
Ficou por não ter visto ainda tão de perto
    Senhora tão formosa,
    Nem tão apetitosa;
E, a julgar pelo olhar que lhe lançou a bela,
Ela dele gostou tanto como ele dela.

Era bem raro o dia em que o negociante
Não tinha que mandar o Arnaldo à sua amante
Qualquer coisa levar. Por isso, de repente,
O triste varredor mostrara-se contente,
    Sagaz, ativo, esperto,
    E ao pai e à mãe dizia
Que na casa Saraiva, Almeida & Companhia
    Achara um céu aberto.
    Pudera! o capadócio
Em dois meses passou de caixeirinho a sócio.

CONTOS BRASILEIROS

AS AVENTURAS DO BORBA

[...] é de justiça restituir ao Borba as anedotas a que tem direito a sua interessante biografia.
(Reflexão do narrador sobre o perfil do personagem que dá nome ao conto.)

Citarei algumas aventuras do Borba, espécie de gatuno e de boêmio, que durante muito tempo viveu à custa do próximo na capital do Império. Entretanto, fiquem os leitores prevenidos: alguns dos casos que lhes vou narrar figuram na lenda de outros cavalheiros de indústria entre os quais o famoso *Maranhense*, que, entre parênteses, era filho da província do Ceará. Mas é de justiça restituir ao Borba as anedotas a que tem direito a sua interessante biografia.

Como o Borba andasse muito, pois que a isso o obrigava o exercício da sua profissão de embarrilador do gênero humano, estava sempre descalço. Um dia foi a dois sapateiros e encomendou um par de botinas a cada um, dizendo a ambos que no dia tal, a tantas horas (desencontradas, está sabido) esperava sem falta o calçado em casa. Então pagaria.

No dia indicado os sapateiros – caso raro! – foram de palavra.

Àquele devolveu a do esquerdo, e a este a do direito, dizendo-lhes que o magoavam, e fizessem o favor de as alargar um pouco.

E ficou calçado, que era o que desejava.

É verdade que foi visto durante algum tempo com uma botina de um feitio e outra de outro; mas que tinha isso para um boêmio da força do Borba?

Outra vez, apareceu numa sapataria da rua do Carmo, com um menino de sete a oito anos pela mão.

– Tem botinas que me sirvam? perguntou ao dono da casa.
– É o que não falta. Daqui não sai freguês sem fazenda.
– Coisa barata, hein? Não quero calçado para mais de dez mil-réis.
  Daí a instantes o Borba estava perfeitamente calçado.
– Agora, o menino. Veja aí uns sapatinhos de seis mil-réis.
– Pois não! Pronto! Ficam-lhe a matar.
– Bem. Quanto devo?
– Dezesseis mil-réis.
– Que dezesseis mil-réis! Faça uma redução, se quer freguês!
– Pois são quinze, mas sem exemplo que não se repita.
  O Borba mete a mão na algibeira.
– Oh, diabo! Esqueci-me da carteira em casa; mas vou num pulo buscar o dinheiro.
  E voltando-se para o menino:
– Meu filho, fique aí sentadinho; não saia sem papai voltar. Vou buscar dinheiro, e venho já.
  Daí a uma hora, o dono da casa, impacientado, pergunta ao menino:
– Ó nhonhô? Onde diabo mora seu pai, que se demora tanto?
– Ele não é meu pai, não senhor.
– Não é seu pai? Ora esta!
– Não é nada meu, não senhor.
– Não é nada seu? Explique-se, menino!
– Esse homem me encontrou na rua e pegou, me disse:
– "Vem cá, meu filho. Coitado! Está com os dedos de fora! Vem comigo numa loja de calçado, que te quero dar uns sapatos novos." Eu peguei, vim. Mas eu não conheço ele, não senhor.

  Quinze dias depois, achava-se o Borba numa festa de arraial, em São Domingos, aconteceu estar presente o caixeiro da sapataria da rua do Carmo.
  Depois da missa, o industrioso recolheu-se a uma espécie de hospedaria, e, em seguida ao almoço, pago por um amigo, espichou-se ao comprido num canapé, e adormeceu.
  O caixeiro que o observava, aproximou-se dele, e, com uma habilidade que faria inveja ao próprio Borba, descalçou-

-lhe as botinas, e levou-as consigo, deixando no lugar delas um cartão de sapataria.

Quando o Borba acordou e se viu descalço, levantou-se muito tranquilamente, agarrou num pires que estava sobre um aparador, e saiu descalço por ali fora, a dizer a toda gente:
– Esmola para uma missa pedida.

E deste modo, quando chegou a casa, tinha, graças à piedade pública, dinheiro para um par de botinas novas.

Um dia, precisou igualmente de um chapéu. Vai ao chapeleiro e escolhe um belo castor de setenta e cinco gramas.
– Quanto?
– Doze mil-réis.

Põe o chapéu na cabeça, mete a mão no bolso da calça, e vai tirar o dinheiro, quando entra na loja um indivíduo furibundo, mede-o de alto a baixo, e dizendo: – "Enfim te encontro, miserável!" – dá-lhe uma bofetada, e deita a fugir pela rua fora.
O Borba está atônito.
O chapeleiro está atônito.
O caixeiro está atônito.

Pergunta então o nosso herói ao pobre negociante:
– O senhor que faria em meu lugar? Corria atrás deste biltre e matava-o, não é assim? É o que eu faço!

E saiu correndo da loja, onde até hoje nunca mais pôs os pés.

Escusado é dizer que o Borba estava combinado com o tipo que o esbofeteou.

Numa noite, quis assistir à representação do *Profeta*, no Pedro II.

Outro qualquer ter-se-ia munido de bilhete.
O Borba muniu-se de coragem.
De coragem e de uma flauta... uma velha flauta que um dia surrupiou da algibeira de um músico ambulante, num botequim da rua da Conceição.

Como dizíamos, muniu-se de uma flauta, e ia penetrar no teatro, sem fazer caso do porteiro, quando este o agarrou pelo braço.
– Olá! Ó amigo!... o bilhete?

– O bilhete?! torna o homem, fingindo-se muito espantado.
– O bilhete, sim!...
– Pois o senhor não sabe que eu sou da orquestra?...
– Ah! Isso é outra coisa...
– Se não me quer deixar, não entro, mas o *Profeta* há de ser representado sem o solo de flauta do segundo ato.
– Ó senhor! Não é preciso dizer mais nada... desculpe... pode passar!

Tendo absoluta necessidade de um fato novo, o Borba, em vez de se dirigir à casa de um alfaiate, foi ter a uma loja que vendia instrumentos cirúrgicos etc.
Chamou de parte o dono da casa, e disse-lhe:
– Eu tenho um sobrinho rendido das virilhas, coitado! Preciso de uma funda para ele. Serve esta.
– Quanto custa?
– Bem: cá está o dinheiro. Deixe ficar aí a funda. Trago-lhe logo mais o pequeno: o senhor há de fazer o obséquio de colocar-lhe. Ia saindo, mas voltou:
– Previno-o de que o pequeno é muito acanhado. O senhor leva-o para o fundo da loja e lá arranja esse par de botas? Resolve o problema.
– Não há novidade!
– Bem, até logo. (*Saindo, consigo.*) Ai, ai! Isto de aturar filhos alheios!...
Só então é que foi ter com o alfaiate.
Enroupou-se dos pés a cabeça.
– Agora, meu caro, queira ter a bondade de mandar consigo o pequeno, para receber a importância da roupa. Quanto é?
– Cento e quarenta mil-réis.
– Cento e quarenta mil-réis... barata feira!
E saiu, acompanhado pelo caixeiro do alfaiate.
Levou o menino à casa do homem da funda:
– Aqui o tem. Faça o favor de dar-lhe *aquilo*... O senhor já sabe...
– Pois não! Entre, meu menino.

O caixeiro acompanhou o homem aos fundos do armazém, e o Borba pôs-se ao fresco.
Imagine-se o resto.
Vendo entrar no corredor de uma casa um esmoler, que levava na mão riquíssima vara de prata, teve o Borba uma ideia extraordinária! Entrou também, e, beijando com muita devoção a vara, pediu ao andador das almas permitisse que ele a levasse lá acima, à família, para beijá-la igualmente.
O andador acedeu.
O Borba subiu até o patamar da escada, desatarraxou a vara, que se dividiu em três fragmentos, como uma flauta, meteu os pedaços na algibeira do sobretudo, e desceu de novo, depois de algum tempo, para dizer ao andador:
– Lá deixei a vara para ser beijada pela família; faça favor de subir para reclamá-la; ao mesmo tempo, receberá a esmola.
Daí a alguns instantes, o andador tinha uma grande disputa com a família, que nunca tinha visto a vara nem o Borba.
Este, pouco depois, vendia-o a peso a um ourives pouco escrupuloso.

O nosso homem foi, durante algum tempo, empregado numa repartição pública. Um dia, nas proximidades do fim do mês, o mais simplório dos seus colegas encaminhou-se para ele com ar de compaixão, e disse-lhe:
– Queres fazer um negócio comigo?
– Vejamos.
– És capaz de comprar este relógio e esta corrente de ouro?
– Quê! Pois queres desfazer-te dessas preciosidades?
– Que remédio!
– Estou sem vintém...
– Mas isso é de ouro?
– De muito bom ouro do Porto.
– Faço negócio contigo, se for muito baratinho.
– É cá um preço de amigo; dou-te relógio e corrente por quarenta mil-réis!

– Quarenta mil-réis... murmurou o Borba.
E depois, com resolução:
– Está bem, dou-te metade já e já, à vista, e o resto no dia primeiro.
– Aceito.
E o simplório estendeu-lhe os dois objetos.
O Borba tomou-os nas mãos, examinou-os maliciosamente, voltou-os em todos os sentidos, e disse:
– Isto nunca foi ouro!
– Nunca foi ouro! Esta agora!
– Dás licença que eu vá consultar um ourives?
– Vai consultar quantos ourives quiseres.
O Borba tomou o chapéu e saiu.
Releva dizer que não tinha nem um vintém nas algibeiras. Saiu, e, em vez de se dirigir à casa de um ourives, foi ter ao Monte de Socorro.
– Quero empenhar este relógio e exata corrente.
– Quanto me dão?
– Cinquenta mil-réis, respondeu o avaliador.
O Borba deu um salto.
– Pois bem.
Recebeu os cinquenta mil-réis, voltou à repartição, deu vinte mil-réis ao simplório e guardou trinta.
No dia em que devia pagar os outro vinte, vendeu a cautela por trinta, e ainda ganhou dez.

O mesmo colega aproximou-se um dia do Borba, chamou-o de parte, e disse-lhe, mostrando um colar de muito preço:
– Ó Borba, achei há dias este objeto na rua.
– E então?
O indivíduo que o perdeu anuncia hoje no *Jornal do Commercio* que será gratificada, querendo, a pessoa que o achou e lho quiser restituir. Ora, eu sou um simplório: se vou lá, o homem é capaz de não me dar nem uma de X. Se te encarregasses disso...
– Não caias nessa! bradou o Borba. Passa o colar a cobres, é o que é. Tenho um ourives amigo; se queres, incumbo-me de vender.

– Mas é que...
– Não há funfum nem foles de ferreiro. Dá cá o colar!
Daí a cinco minutos, o Borba estava em casa de um ourives.
– Quanto dá por isto?
– Cento e vinte mil-réis – respondeu o ourives, depois de examinar o objeto.
– Bem; mas como o colar não é meu, vou consultar o dono, objetou o Borba.
E foi ter com o simplório.
– Ó menino, olha que achei quem desse sessenta mil-réis pelo colar; vendo?
– Sessenta mil-réis! Vende-o imediatamente! Que bom!...
O Borba saiu e voltou muito triste:
– Aqui tem cinquenta mil-réis: o homem arrependeu-se de haver oferecido sessenta.
– Ora! Bem bom!
E o Borba ainda recebeu dez mil-réis de gratificação.

Mas um dia aconteceu-lhe uma, que quase o desmoraliza aos seus próprios olhos.

Nesse tempo morava numa casa de hóspedes.

Perseguido implacavelmente, logo às seis horas da manhã, por um credor, tomou a resolução de se fechar por dentro, e não dar resposta por mais que o homem batesse. O credor bem sabia que ele estava em casa, e gritou pelo buraco da fechadura:

– Não me quer responder? Pois saiba que não me afasto hoje daqui!

O Borba riu-se, e adormeceu de novo.

Acordou ao meio-dia, e começou a vestir-se, dizendo consigo:

– A estas horas já o meu carcereiro desistiu.

Contudo, estendeu-se de bruços no meio da casa, e espreitou pelo intervalo que havia entre a porta e o chão. Qual não foi o seu terror quando viu umas botas imóveis.

– E não se foi! – pensou o desgraçado –; lá estão os pés!

Dá uma hora, dão duas; ele renova a experiência, e os pés sempre lá!

Dão três horas, dão quatro, dão cinco, e a fome devasta o estômago do infeliz; mas as botas não se retiram. Então não pode mais. Capitula por falta de víveres. Abre a porta num lance de desespero, e o seu espanto não é pequeno, quando vê que as botas carcereiras eram as suas próprias botas, que o criado engraxara e pusera à porta.

Outro caso, digno de figurar em letras de fôrma, é o seguinte: O Borba almoçou, jantou e ceou, durante três meses no Hotel Flor da Carioca, e não pagou um vintém. Como houvesse muitos fregueses da mesma marca, o dono do restaurante faliu no fim de algum tempo.

Faliu, e, depois de reconciliado com os credores, encetou contra o Borba uma perseguição bárbara, incessante, de todos os dias e de todas as horas. O Borba escondia-se por todos os meios possíveis, e conseguia escapar ao faro do *cadáver*.

De repente cessaram as perseguições. Parece que o credor, desanimado, resolvera deixar em paz o seu antigo freguês. O pobre-diabo, que, antes de abrir o hotel, havia sido pedreiro, deliberou voltar de novo à trilha e à picareta.

Certa madrugada em que o Borba estava na Cidade Nova, sem casa de amigo nas proximidades e com dez tostões na algibeira, entrou numa hospedaria suspeita e pediu um aposento.

Deram-lhe um quarto de telha vã.

Pela manhã despertou sobressaltado, e notou que de cima lhe atiravam pedrinhas e caliça. Olhou estremunhado e viu, por uma abertura praticada entre as telhas, a cabeça do ex-proprietário do Hotel Flor da Carioca.

— Até que o encontro, seu Borba! Até que o encontro!... Quando pretende pagar-me a sua conta?

O Borba julgou que sonhasse, mas não havia tal: por um desses misteriosos acasos, tão comum na vida do boêmio, o credor consertava, na sua qualidade de pedreiro, o telhado que cobria justamente o quarto em que o Borba se hospedara por uma noite!

Sabem como acabou este herói? Casando com uma fazendeira rica.

223

Para isso, teve naturalmente que se confessar.
Procurou um padre velho, e ajoelhou-se a seus pés, no confessionário da igreja de Santa Rita.
Ao chegar aos mandamentos da Lei de Deus, o padre tirou da algibeira uma esplêndida boceta de ouro, e, depois de tomar uma pitada, pô-la do lado.
O Borba escamoteou a boceta com mais presteza do que o faria o Hermann.
Depois das perguntas relativas aos quatro primeiros mandamentos, perguntou-lhe o sacerdote:
– Já algum dia furtou alguma coisa?
– Já, senhor padre, já: uma caixa de rapé!
– E não a restituiu ao dono?
– Vossa Reverendíssima quer ficar com ela?
– Eu não, filho de Deus!
– O dono não quer recebê-la...
– Nesse caso é sua, guarde-a sem remorso. Está absolvido.
O Borba não esperou pelo resto da confissão nem pelo competente atestado: safou-se apressadamente com a boceta, o rapé... e a absolvição.

Esse caso faz-me lembrar outro:
O Doutor Romualdo Coimbra, que era livre-pensador, ia também contrair os laços do matrimônio e, como não queria confessar-se, encarregou o Borba de comprar-lhe um bilhete de confissão. Para esse fim deu-lhe dez mil-réis.
Que faz o Borba? Confessou-se, e pediu ao padre que lhe passasse o atestado.
– Como se chama? perguntou o reverendo.
– Romualdo Coimbra.
E aí está como o Borba ficou com os dez mil-réis, e deu o bilhete de confissão ao noivo, que ainda o gratificou.

Depois de casado, o Borba regenerou-se.
Foi viver para a roça, e tão bem se comportou, que, ao cabo de um ano, fizeram-no subdelegado de polícia, e ofereceram-lhe um apito de prata e um fitão de seda, com grande estardalhaço de música e foguetes.

Se querem ver o que ele foi como autoridade policial, leiam o seguinte caso, que escolho dentre outros muitos, não menos curiosos:

Dois sujeitos associaram-se para emprestar dinheiro, a juros elevados, sobre penhores de ouro, prata e brilhantes.

Uma pobre mulher recorreu num *aperto*, aos dois judeus[1] que lhe emprestaram ao prazo de três meses e a cinco por cento ao mês, cinquenta mil-réis sobre um trancelim de ouro, que a olhos fechados valia bem os seus trezentos.

Passados os três meses, a mulher lá lhes foi levar o dinheiro e retirar a joia. Mas os agiotas negaram-se a entregar-lha, alegando que o prazo fora de dois meses e que o trancelim havia sido vendido para pagamento do empréstimo.

Não houve protestos nem lágrimas que valessem. De nada serviu o documento que os dois ladrões tinham dado à vítima: um número escrito no centro de um quarto de papel-almaço.

A mulher recorreu então à polícia.

Foi queixar-se ao Borba. Este ouviu-a com muita atenção. Findo o depoimento, perguntou-lhe:

– Tem aí o dinheiro?

– Sim, senhor; cá está.

– Dê-mo. Bom.

E mandou logo intimar um dos dois judeus para comparecer imediatamente em sua presença. O ladrão não se fez esperar. O Borba expôs-lhe o fato.

– Eu não conheço esta mulher, nunca a vi, não tenho trancelim de espécie alguma!

– Bom.

O Borba disfarçou, deu uma volta e mandou por uma praça à casa dos judeus pedir ao sócio que lá havia ficado em nome do outro, que mandasse o trancelim de fulana.

---

[1] Até as primeiras décadas do século passado, entre nós, o termo *judeu* era também usado como sinônimo de *agiota, onzeneiro*, pessoa que emprestava dinheiro a juros altos. Com a institucionalização dessa prática, tanto pela rede bancária oficial como pela privada, tornou-se um arcaísmo semântico. (N. do Org.)

Daí a dez minutos, o trancelim estava na algibeira do Borba.
— Então esta mulher não lhe levou trancelim algum?
— Não, senhor.
— Visto isto, nada lhe deve?
— Nada.
— Bom.

E tirando o trancelim da algibeira:
— Ó senhora, é este o seu trancelim?
— Sim, senhor.
— Então, aqui o tem, e o seu dinheiro. Bem dizia este senhor que vosmecê não lhe devia nada.

A mulher recebeu a joia e o dinheiro, e saiu sem mesmo procurar decifrar charada tão difícil.

O Borba dirigiu-se então ao judeu:
— Pode também retirar-se.

O homem suspirou, e ia saindo muito lampeiro, mas à porta da rua empolgou-o um soldado e levou-o para a cadeia.

E isto se deu muito antes da reforma judiciária.

Mas ainda mesmo que o sistema judiciário estivesse reformado, bem se importava o subdelegado com a lei!

O Borba morreu comandante superior da Guarda Nacional, e em vésperas de ser barão.

DESILUSÃO

*Como é ridícula a vaidade dos homens
e como as mulheres contam com ela!*
(Reflexão do narrador sobre a crise
de paixão do bacharel sergipano.)

O bacharel Cósimo Nogueira empanturrou-se de romances franceses e acabou por se convencer de que realmente havia neste mundo uma coisa chamada – poesia do adultério. Tinha um sonho, um único: ser o amante de uma senhora casada.

Mas distingamos: não se tratava de uma senhora casada como as há por aí que namoram a torto e a direito, e aceitam entrevistas, seja onde for, com o primeiro gamenho que lhes apareça. Não; o bacharel Nogueira não desejava uma criatura ordinária; sonhava uma fidalga à Feuillet, muito elegante, muito pálida, e, sobretudo, muito espirituosa.

O nosso herói não saíra da Faculdade do Recife com esses apetites de vício elegante; adquiriu-os em Aracaju, onde durante dois anos travou conhecimento com os autores que o perverteram.

Bem se presume que na merencória capital de Sergipe debalde procuraria uma ligação daquele gênero. Havia ali três ou quatro senhoras casadas de um tipo menos provinciano que as outras. Com um pequenino esforço de imaginação, o bacharel aceitaria qualquer delas como a satisfação completa do seu ideal; mas – infelizmente para ele e felizmente para a moral pública de Sergipe – eram tais senhoras honestas e virtuosas.

O sequioso Nogueira chegou a dar investidas, que lhe iam valendo uma tunda de pau. A coisa fez escândalo, e o dom Juan (em perspectiva) jurou aos seus deuses não repetir a experiência.

Mas a província é a província. Muitos pais de família, indignados, fecharam-lhe as suas portas, e alguns cidadãos conspícuos deixaram de lhe tirar o chapéu. O pobre-diabo incompatibilizou-se com Aracaju.

Nogueira pai, negociante relativamente abastado e homem de bons costumes, tendo por Nogueira filho uma afeição ilimitada e cega, facilmente se deixou convencer de que o seu Cósimo fora vítima de odiosas calúnias. Pois se todos tinham inveja do rapaz, que era "senhor doutor", e graças a Deus não precisava, para viver, desterrar-se numa comarca longínqua, nem pôr banca de advogado!

– Sabes que mais, meu filho, sabes que mais? Vai para o Rio de Janeiro; demora-te lá um ano, e vem depois ensinar sociabilidade a estes matutos.

Estas palavras regozijaram o bacharel. O Rio de Janeiro!... Mas o Rio de Janeiro era o seu desejo, a sua aspiração silenciosa, a sua esperança risonha! Só no Rio de Janeiro o seu coração teria o batismo de amor que ele sonhava; só no Rio de Janeiro os seus olhos encontrariam os olhos da mulher casada que ele entrevira nos seus romances, e há tanto tempo procurava no mundo!

Quinze dias depois, o doutor Cósimo Nogueira desembarcava no Pharoux.

Era um belo e simpático rapaz de vinte e cinco anos, moreno, alto e delgado, olhos negros, grandes e pestanudos, lábios grossos e nacarados, fartos bigodes, longos e finíssimos cabelos crespos, da mesma cor dos olhos, bonitos dentes, pés pequenos, mãos fidalgas, com as unhas – umas unhas compridas, rosadas e reluzentes – aparadas com um esmero quase artístico.

Junte-se a isto um apuro exagerado na roupa e o palavreado acadêmico, perfeitamente servido por um metal de voz claro, argentino, sonoro –, e digam-me se ao doutor Cósimo seria difícil achar o que procurava.

Pois foi.

Faltava-lhe o melhor: um pouco de espírito e certa dose de audácia. O desastre das investidas de Aracaju entibiara-lhe o ânimo.

Logo depois de chegado, o provinciano, munido de boas cartas de recomendação, e dispondo de pingue mesada, atirou-se de olhos fechados no torvelinho da vida carioca. Abriram-se-lhe de par em par todas as portas. Não houve sarau em Botafogo ou nas Laranjeiras para que o não convidassem. Não lhe faltaram ocasiões de declarar-se, e fê-lo, vencendo a custo o acanhamento. Várias senhoras casadas ouviram-lhe os mesmos protestos de amor, as mesmas frases alambicadas e piegas.

Quando ele aparecia num salão, as damas repetiam, baixinho, umas às outras, o miserável e inofensivo repertório das declarações que lhe ouviam, e sorriam disfarçadamente, por trás dos grandes leques abertos. Chamavam-lhe o *Cruciante*, porque, nos seus protestos, ele empregava esse adjetivo com uma insistência digna de vocábulo menos safado.

Entretanto, principiou a estação calmosa; fechou-se o Lírico, os salões desguarneceram-se, e as andorinhas do *high life*[1] emigraram para as montanhas.

O bacharel Nogueira não hesitou: foi para Petrópolis, e hospedou-se num dos melhores hotéis, onde a mais agradável surpresa lhe estava reservada.

No dia seguinte ao da sua chegada, estando no salão do hotel, lendo um jornal à espera da hora do almoço, viu entrar um cavalheiro meio louro, meio grisalho, corretíssimo no trajo e nas maneiras.

O recém-chegado, que parecia estrangeiro, cumprimentou-o com um gesto quase imperceptível, e, sentando-se defronte dele, pegou noutro jornal. Na ocasião em que levava a luneta ao nariz, esta escapou-se-lhe das mãos, e foi cair aos pés de Cósimo, que a ergueu do chão e a restituiu ao dono com um sorriso amável.

E, a propósito da luneta, o sujeito meio louro, meio grisalho, puxou conversa no mais puro castelhano.

Ao cabo de dez minutos já se conheciam um ao outro; eram quase amigos.

---

[1] Trad.: Alta sociedade.

Aí está como começaram as relações entre o bacharel Nogueira e dom Sandalio Ramirez, súdito espanhol, que percorria a América do Sul por conta de uma grande empresa industrial de Barcelona. O medo da *amarilla*[2] dera com ele em Petrópolis.

De repente, entrou no salão uma formosa mulher de trinta... de trinta e tantos anos, trajando com muita elegância um singelo vestido de passeio.

O bacharel ficou deslumbradíssimo. Nem mesmo no mundo fictício em que se agitavam as heroínas dos seus romances, vira ainda uns olhos assim, tão negros, tão cintilantes, tão úmidos, tão caprichosamente rasgados.

O nariz petulante, arrebitado, malicioso; os lábios que, ao menor movimento, formavam em cada extremidade da boca uma interessante covinha, deixando ver os dentes alvos e miúdos; as orelhas, o pescoço, as mãos, a cintura –, tudo nela dizia com os olhos; mas foram estes que sobressaltaram o coração de Nogueira.

Assim muitas vezes o raio visual abrange uma paisagem inteira, literalmente bela, compreendendo, numa simultaneidade graciosa, aqui, ali, acolá, todos os primores da natureza, e a vista, despoticamente atraída, esquece-se, num ponto isolado, que a impressionou mais que todos os outros, sem, contudo, amesquinhar a beleza do conjunto.

Dom Sandalio ergueu-se, e apresentou:

– *Mi mujer.*

– Casada... murmurou o bacharel.

E no mesmo instante alvoroçou-se-lhe o sangue, as mãos tornaram-se-lhe frias, e o seu coração entrou a bater desesperadamente.

Na noite desse mesmo dia, Cósimo estava plenamente convencido de que encontrara, afinal, a página mais bela do seu romance, e dona Carmen (era este o nome da esposa do

---

[2] Referência, em espanhol, à febre amarela, que levou a óbito muitas pessoas àquela época na cidade do Rio de Janeiro.

230

espanhol) farta de saber que os seus olhos andaluzes haviam incendiado subitamente o coração do moço.

Não sei se o encontro a perturbou; ele, coitado! não pregou olho durante a noite inteira; e no dia seguinte, quando foi, todo trêmulo, cumprimentá-la no salão, à mesma hora da véspera, pareceu-lhe que dona Carmen lhe apertava a mão com uma força não autorizada por perfunctórias relações de um dia.

Não se enganava o bacharel: aquele aperto de mão era o pródromo de um poema de amor.

Dom Sandalio convidou-o para almoçarem juntos, e dona Carmen ficou ao seu lado.

O namorado estremecia todas as vezes que os cotovelos se encontravam. Esse movimento reproduziu-se com certa insistência, e à noite o aperto de mão foi tão forte e prolongado, que o bacharel não vacilou em acreditar que inspirara uma paixão violenta.

Na manhã seguinte, dom Sandalio Ramirez lembrou-se de um passeio de carruagem à Cascatinha, depois do almoço. Nogueira foi imediatamente convidado.

A carruagem percorrera apenas algumas braças, quando o pé de dona Carmen – um pezinho de exiguidade adorável – pousou resolutamente na botina do bacharel. Nesse instante dom Sandalio perguntava não sei o quê, e o moço, atordoado de súbito por aquela manifestação irrefragável de amor, não pôde responder. Outro qualquer, mais perspicaz e menos confiante, suspeitaria que alguma coisa extraordinária se passara no fundo lôbrego da carruagem; o espanhol, porém, continuou a fumar tranquilamente o seu havana.

Apearam-se os três defronte de um restaurante, na Cascatinha, e foram ter a um caramanchão, dominando completamente o formosíssimo vale, que parecia transportado da Suíça, com os seus graciosos e pequeninos chalés,[3] edificados aqui e ali, sem a simetria monótona da cidade.

---

[3] 1908: *chalets*.

Um belo sol de novembro doirava esta encantadora paisagem. O rumor da água a despenhar-se da altura e o *ronrom* da fábrica de tecidos casavam-se, produzindo uma cadência estranha e melancólica.

Empolgado por todos estes efeitos, dom Sandalio não reparou que Nogueira trazia uma botina engraxada e outra não.

Daí em diante começou para o doutor Cósimo Nogueira a triste vida dos apaixonados.

Os passeios sucediam-se, e ninguém o via senão ao lado do casal Ramirez, namorando escandalosamente a mulher às barbas do marido.

Entretanto, dom Sandalio não os deixava um momento, e o desespero do pobre rapaz aumentava na proporção do seu amor.

Cósimo escreveu a dona Carmen uma primeira cartinha repassada de afeto e de ternura. A resposta fez-se esperar oito dias, e naturalmente veio escrita em espanhol. Não dizia que sim nem que não. Não animava nem desenganava. Era uma carta angulosa, cheia de reticências e de escrúpulos, de negaças e de promessas. A espanhola confessava ter por ele um desses afetos espontâneos, que nascem do encontro de dois olhares como salta uma faísca do encontro de duas pedras (a comparação é dela); argumentava, porém, com os seus sagrados deveres de esposa, e dizia que *este hombre* era um abismo cavado entre os seus corações.

Nogueira não era tão parvo que por tão pouco desanimasse, e já agora queria levar a sua avante. O diabo é que se lhe secara a fonte da inspiração, e ele já não sabia o que escrever, porque, continuando a correspondência entusiasmada de parte a parte, dera vazão a todos os *cruciantes* possíveis. Além disso, as cartas de dona Carmen, escritas numa língua estranha, nem sempre eram conscienciosamente traduzidas, apesar de um dicionário espanhol, que o bacharel adquiriu.

Nas suas últimas epístolas, dona Carmen já nem por incidente se referia aos seus deveres; desde que *este hombre* os deixasse livres um momento, ela mostraria toda a intensidade do seu amor.

O escândalo era público e notório, e em Petrópolis ninguém dava a esses amores um caráter platônico. Isto não desagradava ao doutor Cósimo, que intimamente se orgulhava de ser – ou fingir que era – o amante de uma senhora casada, que todos reputavam bela. Às perguntas dos indiscretos respondia sempre com ligeiros gestos de enfado, assim como se dissesse:
– Não me aborreçam –, mas lá por dentro deliciava-se daquela fama, embora sem proveito.

Entretanto, estava realmente apaixonado. Carmen preocupava-o de tal modo, que ele outro pensamento não tinha senão ela. Apesar de escritas em espanhol, decorava-lhe as cartas, úmidas sempre de longos beijos de amor. De tal forma sentia-se identificado com ela, que às vezes afigurava-se-lhe ao espírito que a conhecia de muito. Tinha ciúmes retrospectivos, ciúmes de um passado todo misterioso para ele; mas a própria evidência não poderia jamais convencê-lo de que ela houvesse tido um amante.

Nas suas longas horas de isolamento, entre as quatro paredes do seu quarto, comprazia-se em recordar mentalmente casos que lhe sucederam em Aracaju e no Recife, casos insignificantes que lhe ficaram, não sabia por quê, gravados na memória, e perguntava ao seu coração o que naqueles momentos faria Carmen na sua terra. Por que só tão tarde obedeceram ambos a essa força dinâmica do amor, que aproxima os seres e consorcia as almas?

Que fazia a espanhola na ocasião em que ele nasceu? Brincava descuidada na casa de seus pais, em Sevilha; teria seis ou oito anos apenas; não podia adivinhar que naquele momento vinha ao mundo, na capital de Sergipe, o primeiro homem a quem deveria amar deveras...

E nada o desiludia: nem a facilidade com que ela aceitou, ou antes, provocou os seus galanteios; nem aqueles olhos, que eram duas enciclopédias eróticas; nem uma filha de dois anos, que ficara em Barcelona, fruto serôdio de um casamento sem amor; nem as rugazinhas, precoces talvez, que debalde se disfarçavam com fortes camadas de *veloutine*, e nas quais um observador mais prático e menos apaixonado descobriria vestígios de deliciosos pecados. Como é ridícula a vaidade dos homens, e como as mulheres contam com ela!

Dois meses eram passados depois daquele primeiro encontro no salão do hotel de Bragança, quando o bacharel Nogueira encontrou, metida por baixo da sua porta, uma carta que dizia assim:
"*Finalmente seré tuya. Sandalio irá sabado à la ciudad, y irá solo; creo que vá allí a tratar de sus negocios. Te doy cita para esto dia. Hoy es miércoles; tienes tiempo de mas para buscar um nido para ti y para tu*[4] *– Carmencita.*"

O ditoso namorado não compreendeu bem esta carta, por causa dos vocábulos *cita* e *nido*, cuja tradução ignorava. Recorreu ao dicionário, e só lhe faltou endoidecer de alegria, quando viu que *cita* queria dizer *entrevista* e *nido* significava ninho.

Nesse mesmo dia alugou uma casinha de porta e janela no Palatinado e mobilou-a sumariamente.

Respondeu a dona Carmen, dizendo-lhe que, no dia designado, às nove horas da manhã, um carro fechado esperá-la-ia em tal parte, para conduzi-la ao *nido*, onde ele a esperaria ansioso.

Nunca três anos pareceram tão longos a ninguém como esses três dias ao bacharel Nogueira. O pobre-diabo não dormia, não se alimentava, não sabia com que matar o tempo. Vivia numa agitação contínua, metendo constantemente a mão na algibeira da calça para apalpar a chave da casinha do Palatinado, e relendo, pelos cantos, a carta de dona Carmen; só assim podia convencer-se de que o *nido* era uma realidade e a *cita* não era um sonho.

Voltou à casinha quinta e sexta-feira, arranjando os móveis, espanando tudo, verificando que nada faltava, beijando o lençol

---

[4] Cremos que, por erro de revisão, *tu* está em lugar de *mi*.

em que Carmen havia de deitar-se, a fronha, em que encostaria a maravilhosa cabeça –, e o coração batia-lhe com mais força, e as mãos tornavam-se-lhe de gelo, quando prelibava os belos momentos que lhe estavam reservados naquele doce retiro.

Chegou, afinal, o suspirado sábado.

Às seis horas da manhã já o bacharel Nogueira estava de pé, banhado, perfumado, barbeado e embonecado.

Pouco depois, batiam-lhe à porta.

Foi abrir. Era dom Sandalio Ramirez, pronto para sair, de bolsa de viagem a tiracolo.

– Oh! exclamou Cósimo, fingindo-se surpreso, aonde vai tão cedo?

– *Quiere usted algo de la ciudad? Necesito absolutamente ir allá abajo, pero vuelvo hoy mismo.*

– Boa viagem. Não leva a senhora?

– *No; tengo mucho miedo de la fiebre amarilla, especialmente por Carmen; por ella estoy tanto tiempo en Petropolis, prejudicando con esto mis intereses.*

E com um suspiro:

– *Ah, amiguito mio, quien estuviera solo! Que bien hace usted en permanecer soltero!*

– Para que se casou?

– *Si al menos fuese casado...*

O bacharel arregalou os olhos, e por um triz não teve uma síncope.

– Se fosse casado?... Pois dona Carmen?

– *Carmen es mi amante. Usted está vestido; acompañeme usted hasta la estación, que mientras llegamos le contaré todo.*

Cósimo pegou maquinalmente no chapéu, e seguiu o espanhol, sem saber onde pisava.

Quando chegou à estação, o pobre rapaz sabia coisas que nem por sonhos quisera saber. Dona Carmen tinha sido bailarina num teatro de Barcelona; dom Sandalio, apaixonado, propôs-se arrebatá-la à arte de Terpsícore. Ela aceitou, e, um ano depois, brindava-o com uma filha. Nestas condições era impossível, ou, pelo menos, difícil uma separação.

O bacharel estava atordoado. No momento em que supunha ter encontrado o seu ideal, a recompensa palpável de tanta constância do espírito, de tanta luta da imaginação, dom Sandalio Ramirez atirava-o com um pontapé do alto da torre edificada, durante tanto tempo, à custa de tantos sonhos e tão doces quimeras!
— Solteira! solteira! repetia consigo o desiludido provinciano. E, tomando uma súbita resolução, foi comprar um bilhete de passagem.
— Sabe que mais, dom Sandalio? Acompanho-o: estou com saudades da rua do Ouvidor!
Alguns minutos depois, o amante e o namorado de dona Carmen, vertiginosamente arrebatados pela locomotiva, desciam ambos a serra de Petrópolis.

Às quatro horas da tarde desse mesmo dia, o namorado foi ter com o amante à estação da Prainha, e disse-lhe.
— Dom Sandalio, grave motivo me retém na cidade. Aqui tem este dinheiro: peço-lhe que liquide a minha conta no hotel, e me remeta as malas, a roupa e os mais objetos que lá se acham e me pertencem. Cá está o meu endereço. Confio-lhe igualmente esta chave, de uma casinha que aluguei no Palatinado, para receber uma senhora casada; queira entregá-la ao senhorio, e dispor, como julgar mais conveniente, dos objetos que encontrar nessa casinha, e que são meus. Neste papel deixo-lhe todas as indicações precisas. Se, no fim de contas, sobrar algum dinheiro, queira remeter-mo, desculpando a maçada que lhe dou, fiado apenas na sua bondade. Lembranças a dona Carmen.

Dom Sandalio cumpriu religiosamente as recomendações do Dr. Cósimo Nogueira, e este, quatro meses depois, casava-se em Aracaju com uma priminha. Foi a primeira vez que teve relações íntimas com uma senhora casada.

A PROVA

[...] Educou-a como filha. / Não lhe deu, como esmola, / A proteção que humilha, / Mas o amor que consola [...].
(O contista se refere ao sentimento que nutria
Antonieta por sua filha adotiva.)

AO LEITOR

O pudor não afronto;
Por isso em tom solene,
Previno-te, leitor, que este meu conto
É do gênero dos de Lafontaine;
Portanto, amigo, se corar receias,
Passa adiante, não leias:
Mas se, apesar do que te expus sem pejo,
Os olhos deste escrito não desvias,
Sabe que eu só desejo,
Não que tu cores, mas que tu sorrias.

Embora perto dos quarenta, ainda
Era Antonieta esbelta, fresca e linda,
Formosura esquecida sobre a terra.
Tinha dois olhos rútilos, capazes
De pôr o mundo inteiro em pé de guerra,
E num momento promover as pazes
Co'um rápido volver, lânguido e quente.

Ela esposará prematuramente,
Menina ainda, o Andrade, um bom sujeito,
Que, sendo rico, moço e inteligente,
Tinha um defeito só... mas que defeito!...

Ele estava inibido
De ser um bom marido
Se não lá uma vez por outra, quando
Natureza inclemente
Condescendia um pouco... O miserando
Era, pois, um marido intermitente.

Dessa desgraça, induzo,
Provinha o viço, a juvenilidade
Que conservava Antonieta Andrade!
Era mulher sem uso,
Ou, pelo menos, muito pouco usada.

Tinha enorme desgosto
Em que a sorte mesquinha a houvesse posto
A essa meia ração de amor, coitada;
Era, porém, senhora muito honrada,
   E capaz não seria
   De procurar um dia
A outra meia ração fora de casa.

De ter uma criança,
Sonho de toda a gente que se casa,
Ela perdera a débil esperança,
   E, por isso, adotara
Uma órfã. Educou-a como filha.
   Não lhe deu, como esmola,
   A proteção que humilha,
   Mas o amor que consola,
   E Deus só nos depara
No coração de nossas mães.

                A moça
   Nada tinha de insossa:
   Era bela e prendada,
     Tocava bem piano,
Arranhava francês e italiano.

Não lhe faltava nada,
Nem mesmo de luzidos pretendentes,
Pressurosos e ardentes,
Variado magote,
Naturalmente farejando um dote.

Surgiu, dentre eles, um rapaz sisudo
Que agradou muito, quer à rapariga,
Quer à mãe adotiva. – Esta, contudo,
Sendo, como era, desvelada amiga
Da moça, receou que ele tivesse
Defeito igual ao do incompleto Andrade,
E da ração de amor à esposa desse
Apenas a metade.

Entretanto, o namoro caminhava
A passos largos para o casamento.
Tratos inúteis ao bestunto dava,
De momento em momento.
Antonieta, procurando meios
De afastar para sempre os seus receios.
Um dia a rapariga,
Depois dos mil rodeios
Que em casos tais são coisa muito antiga,
A avisou de que o moço
No próximo domingo a pediria.

Antonieta ficou logo fria,
E, cheia de alvoroço,
Saiu de carro logo após o almoço.

Era uma quinta-feira.
Tinha chovido muito a noite inteira.
Continuava a chover. Neblina densa
Cobria os morros da cidade imensa.
Pelas ruas desertas,
De água e lama cobertas,
Andava o carro rápido, ligeiro,
Afrontando o aguaceiro.

Da moça o pretendente
Morava só –, e quando, de repente,
Viu na sua saleta
Entrar Antonieta,
Ficou tão surpreendido
Que até...

 (Permitirás, leitor querido,
 Que uma linha de pontos
 Supra alguns versos que, depois de prontos,
 Resolvi suprimir. As reticências
 Fizeram-se para estas emergências).
....

Antonieta, que ali fora tremendo,
 Voltou calma e tranquila,
 A si mesma dizendo:
– Agora sim, pode ele vir pedi-la!
Meu coração já nada mais receia;
De toda a inquietação se acha liberto!
Ela não há de ter, já sei, ao certo,
Meia ração, porém ração e meia!

O COPO

A formosa Ritinha / Dois namorados tinha,
/ Alberto e Alfredo, ambos autorizados
/ A pedi-la ao João Canto em casamento.
(O coração de Ritinha, segundo o narrador,
está dividido entre os dois amados.)

Era uma noite de São João. João Canto,
Que era um João prazenteiro,
Não olhava a dinheiro:
Todos os anos festejava o santo,
Que andou pelo deserto,
O corpo mal coberto,
A comer gafanhotos, e, ao que julgo,
Foi santo melancólico, e, no entanto,
Passa aos olhos do vulgo
Pelo mais brincalhão do calendário.

Naquela noite, em casa do João Canto,
Que era um velho e zeloso funcionário,
  As gárrulas visitas
  Entravam aos rebanhos:
Moços e velhos, homens e mulheres,
Muitos rapazes, muitas senhoritas,
E crianças de todos os tamanhos.

  – Estás tu como queres!
Dizia dona Andreza, a esposa amada
  Do João, contrariada
Por ver a casa assim, cheia de estranhos;
Porém a filha do casal, Ritinha,
Que dezessete primaveras tinha,

Passava o ano inteiro desejosa
De que chegasse a noite venturosa
Do vinte e três de junho.

Nas aproximações da festa havia
　Em casa muita faina
　Do brasileiro cunho;
Tanto davam às mãos, como às ideias,
A fim de preparar a comezaina
Com que o bandulho aquela gente enchia.
Eram doces de vinte variedades,
Pudins, bolos, compotas e geleias,
Pitéus de forno em grandes quantidades
　E não menos modesta
Era a abundância de bebida: havia
Cervejas, vinhos e licores finos:
Anisete, Cacau, Beneditinos!

Mas a maior despesa dessa festa
　Era a que o João fazia
Enchendo um grande quarto de bichinhas,
Bombas, pistolas, buscapés, rodinhas,
E o mais que tem criado o interessante
Engenho pirotécnico. Centenas
Havia de balões, que a cada instante,
Majestosos, inchados, atrevidos,
Subiam do ar às regiões serenas,
De altívolos foguetes perseguidos,
Entre assobios e hórridos rugidos,
E ao som do "Viva São João!" gritado
　Pela voz cristalina
Da multidão alegre e pequenina.
E num espaço adrede preparado
　Em frente à casa, ardia,
Uma fogueira imensa, crepitante,
Enquanto no alto céu se desfazia
O seu penacho rubro e chamejante.

Dona Andreza, insensível à poesia
Dos costumes que herdamos do passado,
Suspirando, dizia:
– Quanto dinheiro, santo Deus, queimado!

A formosa Ritinha
Dois namorados tinha,
Alberto e Alfredo, ambos autorizados
A pedi-la ao João Canto em casamento.
Tendo dois namorados,
Era o seu pensamento
Que é coisa assaz prudente
Em tudo nesta vida
Ter um sobre-excelente,[1]
Prevenindo-se a gente
Contra qualquer partida;
Mas o caso é que andava a dois carrinhos;
Como, entretanto, um coração não pode,
Tratando-se de amor, os seus carinhos
Dividir igualmente
E fazer com que tudo se acomode,
A donzela imprudente
Gostava mais do Alfredo que do Alberto.

O Alfredo era, decerto,
O mais digno de ser por ela amado;
Era um rapaz muito morigerado,
Caráter de ouro, coração aberto,
Estimado por toda a gente séria,
E, pela sua educação, munido
Contra o negro fantasma da miséria;
Ao passo que o Alberto era um perdido:
Ignorante, vadio, sem futuro,
Que quase aos trinta aos trambolhões chegara

---

[1] [Cremos lapso da edição: *sobre-excelente* está em lugar de *sobre-excedente*.]

Sem na vida achar furo:
Mas... tinha boa cara,
E boas roupas, e era petulante,
E o Alfredo um modesto, um hesitante,
Que de tudo e por tudo tinha medo.

Naquela festa de São João, o Alfredo,
De ciúmes ralado,
Por ver o seu rival considerado,
As penas da sua alma sofredora
Num canto do quintal esconder fora,
Que, apesar da fogueira, estava escuro;[2]
Quando viu a Ritinha,
Pé ante pé, sozinha,
Vir de casa, chegar junto de um muro,
Sobre o rebordo deste
Pôr um objeto que na mão trazia,
E voltar para dentro. O moço investe
Contra o muro. Quer ver! É curioso,
E um aumento prevê à sua mágoa!...
Risca um fósforo. Um copo! Um copo d'água
Dentro do qual flutua
Alguma coisa branca... É clara de ovo...
Ritinha espera uma abusão do povo –
Que aquele copo de destino a instrua.

O magoado galã percebe tudo,
E despeja do copo o conteúdo;
Volta à casa, e, do João no gabinete,
Acha pena e papel, traça um bilhete,
Dobra-o bem dobradinho, e num momento
Vai deitá-lo no copo que ao relento
Há de a noite passar.

---

[2] [Pontuamos.]

Não há quem pinte
Da moça o espanto na manhã seguinte,
Quando o seu copo d'água achou vazio,
Sem esquife, sem cama, sem navio,
Mas co'um bilhete – oh, céus! caso estupendo! –
Que ela tremendo abriu, e leu tremendo:
"Mulher, por quem de lágrimas, mofino,
O travesseiro confidente ensopo,
Não busques prescrutar o teu destino,
Em clara de ovo dentro deste copo!
Serás feliz, recompensando o afeto
Que te consagra Alfredo, que te adora
E quer que o teto seu seja o teu teto
E ter em ti, meu bem, dona e senhora!"

No São João seguinte a casa tinha
Ainda mais animação e brilho,
Pois batizava-se o primeiro filho
Do Alfredo e da Ritinha.

DONA ENGRÁCIA

Toda a cidade [...] / Dizia à puridade/
Que nem a pau a mísera senhora /
Queria entrar na casa dos quarenta.
(O contista revela o disse me disse da
cidade a respeito de dona Engrácia.)

Dona Engrácia fizera cinquenta anos,
    Mas a todos dizia
(Como se algo valessem tais enganos)
Que trinta e seis, não mais, completaria
A vinte e seis de abril. Toda a cidade,
Que estes casos malévola comenta,
    Dizia à puridade
Que nem a pau a mísera senhora
Queria entrar na casa dos quarenta.

    Era viúva. Outrora
    Junta ao esposo brilhara,
Mas nesse tempo tinha melhor cara,
    Não pintava o cabelo,
A sua dentadura era um modelo,
    E o seu rosto não tinha
    Tantos pés de galinha.

Fora o marido um homem de juízo,
Mas deixou-lhe, ao baixar à terra fria,
    Apenas o preciso
Para viver com muita economia.
Dona Engrácia era só! Nem um parente

No mundo conhecia.
Tinha tido um irmão, antigamente;[1]
Praticando não sei que falcatruas,
Fugira para a América do Norte,
E nunca mais dera notícias suas,
Nem soube a irmã qual fora a sua sorte.

O isolamento a certas almas serve:
Edifica, avigora, fortalece;
Faz com que o coração a flor conserve
Da mocidade que desaparece;
A outras almas não serve: uma alma fraca
Com a triste solidão não se conforma;
Sofre uma agitação que nada aplaca
Nem suaviza, e logo se transforma.

Dona Engrácia queria
Outro marido achar, e esta mania,
A mais perniciosa
Que pode entrar numa cabeça idosa,
Cobriu-a de ridículo, coitada!

A princípio mostrou-se apaixonada
Pelo primeiro poeta da cidade,
Que dos seus anos tinha só metade;
Mas o mancebo, frio e desdenhoso,
Riu-se daquele amor de velha tonta,
E um soneto lhe fez tremendo e iroso,
Que andou de mão em mão, de ponta a ponta.

Vendo que o poeta não correspondia
Àquele fogo, àquela pertinácia,
Apaixonou-se a pobre dona Engrácia

---

[1] [Pontuamos.]

Por um tenente de cavalaria.
Foi uma troça no quartel! Tamanha,
  Que o tenente, irritado,
  Quis ser do batalhão desagregado,
E outra terra buscar, embora estranha.

  Mas dona Engrácia não desanimava;
    Por feri-la, Cupido,
  Todas as setas empregou da aljava...
  Ela, entretanto, não achou marido.

  Desenganada, enfim, pelos rapazes,
    Atirou-se aos velhotes,
  Que seriam, pensava, mais capazes
    De apreciar os seus dotes.

    Um conselheiro austero,
    Juiz aposentado,
    Foi até obrigado
  A tratá-la de um modo bem severo.

    Afinal, dona Engrácia,
  Dos seus esforços vendo a ineficácia,
  Resolveu entregar-se ao isolamento,
  E nunca mais pensou em casamento.

  Alguns meses, porém, depois, retumba
    Como uma bomba –, bumba!
      A notícia da morte
  Do irmão da velha que esquecido estava
      Na América do Norte
  E dois milhões de dólares[2] lhe deixava!

    Ninguém calcula da notícia o efeito!
      Que cenas de teatro!

---

[2] 1909: dolars.

Não tinha dona Engrácia um só defeito!
Ela até aumentava a idade: tinha
Trinta e dois anos; aumentava quatro
Não havia no mundo outra viuvinha
Que os seus encantos naturais tivesse!
  Ah! se o poeta pudesse
  Negar haver escrito
  O soneto maldito!
    Como se arrependia
  O tal tenente de cavalaria!
    O próprio conselheiro,
    Vendo tanto dinheiro,
  As orelhas torceu! E a milionária,
  Examinando os oferecimentos,
  Poderia, com a calma necessária,
  Um marido escolher entre duzentos.

  Não escolheu nenhum. Lição tão crua
  Aproveitou-lhe. Percorreu a Europa.
  Voltando à pátria, fez-se filantropa.
    E os pobres, felizmente,
  Também gozaram da riqueza sua,
  Que as lágrimas secou a muita gente.

A MAIS FEIA

[...] à equidade é a natureza alheia.
(Aforismo criado pelo contista.)

As Penafortes eram três: a Joana,
A Leonor e a Laurinda.
A Joana era mui linda;
Altivez soberana
Tinha, no olhar, no caminhar, no porte;
Dir-se-ia uma princesa,
Se o pai dela não fosse o Penaforte,
Cuja honrada pobreza
Foi pública e notória.

Era a Leonor também muito bonita,
Da estranha boniteza
Que, em cada olhar cantando uma vitória,
Olhos encanta e corações agita.

Poderia dizer-se que a beleza
Era naquela casa obrigatória,
Se a Laurinda, das manas a mais nova,
   Não fosse muito feia,
   O que prova (ou não prova)
Que à equidade é a natureza alheia.

A inditosa Laurinda, todavia,
Tinha tal graça e tanta simpatia,
   E tão bonitos dentes,

Que os da família amigos e parentes
    Todos gostavam dela;
Só o Penaforte não lhe perdoava
    Não ser, como as irmãs, bela,
E com menos carinhos a tratava.

    A Leonor e a Joana
Vestiam do melhor, quase com luxo:
    Era rara a semana
    Em que perdiam festa;
Embora o pai se visse atrapalhado,
    Era aguentar o repuxo.[1]
A Laurinda calava-se, modesta,
Até sorria de um sorrir magoado,
E vestia as irmãs, e as enfeitava,
Qual noutros tempos a mucama escrava.
– Fica em casa! dizia o Penaforte.
Que irias lá fazer se te eu levasse?
E às outras em voz baixa acrescentava.
– Com tal cara não há quem na suporte
Meninas, a *vox populi* falace[2]
Diz que os filhos mais feios
São pelos pais os filhos preferidos.
A tal proposição não deis ouvidos,
    Pois em todos os meios
O contrário se vê; sempre a beleza
A preferida foi pelos humanos,
Gemesse embora a fraca natureza!
As duas, caracteres levianos,
    A irmã não defendiam;
Dos seus defeitos físicos se riam;
Apenas aturavam-na, coitada,
Porque ela lhes servia de criada.

---

[1] [Repontuamos estes três versos.]
[2] Trad.: Voz do povo. *Falace* é variante poética de *falaz* (= mentirosa, falsa).

A duas raparigas tão bonitas
Não faltavam, 'stá visto, pretendentes;
Andava a casa cheia de visitas
E a rua de transeuntes persistentes;
Mas as moças vaidosas não achavam
Nem nos que entravam, nem nos que passavam,
Nenhum noivo que fosse digno delas:
Uns eram gordos, outros magricelas;
Este vestia mal, fora da moda;
Aquele era o contrário: um figurino;
Este não pertencia à boa roda;
Aquele sim, mas era um libertino;
Enfim, por pretendentes infinitos
Foram pedidas não sei quantas vezes,
Mas, por não terem os seus namorados
   Tais e tais requisitos,
   Com frases descorteses,
Um por um, foram todos rejeitados,
Inclusive também o Rodovalho,
Moço elegante, ajuizado e puro,
   Muito dado ao trabalho.
   Verdade é que era pobre,
   Mas, talvez, no futuro,
   Lhe deixasse algum cobre
Um tio velho e cheio de dinheiro,
   Que estava no estrangeiro
E era – inda mais! – do Penaforte antigo
   E muito bom amigo.

O Rodovalho requestou a Joana
E depois a Leonor em pura perda;
À vista dessa empáfia desumana,
Ninguém mais se atreveu a requestá-las.
Vendo-se o velho em posição esquerda,
   Sempre metido em talas
Pra sustentar o luxo das pequenas

Receou que, passando-se mais dias,
Elas ficassem ambas para tias,
　　E fez-lhes um discurso,
　　Dizendo-lhes: – Meninas,
Casar-vos é o meu último recurso;
Se continuais fazendo-vos tão finas,
Tornais-me esta existência muito amarga,
E um dia destes eu arrio a carga!
Elas mostraram-se ambas obedientes,
Tornando-se, da noite para o dia,
Em vez de pretendidas, pretendentes.

　　Mas eis que um belo dia
　　Recebe Penaforte
　　A notícia da morte
　　Do amigo no estrangeiro,
　　O qual em testamento
Deixava o Rodovalho por herdeiro,
Porém se contraísse casamento
Com a Leonor, com a Joana, ou com a Laurinda.
O rapaz ficou muito consternado,
Que a nova foi bem-vinda e foi mal vinda,
　　Mas aceitou a deixa
　　Sem protesto nem queixa,
Mesmo porque, se houvesse recusado,
Todo aquele dinheiro passaria
　　Para uma casa pia.

　　A Leonor e a Joana
　　Pularam de alegria,
Pensando cada qual que entre ela e a mana
O Rodovalho não hesitaria.
Este avisou o velho Penaforte
Que no domingo visitá-lo iria,
A fim de decidir-se a sua sorte.
　　As duas raparigas,

Que disfarçadamente, sem disfarce,
Já pareciam velhas inimigas,
Olhando-se com olhos iracundos
   E evitando falar-se,
Noite e dia passaram agitadas
   E desassossegadas,
Contando horas, minutos e segundos.

Chegou, enfim, o rico Rodovalho,
   O futuro marido,
   E logo recebido
Foi pelo velho e as duas, que a Laurinda,
Essa era carta fora do baralho...

   Antes da história finda,
Adivinham ter sido pelo moço
   Escolhida a mais feia?
Assim foi, realmente. Que alvoroço.
   Afirmo-lhes que ainda
A Leonor chora e a Joana sapateia.

BIOGRAFIA

No sobrado da rua do Ribeirão, esquina com o beco do Machado, na cidade de São Luís do Maranhão, em 7 de julho de 1855, nasce aquele que seria nosso mais produtivo dramaturgo, e um verdadeiro divisor de águas do teatro brasileiro – Artur Nabantino Gonçalves Azevedo –, primogênito do comerciante português e agente consular de seu país ali, Sr. David Gonçalves Azevedo e da professora maranhense Emília Amália Pinto de Magalhães. Dessa união nasceriam mais quatro filhos: Aluísio Tancredo, introdutor do Naturalismo no Brasil; Américo Garibaldi, autor de uma opereta cuja ação se passa em São José de Ribamar (MA); Camila e Maria Emília, que, como seu último irmão, ficariam na província. Nesse mesmo ano, o pai publica seu *Epítome histórico de Portugal*, com cujo texto Emília Amália introduziria os filhos nas letras pátrias.

Segundo relata em uma sua "Palestra", de *O país* (RJ), em 24 de maio de 1895, por volta dos doze anos, já colabora com poemas e crônicas em periódicos ludovicenses, como *A brisa* e *A esperança*, de exíguas dimensões, em que ele e alguns meninos de sua idade "pretendiam revolucionar as letras maranhenses". Começa a usar, dentre mais de dezessete, seu mais permanente pseudônimo: Elói, o herói. O pai resolve empregá-lo como caixeiro-vassoura no armazém do patrício Manuel Ferreira Campos, quando tinha ele apenas treze anos de idade. Claro que, por não se ajustar sua vocação intelectual e criativa a tal trabalho, não durou a experiência.

Em 1869, extrai, de uma novela do escritor português Henrique Lopes de Mendonça, assunto para ensaiar o drama *Fernando, o enjeitado*. A "peça" é encenada no "Teatro Normal", pomposo nome dado a uma das salas do prédio que hoje abriga a sede do Grêmio Lítero Recreativo Português. Nesse prédio, com o próprio acervo servindo de base, o pai inaugurara a biblioteca pioneira da terra. Na peça, Artur faz o papel do Sr. Duarte; Aluísio, o de Maria Duarte, sua esposa, que se apaixona por Fernando, o enjeitado, um outro ator. Aí e então, também encena a comédia *Indústria e celibato*, cuja cena já se passa na entressonhada cidade do Rio de Janeiro. Ocioso dizer que ambos os textos desses ensaios infantis dramáticos se perderam com o tempo.

Já nomeado para trabalhos burocráticos em uma Secretaria do Estado, escreve, aos quinze anos, a farsa *Amor por anexins*, à moda setecentista, cheia de provérbios e frases feitas, que é logo encenada no Teatro União (hoje, Artur Azevedo), protagonizada pelas irmãs argentinas Riosa. Daí, a farsa percorre nosso país e é levada até Portugal. Na segunda metade do século XIX, conforme o historiador do teatro português, Sousa Bastos, foi a peça mais representada no Brasil.

Aos dezesseis anos, publica ali uma coletânea de versos satíricos – *Carapuças* –, com prefácio do amigo V. Cantanhede, profetizador das vicissitudes por que haveria de enfrentar na vida o novel poeta, se se mantivesse fiel à vocação satírica. Conclui essa obra com a farsa *À porta da botica*, que satiriza a antiga maledicência de desocupados da terra, tão exprobrada, já no século XVII, pelo padre Antônio Vieira. Procurem-se na Bibliografia, logo a seguir, os dados completos das obras citadas neste estudo biográfico.

No ano seguinte, em 1872, funda ali um semanário crítico e literário, *O domingo*, vendido por assinaturas, do qual é o principal redator. Não tardou a realizar-se a profecia do amigo Cantanhede. Com a fama adquirida, é-lhe atribuída, erroneamente, a autoria de um pasquim, jogada da torrinha do Teatro União contra um figuraça da terra. Resultado: exoneração do emprego público para o qual fora nomeado há pouco mais de dois anos. Revoltado com a injustiça sofrida, resolve migrar para a Corte. Os melhores poemas humorísticos desse periódico integram o 1º vol. de *Sátiras* de Artur Azevedo (vd. Bibliografia), introduzidos por um longo ensaio nosso sobre sua incoercível maranhensidade.

No dia 21 de agosto de 1873, no vapor *Bahia*, zarpa em direção ao futuro e à glória. (Nele, viaja também, condenado por crime de assassinato, o desembargador Pontes Visgueiros.) Já no Rio, hospeda-se na rua Sorocaba, em casa do Sr. Feliciano Freire da Silva, amigo de seu pai. A partir do nº 45, com pseudônimo de Elói, o herói, Artur Azevedo inicia, em *O domingo*, semanário que fundou em São Luís, uma seção intitulada "Corte", em que repassa as novidades, exceto as políticas. Por uma jornada de trabalho de seis horas como professor no Colégio Pinheiro, seu primeiro emprego no Rio, ganha 40$000 (quarenta mil-réis) semanais. Complementa a renda com um "bico" de revisor, arranjado pelo conterrâneo Joaquim Serra, no diário *A reforma*, onde traduz também o caudaloso folhetim francês, *Os gigantes do mar*, de G. de la Landelle. Tudo isso, por menos de 2$000 de diária trabalhada. Nesses tempos bicudos, tenta faturar, em parceria com Olímpio Barcelos, com a folha satírica *A gargalhada*, da qual só conseguiram editar um único número.

Chega 1875, ano de desaperto: por empenhos do senador Gomes de Castro, é nomeado adido do Ministério da Viação, e, em 25 de março, mercê de sua competência, é efetivado aí como amanuense. Sua comédia em 1 ato, *Uma véspera de Reis*, inaugura o Teatro São João, em Salvador, na Bahia, e integra o 1º vol. de suas *Horas de humor*.

Publica, em 1876, seus melhores 47 sonetos no 2º vol. de *Horas de humor*. Em 21 de março desse ano, estreia, no Teatro Fênix Dramática, a opereta *A filha de madame Angu*, adaptação à cena brasileira da quase homônima francesa, que fazia grande sucesso, então, em Paris. Dezoito anos depois, ela voltaria ao cartaz no Teatro Santana, do Rio, em nova versão, com novo sucesso. Em 19 de agosto desse ano, no Teatro Fênix Dramática, estreia *A casadinha de fresco*, em feliz tradução livre de *La petite mariée*.

Em 1877, é admitido na direção da *Revista do Rio de Janeiro*. Com Lino de Assunção, escreve *O Rio de Janeiro em 1877*, a terceira revista de ano de que se tem notícia e a mais antiga, até hoje, criticamente publicada. A estrela do dramaturgo está em plena ascensão. Eis aqui uma sucessão de estreias: em 28 de julho, no Teatro São Pedro, sua tradução de *Jerusalém libertada*, de M. Francis, imediatamente publicada por Serafim Alves; e, em 10 de abril, no Teatro Fênix Dramática, *A pele do lobo*. Mais duas, cujos dados estão por completar: nesse mesmo teatro, escrita em parceria com Frederico Severo, estreia a opereta em 3 atos, *Nova viagem à Lua*, bem como a opereta *Abel, Helena*, história cômica e lírica desses dois pobretões fluminenses, feita a partir da ópera--cômica sobre o conhecido tema helênico, *La belle Hélène*, a de Troia. Chocado com os excessos de alcoolismo que se praticavam nos cemitérios cariocas no dia dedicado aos mortos, publica *O dia de finados*, incluída em seu 1º vol. de *Sátiras*.

1879: chega o fonógrafo ao Rio de Janeiro. Funda e dirige, com Antônio Lopes Cardoso, a *Revista do teatro*, que não chegou ao 5º número. Mais três estreias de peças suas: em 5 de janeiro, no Teatro Fênix Dramática, sua tradução da comédia em três atos, *Niniche*; em 28 de fevereiro, no Teatro São Luís, a comédia em versos, *A joia*; e, em 22 de julho, no Teatro São Luís, *Nhô-nhô*, sua tradução livre da comédia em 3 atos, *Bébé*, imediatamente publicada por Serafim José Alves.

Em 1880, em 23 de agosto, é promovido a 2º Oficial do Ministério da Viação. Publica *Pena e lápis*, periódico dedicado às atividades dramáticas. Em 12 de outubro estreia, no Fênix Dramática, a opereta *Os noivos*. A essa altura, ousa concretizar uma utopia jornalística em pleno Brasil novecentista, um diário primordialmente literário e artístico! Assim, em 19 de novembro, com Fontoura Xavier, Aníbal Falcão e o engenheiro Maldonado, funda *A gazetinha*. Na seção desse diário, de existência intermitente, sobrevivente em mais duas curtas fases, lançou Artur Azevedo inúmeros grandes nomes de nosso Parnasianismo.

1881: a Companhia Telefônica do Brasil já atende a alguns poucos assinantes na cidade do Rio de Janeiro. Ano de seara farta para Artur: com doses de *nonsense*, imita uma farsa de Labiche, a que intitula *O califa da rua do Sabão*; em 16 de setembro, no Lucinda, estreia o drama *O liberato*; e, em 6 de dezembro, no Fênix Dramática, sua tradução, em parceria com Eduardo Garrido, da ópera-cômica *Fatinitza*, que publica no ano seguinte.

No ano de 1882, um punhado de estreias: em 15 de maio, no Recreio Dramático, *A mascote na roça*; em 28 de agosto, no Santana, a comédia em 3 atos, escrita com Aluísio Azevedo, *Casa de orates*; e, em 26 de outubro, nesse mesmo teatro e com a colaboração do mesmo Aluísio, uma ópera-cômica francesa adaptada à cena brasileira, *A flor de lis*. No nº 73 de *A gazetinha*, de 31 de março, publica a "ópera bufo-mitológica", *Um roubo no Olimpo, pièce-à-clef* em torno do famoso furto das joias do imperador Pedro II.

Encontra-se em Paris em 1883. Após triunfar em palcos ingleses e ianques, Sarah Bernhardt está de volta à Cidade-luz. Do farto teatro musicado a que assistiu na Europa, parece haver colhido subsídios para reformular o modelo da antiga revista de ano fluminense. Estreiam duas óperas-cômicas, em traduções livres suas: em 28 de junho, *Gilette de Narbonne*, no Santana (logo publicada por Filinto da Silva); e, com o título brasileiro de *Falka, Le droit d'ainesse*. Desde dezembro desse ano, intermitentemente, colabora com crônicas, poemas e contos, no jornal satírico, três números mensais, *O mequetrefe*, colaboração que se estenderá por três anos.

Em protesto ao veto do Conservatório à encenação do seu drama *O escravocrata*, escrito com Urbano Duarte, publica-o em janeiro de 1884. Em 9 de janeiro, no Teatro Príncipe Imperial, estreia a revista de ano que introduz a caricatura de figurões da época. Trata-se de *O mandarim*, escrita em parceria com Moreira Sampaio, a primeira a alcançar uma centena de récitas. O ator Xisto Bahia encarna o Sr. João José Fagundes de Resende e Silva, na figura caricata do barão de Caiapó. Em 25 de setembro, no mesmo teatro, estreia sua tradução da ópera-cômica *Os salteadores*; e, em 14 de novembro, no Teatro Recreio Dramático, a comédia em um ato, *Uma noite em claro*. Organiza o *Almanaque Guimarães* para esse ano, e colabora no jornal abolicionista *Gazeta da tarde*, com uma crônica semanal sobre teatro, intitulada "Até sábado".

1885: colabora incognitamente na revista satírica *A vespa*; e, em 6 de março, no Santana, estreia a revista de ano *Cocota*, em colaboração com Moreira Sampaio. Ao final dessa revista, os dois agregaram a paródia curta *O gran Galeoto*.

Ano de muitas estreias, o de 1886: em 29 de janeiro, no Lucinda, em colaboração com Moreira Sampaio, *O bilontra*; em 19 de março, no Santana, a opereta *A donzela Teodora*; e, em 31 de dezembro, no Teatro Dom Pedro II, de novo com Sampaio, a revista de acontecimentos *O carioca*. De Artur Azevedo e Eduardo Garrido, é publicado por Ribeiro da Silva o monólogo cômico, à la Tiririca, *Terra das maravilhas*, ao qual o editor acrescenta algumas estrofes. Funda com Luís Murat o semanário ilustrado *Vida moderna*, cuja primeira fase dura até 25 de junho do ano seguinte.

1887: em março, duas revistas de ano em parceria com Moreira Sampaio: dia 3, no Lucinda, estreia *O homem*; e, dia 16, também no Lucinda, *Mercúrio*. Em julho, os atores Bahia, Colás, Correia e Peixoto, bem como as atrizes Fanny e Blanche integram o elenco da hilária opereta em 4 atos, *O barão de Pituaçu*. Entre 26 de março e 31 de julho, com o pseudônimo de Elói, o herói, produz a crônica "De Palanque" para o diário *Novidades*, em que reintroduz sua antiga seção da *Gazetinha*, conhecida por "Um soneto por dia", agora com novo nome, "Parnasso".

Em Vila Isabel, ano de 1888, o barão de Drummond instala o Jardim Zoológico, que inspirará o "jogo dos bichos" e será tão combatido por Artur Azevedo. Organiza a parte literária do *Almanaque do comércio* para esse ano, editado por Augusto dos Santos; e mantém, entre 23 de outubro e 31 de dezembro, uma crônica diária para o jornal *A época*. Em 21 de abril, no Recreio Dramático, estreia sua única comédia em 2 atos, *A almanjarra*. No dia 4 de dezembro é promovido a 1º Oficial do Ministério da Viação.

1889: em 1º de maio, no Teatro Variedades Dramáticas, estreia a revista *Fritzmac*, escrita com o irmão Aluísio Azevedo. Sai a 1ª edição de *Contos possíveis*. Torna-se noivo de Carlota Morais, com quem se casará depois. Após o consórcio, acolhe em seu lar a filha de seu primeiro anfitrião no Rio, o Sr. Feliciano Freire da Silva. Chama-se ela Maria Freire da Silva, a Cotinha, presente em tantas cartas e em tantos versos seus. Cinco anos depois, levá-la-á para Salvador, a fim de ali casá-la com um oficial da Marinha. A nova família Sampaio (este o sobrenome dele) irá ali residir. Além de manter, entre 15 de maio e janeiro do ano seguinte, a crônica "De Palanque", no jornal *O dia*, em 26 de novembro, com Alcindo Guanabara, assume a secretaria do diário *Correio do povo*, e aí, a partir de 5 de dezembro, cria a seção "Um soneto por dia", por ele criada há oito anos, com sucesso, na *Gazetinha*.

1890: no jornal de maior circulação na América do Sul, o carioca *O país*, Artur Azevedo mantém diversas seções: "A semana", "Palestra", "Belas artes", "Frivolidades", "Artes e artistas", e aí publica vários contos. É nomeado Chefe de Seção do Ministério da Viação. Traduz a ópera-cômica *Surcouf*, que faz mais sucesso no Rio de Janeiro do que em Paris.

Em 10 de março de 1891, no Teatro Apolo, estreia a revista de ano *Viagem ao Parnaso*.

1892: representada, no mesmo teatro e no início do ano, a revista dos acontecimentos do ano anterior *O tribofe*. No diário *O industrial*, entre 3 de março e 16 de maio, em torno dos principais eventos da semana anterior, mantém a seção "Crônicas domingueiras".

1893: dia 1º de janeiro, funda o semanário *O álbum*, tendo Paula Ney como redator. Publica seus *Contos fora da moda*, bem como, após refundi-la para novos êxitos nos palcos, a opereta *A filha de Maria Angu*. Escreve o entreato *Entre o vermute e a sopa*, cujo manuscrito autógrafo se encontra na Biblioteca Nacional do Rio de Janeiro.

1894: as páginas de *O álbum*, irregularmente publicado nesse ano, são as primeiras do periodismo nacional a divulgar instantâneos. Seu fotógrafo é o famoso Gutierrez. Esse periódico que, entre outros intelectuais, conta com a colaboração de Olavo Bilac e Aluísio Azevedo, encerra suas atividades em janeiro do ano seguinte, com seus três últimos números redigidos por Emílio de Meneses.

No Teatro Apolo, em 3 de maio de 1895, estreia a revista de ano *O major*, em que é caricaturado um herói da guerra do Paraguai. O general Osório, o alvo da brincadeira, vai assistir ao espetáculo e, esportivamente, dá gostosas gargalhadas na plateia.

1896: estreia, no Apolo, a revista dos eventos do ano anterior *A fantasia*, que foi boicotada pelos caixeiros por verem nela alusões ostensivas ao cônsul português Tomás Ribeiro, autor de poema ambíguo sobre as moças de Campinas (SP). Publica sua tradução da ópera cômica francesa *La cigale et la fourmi*.

1897: estreia sua tradução, em versos, da comédia *A escola de maridos*, de Molière, que é logo levada até Lisboa; em 29 de janeiro, no Teatro Apolo, sua tradução, em parceria com Moreira Sampaio, da ópera-cômica francesa *Fanfan, o tulipa*; em 9 de fevereiro, no Recreio Dramático, a burleta *A Capital Federal*, considerada pela crítica sua obra-prima; e, finalmente, nesse último teatro, a comédia *Amor ao pelo*, paródia do drama *Pelo amor*, de Coelho Neto. Publica *Contos efêmeros* e, com outros intelectuais, funda a Academia Brasileira.

No teatro, maré baixa em 1898. Em 5 de fevereiro, no Recreio Dramático, estreia a revista dos fatos do ano anterior *O jagunço*; e em 15 de outubro, no São Pedro de Alcântara, a comédia em versos *O badejo*. No Orfeão Carlos Gomes, Chiquita Jardim e Judite Gomes, senhoritas da alta sociedade carioca, encenam o diálogo cômico *Confidências*, que é logo editado pela *Revista brasileira* (fase Midósi).

1899: em 3 de março, no Recreio Dramático, estreia a revista do ano anterior *Gavroche*, pseudônimo com que firmará uma de suas mais permanentes seções satíricas, primeiro no *Correio do povo*, e depois, em *O país*. *Sganarello*, sua tradução, em versos, de *Le cocu imaginaire*, de Molière, é logo publicada pela *Revista brasileira*.

1900: em 15 de fevereiro, no Apolo, estreia a burleta *A viúva Clark*; e, de 12 de agosto a 30 de setembro, mantém, no jornal *A notícia*, uma crônica semanal, assinada por X, sob o título de "Sabatinas", a respeito dos eventos teatrais da cidade. Falecendo sua primeira esposa, consolida sua união com a Sra. Carolina Adelaide Lecouflé Azevedo, que enviuvara do Sr. Boaventura Cordeiro. Desse consórcio, dona Carolina levou-lhe quatro enteados: Luís, José, Fernando e Lucinda e, com Artur, teve também quatro filhos: Artur, Américo, Aluísio (aos quais empresta o nome, e o de seus irmãos), e mais Rodolfo (com o nome do padrinho, o amigo Rodolfo Bernardelli). Não obstante a prole numerosa, o magnânimo maranhense toma a si a criação e a educação dos três órfãos que o recém-falecido ator português José Portugal deixara na maior pobreza: Raul, Fernando e Antônio, além da própria criada, velha e inválida. Um lar do tamanho de sua bondade.

1902: com elenco sustentado por atores como Colás e Matos, e atrizes como Clélia, Pepa Ruiz e Estefânia Louro, estreia a revista de ano *Comeu!*, logo editada; e, em 8 de março, no Recreio Dramático, a comédia em um ato *Uma consulta*. Com contos picantes e sob o pseudônimo de Petrônio, inicia sua colaboração no periódico O *Rio nu*.

1904: preamar teatral – além da estreia da farsa francesa adaptada à cena brasileira *As sobrecasacas*, mais duas: em 7 de julho, no Recreio Dramático, a comédia *A fonte Castália*, com argumento extraído da revista *Viagem ao Parnaso*; e, em 7 de dezembro, no Apolo, a festejada burleta *O mambembe*, cuja reprise pelo Teatro dos Sete, no Teatro Municipal, em 12 de novembro de 1959, seguida da temporada no Teatro Copacabana, por cinco meses, marca a vitalidade do texto.

1906: em 8 de fevereiro, estreia, no Apolo, a revista *Guanabarina*, em colaboração com Gastão Bousquet, e com argumento que lhe forneceu Moreira Sampaio, escreve a comédia *O genro de muitas sogras*, prato de resistência da companhia teatral de Leopoldo Fróis. Em 18 de março, é "desconvidado" de escrever seu conto domingueiro para o *Correio da manhã*, de Edmundo Bittencourt. Com o propósito de dar lugar aos mais jovens, o jornal oferece o prêmio de 50$000 (cinquenta mil-réis) ao 1º colocado no concurso para escolha de seu substituto. Ele, com o conto *A viúva*. Seu pseudônimo é Tibúrcio Gama. Entre noventa e quatro contistas, ganha o prêmio, e o devolve ao jornal, solicitando-lhe que o entregasse ao seu real substituto. A partir de 22 de agosto, no jornal *O século*, começa a publicar, às quintas-feiras, os esquetes da seção *O teatro a vapor*, que manteria por cerca de dois anos. Em memorável artigo, aí vislumbra a importância do fonógrafo e do cinema, reunidos, para a perenização do teatro.

1907: o teatro experimenta ligeira ascensão. Em 8 de março, no Recreio Dramático, estreia *O dote*; em 2 de abril, no mesmo teatro, *O oráculo*; em 25 de outubro, ainda ali, *Entre a missa e o almoço*. Lutando bravamente contra o esvaziamento dos teatros (em consequência de uma série de fatores que não cabe serem examinados aqui), na primeira segunda-feira de cada mês, numa página inteira de *O país*, ilustrado por Julião Machado, publica um ato inteiro da revista de acontecimentos do próprio ano em curso. Chama-se ela *O ano que passa*, tem dez atos e 48 quadros, para serem lidos e apreciados nas viagens de bonde.

1908: ano de emoções fortes e muitíssimo trabalho. Em fevereiro, no Teatro Carlos Gomes, estreia a burleta *O cordão*, extraída da revista *Comeu!*. Imprime-se em Paris, casa Garnier, os *Contos em verso*, que, infelizmente, só chegariam ao Rio no ano seguinte. Entre 12 de agosto e 30 de setembro, assinando com um X e com o título de "Sabatinas", mantém no jornal *A notícia* uma crônica sobre a vida teatral da cidade. Vai cair, mas cairá lutando.

O ano de 1908 voa. Com o falecimento de Machado de Assis em 6 de outubro, é nomeado Diretor Geral da Contabilidade do Ministério da Viação, cargo de que seria arrebatado pela morte cerca de quinze dias depois. Além das tarefas burocráticas, além da colaboração simultânea para cinco jornais e para a revista *Kosmos*, sobrecarrega-se com a responsabilidade de selecionar quinze peças, escolher o elenco e ensaiá-las, bem como a de escrever um drama especialmente para integrar um evento nacional. Trata-se do festival de teatro brasileiro que terá lugar no Teatro João Caetano, especialmente construído para esse fim, na Praia Vermelha, durante a Exposição Nacional que comemorará, nos últimos meses desse ano, o centenário de abertura dos portos brasileiros às nações amigas. Muita responsabilidade para um homem só. Mas, ali e então, Clara della Guardia dá-lhe um grande prazer: estreia-lhe a última peça, em três atos, *Vida e morte*.

O ano continua voando, mas dá-lhe algumas poucas alegrias. Em outro lugar, Ermette Novelli leva à cena seu entreato *Entre o vermute e a sopa*; e outra diva, italiana, em seu idioma, Tina di Lorenzo estreia, no São Pedro, *O dote*, excursionando depois para Montevidéu, onde peça e atriz foram aplaudidíssimas. Esmagado pelo cansaço e pela operação tardia, reclamada pela osteomielite no joelho esquerdo, às 9h45min do dia 22 de outubro, na casa nº 82 da praça Marechal Deodoro da Fonseca, popularmente conhecida como largo de São Cristóvão, dolorosamente Artur Azevedo despede-se do século, e cerra-se o pano de boca de toda uma vida devotada às artes e à cultura brasileira. Médico assistente: dr. Carlos Seidl. Sacerdote que lhe impôs a unção dos enfermos: o maranhense padre Sève.

O jornal *O século*, após seu último dia de vida, estampa-lhe o bem-humorado, mas premonitório sainete, *A despedida*. Seu derradeiro conto, *Pequetita*, no mesmo diário, só seria publicado dois dias após seu falecimento.

1909: o amigo Xavier Pinheiro reúne alguns poemas do pranteado morto, e publica a antologia *Rimas*, em benefício da família enlutada. Com estrondoso sucesso, estreia-se sua tradução da opereta *A viúva alegre*, de cujas letras musicais se distribuem volantes para o público assistente, e de cujo texto se sucederiam três edições cariocas em seis anos.

1911: com vista a socorrer a família, que ficara na orfandade e na pobreza, Coelho Neto, então deputado federal pelo Maranhão, propõe ao governo central a compra do acervo deixado pelo ilustre morto. O preço avaliado por peritos foi de 150$000 (cento e cinquenta contos de réis). Rechaçada a proposta por um deputado pouco afeito às coisas da cultura, Coelho Neto convence o governador maranhense Luís Domingues a adquiri-lo para seu Estado. Foi-o por um quinto do preço real. Constavam desse acervo 11.492 estampas; 3.256 litogravuras; 443 retratos e pinturas a óleo; 4.544 desenhos; 360 estatuetas e bronzes; 509 peças de teatro e 4.723 volumes sobre artes em geral. Pelas mais variadas causas, grande parte desse precioso acervo desencaminhou-se com o tempo. Além de inúmeras litogravuras que remanesceram, estão sendo guardadas, de modo adequado, no subsolo da Biblioteca Municipal, alguns poucos óleos e litogravuras que ora exornam o antigo Palácio dos Leões e a reitoria da Universidade Federal do Maranhão, bem como os museus oficiais da cidade de São Luís. Foi o único modo que encontraram os fados para que ele pudesse voltar à terra natal, por ele jamais esquecida: tão somente na concretude das obras de arte e dos livros que tanto amou em vida.

BIBLIOGRAFIA

Conto

"A dívida". In: *Revista Brasileira* (fase Midósi). Rio de Janeiro, 1 (1): 95-107, fev. 1875.

Contos possíveis. Prosa e verso. Rio de Janeiro/Paris: B. L. Garnier, 1889, 198 p.

Contos efêmeros. Rio de Janeiro: C.R.C., 1897, 252 p. 2ª, 3ª e 4ª ed., Rio de Janeiro/Paris: Garnier, s/d. [1900...], 248 p.

Contos fora da moda. Rio de Janeiro; Magalhães, 1894, 204 p. 2ª ed., Rio de Janeiro/Paris, Garnier, 1901 (duas tiragens), 248 p. 3ª ed., Rio de Janeiro/Paris: Garnier, 1908, 250 p.

Contos em verso. Rio de Janeiro/Paris; Garnier, 1908, 244 p. (Com nota explicativa dos editores.)

"A moça mais bonita do Rio de Janeiro". In: *Correio da Manhã*. Rio de Janeiro, 17, 23 e 30 de jul., 6 e 13 de ago., 1905. (Em livro, só em 1928, nos *Contos cariocas*, pp. 185-234. Vd., adiante, em Publ. póstumas.)

Poesia

Carapuças. Versos humorísticos. In: *O país*. Maranhão, 1871, 54 p.

Dia de finados. Sátira. Rio de Janeiro: Acadêmica, 1877, 22 p.

"Na Rua do Ouvidor". In: *Horas de humor* – I. Epístola em verso a Alfredo de Queirós. Rio de Janeiro: Acadêmica, 1874, 32 p.

"Sonetos". In: *Horas de humor* – II. Rio de Janeiro: Acadêmica, 1876.

Os intermédios (entreatos e recitativos)

"Os capoeiras". Monólogo cômico. In: *Mequetrefe*. Rio de Janeiro, 10 jun. 1884; "O comediógrafo". Monólogo. *Novidades*. Rio de Janeiro, 25 ago. 1887; "A fada dos brinquedos". Alegoria, em colaboração com Olavo Bilac. *Correio da Manhã*. Rio de Janeiro, 23 fev. 1903; "Os irmãos Oliveira". Fragmentos de crônica dramatizada. *Novidades*. Rio de Janeiro, 23 ago. 1887; "João Caetano". Recitativo. *Novidades*. Rio de Janeiro, 27 ago. 1887; "Revelação de um segredo". Monólogo. *A cigarra*. Rio de Janeiro: 1 (22: 6-7), nov. 1895; *A terra das maravilhas*. Cena cômica, em colaboração com Eduardo Garrido. Rio de Janeiro: Medeiros & Companhia, 1886; "Vagabundo". Monólogo. *Almanaque do Teatro para 1907*. Rio de Janeiro.

Teatro

À porta da botica. Cena da época. In: *Carapuças*. São Luís, *O país*, 1871. (Vd., retro, a seção de Poesia.)

"Uma véspera de Reis [na Bahia]. Comédia em um ato. Música de Francisco Colás. In: *Horas de humor* – III. Rio de Janeiro: Brown & Evaristo, 1876, 46 p.

Amor por anexins. Comédia em um ato. Rio de Janeiro: Serafim José Alves, s/d. [1879] 16 p.

A filha de Maria Angu. Adaptação da ópera-cômica em três atos, *La fille de madame Angot*, de Clairville, Siraudin e Koning. Rio de Janeiro: Brown & Evaristo, 1876, 92 p.

A casadinha de fresco. Imitação da ópera-cômica *La petite mariée*, de Eugéne Leterrier e Albert Vanloo. Música de Charles Lecocq. Rio de Janeiro: Acadêmica, 1876, 98 p.

Abel, Helena. Peça cômica e lírica em três atos, a propósito da ópera-cômica *La belle Hélène*, de Henrique Meilhac e Ludovico Halévy. Música de Jacques Offenbach. Rio de Janeiro: Serafim José Alves, s/d. [1877] 100 p.

"A pele de lobo". Comédia em um ato. In: *Revista do Rio de Janeiro*. Rio de Janeiro, 2 (6): 56-58, 72-76, 87-91, abr./jun., 1877.

A joia. Drama (sic) em três atos, em verso. Rio de Janeiro: Serafim José Alves, s/d. [1879] 76 p.

"Os doidos". Comédia em verso, em três atos. Em colaboração com Aluísio Azevedo. (Fragmentos). In: *Revista do Teatro*. Rio de Janeiro, 1 (1): 1879.

Princesa dos cajueiros. Ópera-cômica em um prólogo e dois atos. Música de F. de Sá Noronha. Rio de Janeiro: Serafim José Alves, 1880, 96 p.

Os noivos. Opereta de costumes, em três atos. Música de F. de Sá Noronha. Rio de Janeiro: Molarinho e Mont'Alverne, 1880, 110 p.

"O liberato". Comédia em um ato. In: *Revista Brasileira* (fase Midósi). Rio de Janeiro, 3 (10): 199-227, out./dez., 1881.

Um roubo no Olimpo. Opereta-bufa escrita por um Meilhac do Morro do Nheco, e posta em música por um Offenbach de Mata-porcos. In: *Gazetinha*. Rio de Janeiro, 31 mar. a 05 abr. 1882.

"A mascote na roça". Comédia em um ato. In: *Gazetinha*. Rio de Janeiro, 1882, 40 p.

A flor de lis. Adaptação, em colaboração com Aluísio Azevedo, da ópera-cômica *Le droit du seigneur*, de Paul Burani e Maxime Boucheron. Música de Léon Vasseur. Rio de Janeiro: Domingos de Magalhães, 1882, 126 p.

O mandarim. Revista cômica de 1883, em um prólogo, três atos e onze quadros, em colaboração com Moreira Sampaio. Música de diversos autores. Rio de Janeiro: Augusto dos Santos, 1884, 64 p.

O escravocrata. Drama em três atos em colaboração com Urbano Duarte. Rio de Janeiro: A. Guimarães, 1884, 90 p.

Cocota. Revista cômica de 1887 (1884), em três atos e quinze quadros, em colaboração com Moreira Sampaio. Música de Carlos Cavalier. Após a revista, a paródia *O gran Galeoto*. Rio de Janeiro: Mont'Alverne, 1885, 148 p.

Bilontra. Revista fluminense de 1885, em um prólogo, três atos e dezessete quadros, em colaboração com Moreira Sampaio. Música de diversos autores. Rio de Janeiro. Diário de Notícias, 1886, 158 p.

A donzela Teodora. Opereta em três atos. Música de Abdon Milanês. Rio de Janeiro: Gaspar de Sousa, 1886, 118 p.

Herói à força. Adaptação da ópera-cômica em três atos, *Le Brasseur de Preston*, de Leuven e Brunswick. Música de Abdon Milanês. Rio de Janeiro: Augusto dos Santos, 1886, 104 p.

Mercúrio. Revista cômico-fantástica em um prólogo, três atos e doze quadros, em colaboração com Moreira Sampaio. Música de diversos autores. Rio de Janeiro: Novidades, 1887, 198 p.

O carioca. Revista fluminense de 1886, em um prólogo, três atos e dezesseis quadros, em colaboração com Moreira Sampaio. Música de diversos autores. Rio de Janeiro: Diário de Notícias, 1887, 172 p.

"O homem". Revista fluminense de 1887, em três atos e dez quadros, em colaboração com Moreira Sampaio. In: *Novidades*. Rio de Janeiro, 16 jan. 1888/04 fev. 1888.

A almanjarra. Comédia em dois atos. Rio de Janeiro: H. Lombaerts, 1888, 32 p.

Fritzmac. Revista fluminense de 1888, em um prólogo, três atos e dezessete quadros, em colaboração com Aluísio Azevedo. Música de Leocádio Raiol. Rio de Janeiro: Luís Braga Júnior, 1889, 136 p.

"República". (Fragmento da revista de 1889). Em colaboração com Aluísio Azevedo. In: *Correio do Povo*. Rio de Janeiro: 27 mar. 1890.

"Viagem ao Parnaso". Revista fluminense de 1810, em três atos e onze quadros. In: *Correio do Povo*. Rio de Janeiro: 17 mar./03 abr. 1891.

O Tribofe. Revista fluminense de 1891, em três atos e doze quadros. Música de Assis Pacheco. Rio de Janeiro: H. Lombaerts, 1892, 90 p.

"Entre o vermute e a sopa". Entreato [cômico]. In: *O país*. Rio de Janeiro, 08 ago. 1894.

"Como eu me diverti!". Conto-comédia [sic]. (Vd. retro *Contos fora da moda*, na seção Contos.)

O major. Revista fluminense de 1894, em um prólogo, três atos e treze quadros. Música de diversos autores. Rio de Janeiro: H. Lombaerts, 1895, 100 p.

A fantasia. Revista fluminense de 1895, em um prólogo, dois atos e treze quadros. Música de Assis Pacheco. Rio de Janeiro: Mont'Alverne, 1896, 108 p.

Amor ao pelo. Pachuchada em um ato e dois quadros. Rio de Janeiro: Mont'Alverne, 1897, 32 p.

A capital federal. Comédia-opereta de costumes brasileiros em três atos e doze quadros. Música de Nicolino Milano, Assis Pacheco e Luís Moreira. Rio de Janeiro: Mont'Alverne, 1897, 136 p.

"Confidências". Diálogo cômico em verso. In: *Revista Brasileira* (fase Midósi), 4 (16): 1-5, 1898.

O jagunço. Revista fluminense de 1897, em três atos e dezessete quadros. Parte cantada. Música de Luís Moreira e Paulino Sacramento. Rio de Janeiro: Imprensa Americana, 1898, 36 p.

O badejo. Comédia em três atos em versos. Rio de Janeiro: Imprensa Americana, 1898, 92 p.

Gavroche. Revista fluminense de 1898, em três atos e dezesseis quadros. Parte cantada. Música de Nicolino Milano. Rio de Janeiro: Mont'Alverne, 1899, 36 p.

"República". Fragmento da revista de ano de 1889. In: *Correio do Povo*. Rio de Janeiro, 27 mar. 1900.

A viúva Clark. Burleta em três atos e doze quadros. Música de Costa Júnior. Parte cantada. Rio de Janeiro: Mont'Alverne, 1900, 32 p.

"Comeu!". Fragmento da revista fluminense de 1901. (Ato I, quadro IV). In: *O país*. Rio de Janeiro, 28 jul. 1902; e só a *Parte cantada* dessa revista (em três atos e quinze quadros). Música de Abdon Milanês. Rio de Janeiro: A. Marques, 1902.

A fonte Castália. Fantasia cômica em três atos. Música de Luís Moreira. Rio de Janeiro: Cruz Coutinho, 1904, 108 p.

"Guanabarina". Revista carioca de 1905, em um prólogo, dois atos, quinze quadros e três apoteoses, em colaboração com Gastão Bousquet. Parte cantada. Música de vários autores. Rio de Janeiro: Rebelo Braga, 1906, 32 p.

O dote. Comédia em um ato. Rio de Janeiro: M. Piedade, 1907, 40 p.

O oráculo. Comédia em um ato. Rio de Janeiro: M. Piedade, 1907, 40 p.

"Entre a missa e o almoço". Entreato cômico. In: *O Século*. Rio de Janeiro, 06 dez. 1907.

"O ano que passa". Revista fluminense de 1907, ilustrada por Julião Machado. In: *O país*. Rio de Janeiro, 04/02, 04/03, 01/04, 06/05, 03/06, 15/07, 05/08, 09/09, 13/10, 25/11 de 1907. (Interrompida aqui, faltando dois atos finais.)

"Teatro a vapor". Sainetes. In: *O Século*. Rio de Janeiro (de 08/1906 a 10/1908). Seguem-se os títulos dos esquetes com as datas de publicação: *Em 1906*: "Pan-americano", 22/08; "A verdade", 30/08; "O homem e o leão", 05/09; "A lista", 12/09; "A casa de Susana", 19/09 (falta o de 26/09); "Um pequeno prodígio", 03/10; "Coabitar", 10/10; "Um como há tantos", 17/10; "Um desesperado", 24/10; "Um dos Carlettos", 31/10; "Depois do espetáculo", 07/11; "Tu pra lá, tu pra cá", 14/11; "Um cancro", 21/11; "As opiniões" (cena de revista), 28/11; "Projetos", 5/12; "O mealheiro", 12/12; "Um grevista", 19/12; "Festas", 26/12. *Em 1907*: "1906 a 1907", 02/01; "Senhorita", 09/01; *Fé com Deus ou os estranguladores do Rio* (epílogo), 16/01; "O caso do Doutor Urbino", 23/01; "Quero ser freira", 30/01; "A domicílio", 06/02; "Sonho de moça", 13/02; "A escolha de um espetáculo", 20/02; "Assembleia dos bichos (cena fantástica), 06/03; *Sem dote* (em seguimento à comédia *O dote*), 13/03; "Confraternização", 20/03; "O raid", 27/03; "Depois das eleições", 03/04; "Sulfitos", 10/04; "Política baiana", 18/04; "A cerveja", 24/04; "Higiene", 01/05; "A vinda de Dom Carlos", 08/05; "Um Luís", 15/05; "O caso das xipófagas", 22/05; *"As pílulas de Hércules"*, 30/05; "Entre proprietários", 05/06; "Um apaixonado", 12/06; "O meu embaraço (monólogo), 20/06; "Dois espertos", 26/01; "Liquidação", 03/07; *Monna Vanna*, 10/07; "As reticências", 17/07; "Modos de ver", 25/07; "Reforma ortográfica", 01/08; "Foi melhor assim!", 07/08; "O Velásquez do Romualdo, 15/08; "O cometa", 21/08; "Economia de genro, 29/08; "Os credores", 04/09; "Os fósforos", 11/09; "Um ensaio", 18/09; "Opinião prudente", 25/09; "Objetos do Japão, 02/10; "De volta da confeitaria", 09/10; (não publicado o esquete de 16/10); "Cinematógrafo", 24/10; "Pobres animais", 01/11; "Cinco horas", 06/11; "Um bravo", 13/11; "Um moço bonito", 20/11; "O jurado", 04/12 (novamente não publicado o de 11/12); "Cadeiras ao mar!", 18/12; "Os quinhentos", 25/12. *Em 1908*: "Como se escreve a História", 02/01; "Cena íntima", 08/01; "Que perseguição!", 15/01; "Um homem que fala inglês", 22/01; "Quem pergunta quer saber", 29/01; "Modos de ver", 05/02; "Silêncio!...", 12/02; "O novo mercado", 20/02; "A discussão", 27/02; "Uma máscara de espírito", 05/03; "Um ensejo", 11/03; A *mi-carême*, 18/03; "Padre-mestre", 05/03; "Um susto", 08/04; "O poeta e a lua", 16/04; "Entre sombras", 22/04; "O conde", 29/04; "Pobre artista!", 06/05; "Cena íntima", 13/05; "Sugestão", 27/05; "Por causa da Tina", 03/06; "Confusão", 10/06; "A ladroeira", 17/06; "Viva São João", 24/06; "Uma explicação", 01/07; "Foi por engano", 08/07; "A família Neves", 15/07; "Socialismo de venda", 22/07; "A vacina", 29/07; "O fogueteiro", 12/08 (novamente não publicado o do dia 17/08); *Quebradeira* (epílogo ao *Quebranto*, de Coelho Neto), 26/08; "Bahia e Sergipe", 02/09; "A mala", 09/09; "Lendo *A Notícia*", 17/09; "Três pedidos" (cena histórica), 07/10; "Bons tempos", 15/10; "A despedida", 21/10.

PUBLICAÇÕES PÓSTUMAS

CONTO

Contos possíveis. Nova edição. Rio de Janeiro/Paris: B. L. Garnier, 1919, 206 p.

Contos fora da moda. Rio de Janeiro/Paris: Garnier, 4ª ed., 1923, 250 p.; 5ª ed. (comemorativa do centenário de nascimento, com prefácio de Josué Montello.) Rio de Janeiro: Prado, 1955; 6ª ed. ilustrada. Edição crítica e prefácio de Antonio Martins de Araujo e apresentação de Josué Montello. Rio de Janeiro: Alhambra, 1982, 122 p.

Contos cariocas. Prefácio de Humberto de Campos. Rio de Janeiro: Freitas Bastos, 1928, 260 p.

"Uma noite em Petrópolis". Conto. Lisboa: Fomento Publicações, s/d, 46 p.

Histórias brejeiras. Contos escolhidos. Seleção e prefácio de Raymundo Magalhães Júnior. São Paulo: Cultrix, s/d. [1962], 196 p.; 2ª edição ampliada. Seleção, prefácio e notas de Raymundo Magalhães Júnior, ilustrações de Cleo. Rio de Janeiro: Edições de Ouro, 1966, 196 p.

Contos. Textos integrais. São Paulo: Editora Três, 1973, 282 p.

Contos ligeiros. Organização e prefácio de Raymundo Magalhães Júnior. Rio de Janeiro: Bloch, 1974, 152 p.

"Sabina". Conto. In: *Ficção*. Rio de Janeiro, 3 (14): 58-62, fev. 1977.

GUIA TURÍSTICO-SENTIMENTAL

"A cidade do Rio de Janeiro". In: *Revista do Instituto Histórico e Geográfico Brasileiro*. Rio de Janeiro, 121 (242): 349-387, jan./mar. 1959; 121 (244): 353-265, jul./set. 1959.

TEATRO

A viúva alegre. Tradução da ópera-cômica em três atos de *La veuve joyeuse*, de Henri Meilhac, V. Leon e Lu Stein. Música de Franz Lehar. Rio de Janeiro: Rebelo Braga, 1909, 24 p.

Vida alheia. ("O oráculo"; "Entre a missa e o almoço"; "Uma véspera de Reis".) Autobiografia de Artur Azevedo e prefácio de Chrysanthème (pseudônimo de Cecília Moncorvo e Bandeira de Melo). Rio de Janeiro: Leite Ribeiro, 1929, 192 p.; 3ª ed., Rio de Janeiro: Bruguera, s/d. [1970], 334 p.

Amo per proverboj. Tradução para o esperanto por A. Couto Fernandes. Rio de Janeiro: Eldonis Oskar Ziegler, 1920.

Vida e morte. Peça (sic) em três atos. Rio de Janeiro: Sociedade Brasileira de Autores Teatrais, 1932, 60 p.

"Tartufo". Tradução em versos da comédia em cinco atos *Le Tartuffe*, de Molière (interrompida no início do 3º ato). In: SBAT – *Boletim*. Rio de Janeiro, 27 (234): 1-21, 04/1947.

"Retrato a óleo". In: SBAT – *Boletim*. Rio de Janeiro, 34 (283): 1-18, jan./fev. 1955.

"Uma consulta". Comédia em um ato. In: *SBAT – Revista de Teatro*. Rio de Janeiro, 37 (288): 26-29, nov./dez., 1955.

Os doidos. Fragmento de comédia em três atos, em versos, em colaboração com Aluísio Azevedo. In: *Diompos.* Rio de Janeiro, 7 (7): 102-104, mar. 1956.

"Casa de orates". Comédia em três atos, em colaboração com Aluísio Azevedo. In: *SBAT – Revista de Teatro.* Rio de Janeiro, 35 (289): 1-19, jan./fev. 1956.

"O mambembe". Burleta em três atos em colaboração com José Piza. Música de Assis Pacheco. In: *SBAT – Revista de Teatro.* Rio de Janeiro, 36 (290): 1-25, mar./abr., 1956.

"O genro de muitas sogras". Comédia em três atos, em colaboração com Moreira Sampaio. In: *SBAT – Revista de Teatro.* Rio de Janeiro: 37 (291): 1-17, mai./jun. 1956.

"O cordão". Burleta em um ato e cinco quadros. In: *SBAT – Revista de Teatro.* Rio de Janeiro, 37 (305): 3-15, set./out. 1958; 2ª ed. rev. e com muitas notas de Aluísio Azevedo (sobrinho). In: *SBAT – Revista de Teatro.* Rio de Janeiro, 49 (317): 1-48, set./out. 1960.

Teatro a vapor. Cento e cinco sainetes humorísticos. Organização, prefácio e notas de Gerald Moser, do State College, Pensilvânia, EUA. São Paulo: Cultrix/MEC, 1977, 198 p.

Teatro de Artur Azevedo. Organização, prefácio e notas de Antonio Martins de Araujo. Rio de Janeiro: MinC/INACEN, 1983, tomo I, 676 p.

_____. Organização, prefácio e notas de Antonio Martins de Araujo. Rio de Janeiro: MinC/INACEN, 1985, tomo II, 650 p.; 2ª ed., MinC/FUNARTE, 1995, 650 p.

_____. Organização, prefácio e notas de Antonio Martins de Araujo. Rio de Janeiro: MinC/INACEN, 1983, tomo III, 536 p.

_____. Organização, prefácio e notas de Antonio Martins de Araujo. Rio de Janeiro: MinC/INACEN, 1987, tomo IV, 592 p.

_____. Organização, prefácio e notas de Antonio Martins de Araujo. Rio de Janeiro: MinC/FUNARTE, 1995, tomo V, 622 p.

_____. Organização, prefácio e notas de Antonio Martins de Araujo. Rio de Janeiro: FUNARTE, 1995, tomo VI, 558 p.

A Capital Federal, O badejo, A Joia, Amor por Anexins. Pref. e estab. de texto por Antonio Martins de Araujo. Rio de Janeiro: Ediouro, 1985, 236 p.

O tribofe. Edição crítica de Rachel Teixeira Valença. Rio de Janeiro: Nova Fronteira/Fundação Casa de Rui Barbosa, 1986.

TEATRO TRADUZIDO

Jerusalém libertada. Tradução do drama fantástico em quatro atos, de M. Francis. Rio de Janeiro: Serafim José Alves, s/d. [1877], 56 p.

Niniche. Tradução livre da comédia homônima em três atos, de Alfred Hennequin e Albert Millaud. Música de Marius Boullard. Rio de Janeiro: Serafim José Alves, s/d. [1879], 116 p.

Nhô-nhô. Tradução livre da comédia, em três atos *Bébé*, de Emile de Najac e Alfred Hennequin. Rio de Janeiro: Lombaerts, 1879, 144 p.

Fatinitza. Tradução livre, em colaboração com Eduardo Garrido, da ópera-cômica em três atos, de Alfred Delacourt e Victor Wilder. Música de Franz von Suppé. Rio de Janeiro: A. Guimarães, 1892.

Gillete de Narbonne. Tradução livre da ópera-cômica homônima em três atos, de Henri Chivot e Alfred Duru. Música de Edmond Audran. Rio de Janeiro: Filinto da Silva, 1883, 132 p.

Falka. Tradução livre da ópera-cômica em três atos *Le droit d'ainesse*, de Eugène Leterrier e Albert Vanloo. Música de Francis Chassaigne. Rio de Janeiro: Serafim José Alves, s/d. [1883].

Os salteadores. Tradução da ópera burlesca *Les Brigands*, de Henri Meilhac e Ludovic Halévy. Música de Jacques Offenbach. Rio de Janeiro: A. Guimarães, 1884.

Surcouf. Tradução da ópera-cômica homônima em três atos de Chivot e Duru. Música de Robert Planquette. Porto: Agência de Publicidade, s/d. [1890?], 21 p.

A cigarra e a formiga. Tradução, em colaboração, com Francisco Moreira Sampaio, da ópera-cômica *La cigale et la fourmi*, de Alfred Duru e Henri Chivot. Música de Edmond Audran. Rio de Janeiro: Mont'Alverne, 1896, 32 p.

Fanfan (o Tulipa). Tradução, em colaboração, com Moreira Sampaio, da ópera burlesca *Fanfan la Tulipe*, em três atos, de Paul Férrier e Jules Prével. Música de Louis Varney. Rio de Janeiro: Mont'Alverne, 1897, 32 p.

"Escola de maridos". Tradução, em versos, da comédia em três atos *L'école des maris*, de Molière. In: *Revista Brasileira* (fase José Veríssimo). Rio de Janeiro, 3 (11): 193-216, 15 ago. 1897; 3 (11): 272-286, 01 set. 1897; 3 (12): 23-42, 01 out. 1897; 3 (12): 145-168, 15 dez. 1897.

"Sganalello". In: *Revista Brasileira* (fase José Veríssimo). Rio de Janeiro, 5 (19): 26-86, jul./set., 1899.

REFERÊNCIAS

Além de nossas próprias anotações, advindas de um enriquecedor convívio de quinze anos, entre 1975 e 1990, com o saudoso arquivo vivo, que foi Aluísio Azevedo (sobrinho), valemo-nos dos seguintes ensaios e/ou biobibliografias: "Notas para um estudo completo" [sobre a vida e a obra de Artur Azevedo], de Fernando Neves. In: *Jornal do Commercio*. Rio de Janeiro, 28 nov. 1937; *Artur Azevedo – Ensaio biobibliográfico*, de Roberto Seidl. Rio de Janeiro, Editora ABC, 1937. Todos os artigos e ensaios, assinados ou não por Aluísio Azevedo (sobrinho), mas de sua confessada autoria, publicados na *Revista de Teatro – SBAT*, entre 1955 e 1963 (vd. Bibliografia [passiva] comentada, de Artur Azevedo, que incluímos no tomo VI do *Teatro de Artur Azevedo*. Rio de Janeiro/ Brasília, MinC/FUNARTE, 1995; *Artur Azevedo e sua época*, de Raymundo Magalhães Júnior. São Paulo, Saraiva, s/d [1954]; e, finalmente, o ensaio "Artur Azevedo, journaliste, témoin de son temps, de Jean-Ives Mérien". In: *Etudes portugaises et brésiliennes*, nouvelle série-1, XI, travaux l'Université de Haute Bretagne, 1977.

A. M. de A.

ÍNDICE*

A perenidade do efêmero 7

CONTOS CARIOCAS

Nuvem por Juno (1871) (Contos Possíveis) 29
O fato do ator Silva (Contos Possíveis) 34
A Ritinha (Contos Possíveis) 38
Que espiga! (Contos Possíveis) 42
Entre a missa e o almoço (Contos Possíveis) 45
A ocasião faz o ladrão (Contos Possíveis) 51
Argos (Contos Possíveis) 57
A dívida (Contos Efêmeros) 64
Teus olhos (Contos Efêmeros) 76
Incêndio no Politeama (Contos Efêmeros) 80
A berlinda (Contos Efêmeros) 85
O Custodinho (Contos Efêmeros) 89
As pílulas (Contos Efêmeros) 93
O holofote (Contos Efêmeros) 96
Uma amiga (Contos Efêmeros) 100
Coincidência (Contos Efêmeros) 105
O Tinoco (Contos Efêmeros) 109
Vi-tó-zé-mé (Contos Efêmeros) 112
Sabina (Contos Efêmeros) 116
Romantismo (Contos Fora da Moda) 123

A cozinheira (Contos Fora da Moda) 129
Plebiscito (Contos Fora da Moda) 134
A praia de Santa Luzia (Contos Fora da Moda) 137
Black (Contos Fora da Moda) 141
A filha do patrão (Contos Fora da Moda) 144
Uma embaixada (Contos Fora da Moda) 149
O velho Lima (Contos Fora da Moda) 154
A água de Janos (Contos Fora da Moda) 158
Desejo de ser mãe (Contos em Verso) 162
Benfeito! (Contos em Verso) 170
As vizinhas (Contos em Verso) 176

CONTOS MARANHENSES
A madama (Contos Possíveis) 182
Os dois andares (Contos Possíveis) 186
Sua excelência (Contos Efêmeros) 188
Aquele mulatinho! (Contos Efêmeros) 192
Não, senhor! (Contos em Verso) 195
O chapéu (Contos em Verso) 201
Banhos de mar (Contos em Verso) 206
O sócio (Contos em Verso) 211

CONTOS BRASILEIROS
As aventuras do Borba (Contos Possíveis) 216
Desilusão (Contos Possíveis) 227
A prova (Contos em Verso) 237
O copo (Contos em Verso) 241
Dona Engrácia (Contos em Verso) 246
A mais feia (Contos em Verso) 250

Biografia 255
Bibliografia 267
Referências 279

---
* Os títulos entre parênteses referem-se às obras donde foram extraídos os textos que integram este *Melhores Contos Artur Azevedo*.

COLEÇÃO MELHORES CONTOS

ANÍBAL MACHADO
Seleção e prefácio de Antonio Dimas

LYGIA FAGUNDES TELLES
Seleção e prefácio de Eduardo Portella

BRENO ACCIOLY
Seleção e prefácio de Ricardo Ramos

MARQUES REBELO
Seleção e prefácio de Ary Quintella

MOACYR SCLIAR
Seleção e prefácio de Regina Zilbermann

MACHADO DE ASSIS
Seleção e prefácio de Domício Proença Filho

HERBERTO SALES
Seleção e prefácio de Judith Grossmann

RUBEM BRAGA
Seleção e prefácio de Davi Arrigucci Jr.

LIMA BARRETO
Seleção e prefácio de Francisco de Assis Barbosa

JOÃO ANTÔNIO
Seleção e prefácio de Antônio Hohlfeldt

EÇA DE QUEIRÓS
Seleção e prefácio de Herberto Sales

MÁRIO DE ANDRADE
Seleção e prefácio de Telê Ancona Lopez

LUIZ VILELA
Seleção e prefácio de Wilson Martins

J. J. VEIGA
Seleção e prefácio de J. Aderaldo Castello

JOÃO DO RIO
Seleção e prefácio de Helena Parente Cunha

IGNÁCIO DE LOYOLA BRANDÃO
Seleção e prefácio de Deonísio da Silva

LÊDO IVO
Seleção e prefácio de Afrânio Coutinho

RICARDO RAMOS
Seleção e prefácio de Bella Jozef

MARCOS REY
Seleção e prefácio de Fábio Lucas

SIMÕES LOPES NETO
Seleção e prefácio de Dionísio Toledo

HERMILO BORBA FILHO
Seleção e prefácio de Silvio Roberto de Oliveira

BERNARDO ÉLIS
Seleção e prefácio de Gilberto Mendonça Teles

AUTRAN DOURADO
Seleção e prefácio de João Luiz Lafetá

JOEL SILVEIRA
Seleção e prefácio de Lêdo Ivo

JOÃO ALPHONSUS
Seleção e prefácio de Afonso Henriques Neto

ARTUR AZEVEDO
Seleção e prefácio de Antonio Martins de Araujo

RIBEIRO COUTO
Seleção e prefácio de Alberto Venancio Filho

OSMAN LINS
Seleção e prefácio de Sandra Nitrini

ORÍGENES LESSA
Seleção e prefácio de Glória Pondé

DOMINGOS PELLEGRINI
Seleção e prefácio de Miguel Sanches Neto

CAIO FERNANDO ABREU
Seleção e prefácio de Marcelo Secron Bessa

EDLA VAN STEEN
Seleção e prefácio de Antonio Carlos Secchin

FAUSTO WOLFF
Seleção e prefácio de André Seffrin

AURÉLIO BUARQUE DE HOLANDA
Seleção e prefácio de Luciano Rosa

ALUÍSIO AZEVEDO
Seleção e prefácio de Ubiratan Machado

SALIM MIGUEL
Seleção e prefácio de Regina Dalcastagnè

ARY QUINTELLA*
Seleção e prefácio de Monica Rector

HÉLIO PÓLVORA*
Seleção e prefácio de André Seffrin

WALMIR AYALA*
Seleção e prefácio de Maria da Glória Bordini

HUMBERTO DE CAMPOS*
Seleção e prefácio de Evanildo Bechara

*PRELO

COLEÇÃO MELHORES CRÔNICAS

MACHADO DE ASSIS
Seleção e prefácio de Salete de Almeida Cara

JOSÉ DE ALENCAR
Seleção e prefácio de João Roberto Faria

MANUEL BANDEIRA
Seleção e prefácio de Eduardo Coelho

AFFONSO ROMANO DE SANT'ANNA
Seleção e prefácio de Letícia Malard

JOSÉ CASTELLO
Seleção e prefácio de Leyla Perrone-Moisés

MARQUES REBELO
Seleção e prefácio de Renato Cordeiro Gomes

CECÍLIA MEIRELES
Seleção e prefácio de Leodegário A. de Azevedo Filho

LÊDO IVO
Seleção e prefácio de Gilberto Mendonça Teles

IGNÁCIO DE LOYOLA BRANDÃO
Seleção e prefácio de Cecilia Almeida Salles

MOACYR SCLIAR
Seleção e prefácio de Luís Augusto Fischer

ZUENIR VENTURA
Seleção e prefácio de José Carlos de Azeredo

RACHEL DE QUEIROZ
Seleção e prefácio de Heloisa Buarque de Hollanda

FERREIRA GULLAR
Seleção e prefácio de Augusto Sérgio Bastos

LIMA BARRETO
Seleção e prefácio de Beatriz Resende

OLAVO BILAC
Seleção e prefácio de Ubiratan Machado

ROBERTO DRUMMOND
Seleção e prefácio de Carlos Herculano Lopes

SÉRGIO MILLIET
Seleção e prefácio de Regina Campos

IVAN ANGELO
Seleção e prefácio de Humberto Werneck

AUSTREGÉSILO DE ATHAYDE
Seleção e prefácio de Murilo Melo Filho

HUMBERTO DE CAMPOS
Seleção e prefácio de Gilberto Araújo

JOÃO DO RIO
Seleção e prefácio de Edmundo Bouças e Fred Góes

COELHO NETO
Seleção e prefácio de Ubiratan Machado

JOSUÉ MONTELLO
Seleção e prefácio de Flávia Vieira da Silva do Amparo

ODYLO COSTA FILHO*
Seleção e prefácio de Cecilia Costa

GUSTAVO CORÇÃO*
Seleção e prefácio de Luiz Paulo Horta

ÁLVARO MOREYRA*
Seleção e prefácio de Mario Moreyra

RAUL POMPEIA*
Seleção e prefácio de Claudio Murilo Leal

RODOLDO KONDER*

FRANÇA JÚNIOR*

MARCOS REY*

ANTONIO TORRES*

MARINA COLASANTI*

*PRELO

GRÁFICA PAYM
Tel. (011) 4392-3344
paym@terra.com.br